포스트서정시
징후들

KB247400

포스트서정시의
징후들

새로운 시는 어디로 오는가?

오문석 지음

앨피

동일성의 땅에서 차이를 발굴하기

사람들의 생각에 태풍과 지진, 그리고 해일을 일으키는 글이 있다고 한다. 모리스 블랑쇼가 '재난의 글쓰기'라고 했던 글. 평온한 일상을 무너뜨리는 재난 같은 글. 세상이 뒤집혀 보이는 글. 그러나 그런 글을 대면한다는 것은 얼마나 드문 일인가. 평생에 걸쳐서 한 번 만나기도 힘든 일이기 때문에 그것은 진정 행복한 재난의 경험일 것이다. 이 책은 그런 경험을 기다리면서 써 왔던 글들의 모음이다. 그러나 여기에는 거대한 파도도, 요동치는 지진도, 산만한 해일도 찾아보기 어렵다. 작고 오밀조밀한 이랑과 고랑이 주름처럼 자리잡고 있는 조그만 텃밭이 있을 뿐이다. 그 텃밭을 가꾸면서 환갑을 맞이했다. 오지 않을 줄 알았던 그 시간이 턱 밑을 지나가고 있다.

　최근에는 돌아가신 옛 스승이 환갑을 맞이했을 때 무슨 일을 하셨는지 살피는 글을 쓴 적이 있다. 공부를 모르던 시절이라 그때는 잘 보이지 않았던 사실들이 새삼 눈에 들어오는 것을 깨닫는 시간이었다. 환갑의 나이에 새 공부를 시작하시는 모습을 들여다

보며 지금의 나를 대입해 보기도 했다. 지금 무언가 새롭게 시작한다는 일이 가능하기나 한 것인가? 놀라움과 부끄러움의 감정이 교차할 뿐이다. 내년이면 새로 한 살부터 출발하는 두 번째 삶의 회전이 시작된다. 새롭게 충전된 시간들이 방전을 시작할 것이다. 처음 세상을 구경하는 어린애처럼 호기심 어린 눈으로 세상을 낯설게 바라볼 수 있을까. 재난의 글쓰기는 과연 가능할 것인가.

그 실마리를 이 책은 동일성에서 찾고자 했다. 동일성으로 통칭되는 서정시의 안과 바깥을 두루 살피는 일에 매진한 것이다. 무엇보다 동일성의 늪에서 벗어나고자 했던 사람들의 목소리에 귀기울이고자 했다. 그들이 과연 포스트에 도달했는지는 알기 어렵지만, 동일성의 서정시 내부에서 바깥으로 통하는 탈출구를 찾고자 했다는 것까지는 확인된 사실이다. 그리고 각기 다른 방식으로 뚫어 놓은 그들의 탈출구를 따라가면서 나도 그동안의 오랜 동일성에서 해방되기를 갈망했다. 동일성이란 다시 말해서 정체성, 곧 정체된 상태에 다름 아니기 때문이다.

연구자 개인의 사사로운 고백이 무슨 의미가 있을까 싶지만, 20여 년 전 박사논문에서부터 '부재의 재현'이니 '시적 혁명'이니 하는 개념을 두고 고심한 경력이 있다. 지금은 먼지 속에 묻혀 있는 그 생각들이 사실은 동일성의 서정시 그 안쪽에서부터 바깥을 모색했던, 부질없는 시도의 흔적이다. 그 뒤로도 오랫동안 경계에 대해서 생각했고, 지금도 그 습성을 벗지 못하고 있다. 재현할 수 없는 것을 재현하려 하고, 시의 테두리 안에서 정치적 혁명을 경험할 수 있다는 생각을 못 버린 것이다. 아무런 반향도 얻지 못한 그 생각들이 서정시의 동일성 안에 갇힌 나를 구해 줄 수 있을 것이라 믿었던 것이다. 믿기지 않는 것은 여전히 서정시의 안쪽에서 그 바깥을 꿈꾸고 있는 자신을 발견할 때이다. 어째서 서정시의 바깥으로 훌쩍 나가지 않는 것일까. 왜 서정시를 초월하지 못하는 것일까.

이상하게도 나는 초월을 믿지 않는 습성이 있다. 바깥에 서 있다는 사람도 믿지 않는다. 초월은 쉽게 지배의 욕망으로 연결되고, 바깥에 있다는 사람은 자기가 빠져나왔다는 그곳에 대해서 무책임한 경우가 많다. 그래서 당분간 서정시의 동일성 내부에서 차이를 발굴하는 일에 매진할 생각이다. 그 차이의 이름을 상호침투라고 명명하고자 한다. 상호침투는 관계의 형식이자 사유의 관절이라고 할 수 있다. 일방침투에 의한 동질화 및 지배 현상에 맞서는 개념으로, 다른 것과 대면하여 자기 변화를 경험하는 현상을 가리킨다. 이는 역설적이게도 다른 것의 침투불가능성을 조건으로 삼는다. 다른 것의 침투불가능성 앞에서 비로소 양자는 상호침투를 경험할 수 있다는 것이다. 다른 것은 '부재'의 형식으로 이미 침투해 있기 때문이다. 그 울림과 반향의 현장에 당분간 머물고자 한다. 적어도 그곳은 동일성의 땅은 아닐 것이기 때문이다. 그렇다면 그 난민촌을 포스트서정시의 영토라 할 수 있을까.

2025년 12월

오문석

차례

1

시와 서정

동일성에서 상호침투로

이 글은 《한국시학연구》(2024년 11월)에 게재된 〈서정적 경험으로서 상호침투〉를 수정하고 보완하여 재수록한 것이다.

서정적 자아와
서정적 경험

서정시의 근본적 경험은 무엇인가? 감정이입이나 물아일체를 떠올린다면, 아날로지나 동일성에서 사고가 멈춘 것이다. 이것은 또한 무엇보다 김준오의 《시론》(1982년 초판본)의 영향력이 그만큼 압도적이었다는 증거이기도 하다. "자아와 세계의 동일성"(30쪽)이라는 김준오의 테제가 항상 문제적인 이유가 여기에 있다. 그 테제 이후로 서정시에 대한 비판은 항상 동일성에 대한 비판에서부터 시작해야 했기 때문이다. 그리고 동일성에 대한 비판은 항상 김준오의 바로 그 테제를 소환하는 것으로부터 시작한다. 이때 동일성의 서정시를 비판하려는 사람들의 입장은 크게 둘로 나뉜다.[1] 하나는 동일성을 비판하고 비동일성, 반동일성 등의 대안을 모색하는 경우,[2] 다른 하나는 동일성을 재정의하면서 다른 동일성 모델을 제시하려는 경우[3]다.

---

[1] 이에 대해서는 홍승진, 〈서정 개념의 역사와 새로운 관점 (1)〉, 《현대문학이론연구》 82, 2020, 192쪽; 김민재, 〈서정 개념 논의의 지형과 시 교육적 쟁점〉, 《새국어교육》 132, 2022, 488~489쪽 참조.

[2] 2000년대 중반에 등장한 새로운 시적 경향을 지지하는 일련의 비평가 그룹으로, 신형철, 권혁웅 등.

[3] 박현수(2007)의 '상호주관성', 홍승진(2020)의 '관계론적 서정 이론' 등. 이들은 동일성 이론이 주체나 실체 중심의 서구 낭만주의적 시론에 기댄다고 보고, 동일성 이론을 동양철학적 관점에서 재규정하려는 시도를 보여 준다.

그러나 동일성을 반대하거나 다른 동일성을 모색하는 과정에서도 여전히 서정시에서 동일성 자체가 무엇인지에 대해서는 진지한 검토가 이루어졌다고 보기 어렵다. 무엇보다 김준오가 제시한 테제인 "자아와 세계의 동일성"이 무엇을 의미하는지, 그것을 발본적으로 사고한 사례는 찾기 어렵다. 그 단적인 증거는 "자아와 세계의 동일성"을 비판할 때마다 비판의 화살이 항상 "자아"를 향한다는 데서 찾아진다. 동일성의 서정시를 비판하는 사람들의 경우 대부분은 "자아와 세계의 동일성"에 대한 비판과 '자아의 동일성'에 대한 비판을 구별하지 않는다. 그들은 항상 문제가 오로지 자아(혹은 주체)에 있는 것처럼 생각한다.

자아와 세계의 동일성(혹은 주체와 객체의 동일성)이 사실상 주체에 의한 객체의 지배를 의미한다고 보는, 아도르노에서 파생한 서정시=파시즘의 논리만 해도 그렇다. 그들은 자아와 세계의 동일성을 '주체의 동일성'(주체를 실체로 보는 관점)에서 파생된 경험으로 보고, 그 대안으로 '비동일성' 혹은 '객체의 능동성'을 제안한다. 이러한 관점은 동일성 이론의 서구 낭만주의적 뿌리를 비판하고 '다른 동일성'의 이론을 동양적 전통사상에서 찾고자 하는 경우에도 마찬가지다. 그들 또한 주체(혹은 자아)의 동일성을 극복하지 않는다면, 서정적 경험도 어차피 '나르시시스트의 경험'이 될 것을 우려한다. 혹은 자아와 세계의 동일성이 주체의 폭력성의 위장된 형태는 아닌지 의심한다. 서정적 경험의 문제를 거론할 때마다, 사람

들이 늘 주체의 문제로 되돌아오는 데는 이런 이유가 있다.[4]

물론 서정시를 규정하는 방법에 동일성만 있는 것은 아니다. 독백이나 고백의 형식, 내면성과 주관성의 표현 등 다양한 접근법이 있지만, 그것들은 대개 서정적 자아의 존재 형식이나 진술 방식을 의미할 뿐 서정적 경험 자체를 설명해 주지는 못한다. 그 또한 주체의 동일성의 변장술인지도 모른다. 그러나 앞서 말했듯이 서정적 자아의 성격과 서정적 자아의 경험 내용은 다르다. 서정적 자아를 비판적으로 검토한다고 해서, 그 자아의 '서정적 경험'의 문제까지 비난받아야 할 이유는 없는 것이다.

그래서 이 글에서는 우선 서정적 자아의 문제와 서정적 경험의 문제를 분리할 가능성을 모색하고자 한다. 서정적 경험의 문제를 우선적으로 검토할 수만 있다면, 그 과정에서 서정적 자아의 문제가 자동적으로 해소될 것을 기대한다. 이를 동일성과 관련해서 진술하면 이렇다. '자아와 세계의 동일성' 테제를 '서정적 자아의 동일성' 문제와 분리해서 논의할 필요가 있다. 이렇게 해서 '자아와 세계의 동일성' 테제에 내재하는 한계를 바로잡을 수만 있다면, 어쩌면 그러한 접근법이 서정적 자아에 대한 습관적 비판과 오해를 해소할 수 있을지도 모른다. 이러한 문제를 해명하는 것이 이 글의 일차적인 과제다.

4　필자는 주체에 대한 비판을 서정적 주체에 일방적으로 적용하는 데에 문제가 있음을 지적한 바 있다. 졸고, 〈타자성의 시학〉, 《현대문학의 연구》 72, 2020. 참조.

회감과
융화의 문제

우선, 서정적 경험의 모델로서 "자아와 세계의 동일성"을 처음 제시한 김준오의 《시론》을 검토할 필요가 있다.

> 이 작품(정현종의 〈교감〉—인용자)에서 자아와 세계, 곧 인간과 사물 사이에는 간격이 없다. 자아와 세계는 서로 동화되어 어떤 것이 인간이고 어떤 것이 사물이라는 구별 없이 미적 전체로 통일되어 있다. 그러므로 서정시는 극과 서사와 달리 자아와 세계 사이의 거리를 두지 않는다. '거리의 서정적 결핍the lack of distance'이 서정시의 본질이다. 자아와 세계가 구분되지 않을 만큼 동화되어 있듯이 서정시에서 대상(세계)은 자립적 의의를 갖지 못하고 주관(자아)에 종속된다. '세계의 자아화', '회감', '내면화' 등의 용어들은 모두 이런 시적 비전을 기술한 것들이다.[5]

인용문에서 김준오가 주로 참조한 것은 에밀 슈타이거Emil Staiger의 《시학의 근본개념》(1946)이다. 에밀 슈타이거는 장르론에서 '서정적인 것', '서사적인 것', '극적인 것'의 성격을 각각 '회감', '표

---

[5] 김준오, 《시론》, 삼지원, 1982, 34쪽.

상', '긴장'이라는 제목으로 집약한다.[6] 그런데 인용문의 마지막 문장에서 '회감'은 '세계의 자아화', '내면화' 등과 같은 개념으로 처리되고 있음에 주목할 필요가 있다. '세계의 자아화'는 조동일(1977),[7] '내면화'는 카이저Wolfgang Kayser(1948)[8]의 장르론에서 각각 서정적인 것의 성격을 규정한 개념들이다. 카이저의 '내면화'는 에밀 슈타이거의 '회감'을 참조한 것이기도 하지만, 영어 번역본에서 '회감'과 '내면화'는 동일한 것으로 번역된다. '회감'의 독일어 표기는 'Erinnerung' 하나지만, 영역본에서는 'remembrance'(상기)와 'interiorization'(내면화) 두 가지 번역어를 번갈아 사용하고 있어서,[9] 사실상 '회감'과 '내면화'가 같은 의미로 사용된 것임을 알려 준다. 문제는 그것을 조동일의 "세계의 자아화"와 같은 것으로 처리한다는 데에 있다. 인용문에서 그것은 "서정시에서 대상(세계)은 자립적 의의를 갖지 못하고 주관(자아)에 종속된다"는 진술로 풀이되고 있다. 이는 말 그대로 세계에 대한 자아의 지배와 그 자아에 의한 세계의 종속 현상을 가리킨다. 자아와 세계의 관계는 지배와 종속의 관계처럼 표현되고 있다. 앞서 말했듯이, 이는 아도르노 Theodor Adorno가 주체에 의한 객체의 지배를 동일성 미학에 대한

---

6 에밀 슈타이거, 《詩學의 根本槪念》, 이유영·오현일 옮김, 삼중당, 1978. 참조.

7 조동일, 《한국소설의 이론》, 지식산업사, 1977.

8 볼프강 카이저, 《언어예술 작품론》, 김윤섭 옮김, 대방출판사, 1982.

9 Emil Staiger, (translated by) Janette C. Hudson, *Basic Concepts of Poetics*, The Pennsylvania State University Press, 1991, p. 82, 각주 19번.

비판의 근거로 내세웠다는 사실을 상기하게 만든다.

그렇다면, 김준오의 시학은 파시스트의 미학을 반복하는 것인가? 파시즘의 기원을 낭만주의에서 찾는 사람들에게 김준오의 동일성은 그런 혐의에서 자유로울 수 없을 것처럼 보인다. 그러나 '자아의 지배'와 '세계의 종속'이 김준오 동일성 시학의 모든 것을 말해 주지는 않는다. 인용문에는 그와 정반대되는 진술이 포함되어 있기 때문이다. 즉, "자아와 세계는 서로 동화되어 어떤 것이 인간이고 어떤 것이 사물이라는 구별 없이 미적 전체로 통일되어 있다"는 진술이 있다. 여기에서 인간(자아)과 사물(세계)은 더 이상 '구별'되지 않는 혼돈chaos의 상태로 진입하고 있다. 자아는 사물(세계) 속으로 형체도 없이 사라지고 있는 것이다. 이런 상태에서는 사물을 지배하고 자신에게 종속시키는 '강한 자아'의 모습은 발견되지 않는다. 자아와 세계는 지배와 종속의 관계가 아니라 서로 뒤섞여 혼돈의 상태를 연출하고 있다. 혼돈의 상태에서 지배와 종속의 서열이 무화될 것임은 말할 것도 없다. 이렇게 인용문에서는 명백히 모순되는 두 가지 현상이 공존한다.[10] 하나는 강한 지배자로서의 자아, 다른 하나는 무기력하고 혼란스런 자아인데, 두 자아가 공존한다는 것이다.

---

10 김준오 시론의 '모순'에 주목한 논자로는 박현수(2007)와 고봉준(2007)을 들 수 있다. 그들은 김준오의 동일성 시론에 모순이 존재하는 원인이 자아(주체)에 대한 그의 양면적 태도에 있다고 본다. 그것은 주체와 객체의 동일성과 주체의 동일성 사이의 망설임과 관련이 있다.

이것이 어떻게 가능했던 것일까? 이를 알아보기 위해 김준오가 참조했던 에밀 슈타이거의 해당 원문을 확인해 보자.

① 회감Erinnerung은 주체와 객체의 간격 부재不在에 대한 명칭일 수 있으며, 서정적인 상호융화Ineinander에 대한 명칭일 수 있다. 현재의 것, 과거의 것, 심지어 미래의 것도 서정시 속에 회감될 수 있다. (중략) '회감'은 '주체 속으로 세계의 진입'을 의미하는 게 아니라 항상 융화Ineinander 작용을 의미하므로. 시인은 자연을 회감하고 이와 마찬가지로 자연은 시인을 회감한다고 말할 수도 있으리라.[11]

② 내면화interiorization라는 말은 주체와 객체 사이의 간격 부재, 혹은 서정적 상호침투interpenetration를 가리킬 때도 사용할 수 있다. 서정시에서는 현재, 과거, 심지어 미래조차도 내면화될 수 있고, 기억될 수 있다. (중략) '내면화는' '세계가 주체 속으로 완전히 소멸하는 것'을 의미하는 것이 아니라 양자의 부단한 상호침투를 의미한다. 그러므로 우리는 이렇게 말할 수 있다. 자연이 시인을 '내면화'하듯이, 시인이 자연을 '내면화'한다고.[12]

---

11 에밀 슈타이거, 《詩學의 根本槪念》, 96쪽.
12 Emil Staiger, *Basic Concepts of Poetics*, p. 82.

①은 국역본이고, ②는 영역본을 근거로 재번역한 것이다. 에밀 슈타이거의 글에서 주목할 것은 '회감'을 설명하는 과정에 '융화'라는 새로운 단어를 사용한다는 점이다. 회감(영역본에서는 '내면화')은 말 그대로 자아의 외부에서 자아의 내부로 세계가 진입하는 현상처럼 보인다. 그렇다면 자아의 내부로 진입한 세계를 자아가 지배한다는 일이 가능할지도 모른다. 그러나 에밀 슈타이거는 회감(＝내면화)을 그렇게 이해할 수 없음을 강조하고 있다. 영역본에서는 "양자의 부단한 상호침투"라는 말이 그 자리를 대신하고 있다. 이때 상호침투interpenetration는 융화Ineinader의 영어식 번역어다. 자아에 의한 일방적 세계 지배가 아니라 자아와 세계 사이의 "부단한 상호침투"(국역본에서는 "항상〔적〕융화작용")가 '회감'의 본래 의미라는 뜻이다.

그 의미를 이해하기 위해서는 이어지는 문장을 검토할 필요가 있다. 그는 이어지는 문장에서 시인(자아)만 '회감'(＝내면화)을 경험하는 것이 아니라, 자연(세계)도 '회감'(＝내면화)하는 능력이 있음을 서술하고 있다. 일반적으로 '회감'을 시인(자아)의 능력이라고 이해하기 쉬운데, 에밀 슈타이거는 자연의 회감(＝내면화) 능력까지 상기하는 것이 진정한 서정적 회감의 경험이라고 주장한다. 물론 회감(＝내면화)이 시인의 능력임은 틀림없는 사실이겠지만, 거기에 자연의 회감 능력의 상기가 포함되어 있어야 한다는 뜻이다. 그래서 에밀 슈타이거의 경우, '회감'(＝내면화)은 자아에 의한 세계의 일방적인 내면화가 아니라 상호 내면화인 것이며, 자아와 세계 사이의 일방적인 침투가 아니라 상호침투인 것이다. 이는 '융화'의 독일어 원문 'Ineinander'의 뜻 그대로 '서로가 서로의 내부에 있음(Ineinander-sein)을 의미한다. 이는 김준오의 "자아와 세계의 동일성"에 미처 담기지 못한 내용이다.

김준오와
에밀 슈타이거의 관계

이처럼 김준오의 동일성의 시학을 '수정'하면서 '융화'의 의미를 강조한 논자로 박현수(2007)를 들 수 있다. 박현수 이후로 많은 연구자들이 '회감' 대신 '융화'에서 서정적 경험의 본질을 발견하려는 노력을 하게 되었다. 그가 김준오와 대립각을 세우고 있는 해당 구절을 살펴보자.

회감은 "주체와 객체의 간격 부재"를 의미하기도 하고, 서정적 융화(Ineinander; interpenetration)를 의미하기도 한다. 이 개념은 내면이니 주체성이니 하는 용어와 무관하다. 왜냐하면 회감이란 것은 '주체 속으로 세계의 완전한 융화'를 의미하는 것이 아니라 "그 둘의 부단한 융화(a perpetual interpenetration of the two)"를 뜻하기 때문이다. 앞에서 검토한 상호주체적 서정성의 진면목이 명쾌하게 드러나는 부분이다. 주체와 객체가 대등한 위치에서 상호소통의 방식을 유지하는 것이 "그 둘의 부단한 융화"가 의미하는 바이다. '주체→객체'의 일방통행만이 가능한 독백주의적 서정성이 아니라 양자의 쌍방향적 의사소통이 가능한 상호주체적 서정성을 요약적으로 보여 주는 대목이다.[13]

친절하게도 박현수는 영역본의 번역어를 병기하여 자신의 주장을 뒷받침하고 있다.[14] 사실 국역본의 번역어 선택에 문제가 많기 때문에 영역본을 참조하여 '오해'의 가능성을 차단하고자 한 것이다. 앞서 보았던 에밀 슈타이거의 영역본에 의지하여 그는 과감하게도 '회감'이 "내면이니 주체성이니 하는 용어와 무관하다"고 단언한다. 회감이 영어 번역본에서 분명 '내면화'로 번역되고 있음에도 불구하고, 그는 '회감'이 "내면"과 무관하다고 단정한다. 이는 김준오가 '회감'과 '내면화'를 같은 것으로 취급하고, 더 나아가 그것이 자아에 의한 세계 지배를 의미하는 '세계의 자아화'라고 규정한 것에 대한 반발이기도 하다. 그는 '회감'에 대한 김준오의 해석이 세계에 대한 자아의 '일방향성'에 근거한다고 본 것이다.

더 나아가, 그는 서정성에 대한 김준오(＋조동일)[15] 식의 이해를 "'주체→객체'의 일방통행만이 가능한 독백주의적 서정성"으로 규

---

13 박현수, 〈서정시 이론의 새로운 고찰—서정성의 층위를 중심으로〉,《우리말글》 40, 2007, 20쪽.

14 사실 김준오는 영역본과 대조하는 호사를 누릴 수 없었는데, 에밀 슈타이거의 영역본(1991)이 김준오의《시론》(1982)보다 나중에 출간되었기 때문이다.

15 조동일의 서정시 규정에 대한 김준오의 호의적 설명에도 불구하고, 논자들 중에

정한다. 이는 서정시가 '독백'과 '고백'의 형식에 의존한다는 통념을 비판한 것이 아니다. '독백적'이라는 말은, 근본적으로 '대화적'일 수밖에 없는 산문에 비해 다른 목소리를 허용하지 못하는, 그래서 권위적인 주체가 지배하는 시 장르의 주관적 특성을 가리키는 바흐친Mikhail Bakhtin의 용어다. 특이한 것은 "독백주의적 서정성"에 김준오가 포함되지만, 김준오가 주로 참조한 에밀 슈타이거는 그 반대편에 속해 있다는 점이다. 박현수는 에밀 슈타이거의 서정성을 "상호주체적 서정성"에 포함시키면서, 김준오의 "독백주의적 서정성"에 대립하는 것으로 이해한다. 이렇게 되면 김준오는 에밀 슈타이거를 '오해'하였거나 '오독'한 것이 된다.

오독의 발단은 '회감'을 '내면화'와 '세계의 자아화'로 이해하는 데서 비롯된다. '회감'을 세계에 대한 주체의 '일방적' 지배로 이해한 것이 오해의 시작이었던 것이다. 따라서 박현수는 에밀 슈타이거의 '회감'을 주체에 의한 일방적 지배가 아니라 '쌍방향적 소통'으로 이해해야 한다고 주장한다. 그가 이렇게 '회감'에 대한 오해를 바로잡을 수 있었던 것은, 주체와 객체 "그 둘의 부단한 융화"라는 구절에 주목했기 때문이다. 그러나 그것을 설명하면서 그는 이렇게 말한다. "주체와 객체가 대등한 위치에서 상호소통의 방식을 유지하는 것"이라고 말이다. 여기서 보듯, 그는 '독백적'의 반대 의미

는 김준오의 해석에서 조동일의 그것을 구해 내려는 경우도 있다. 이와 관련해서는 홍승진(2020)을 참조.

로 바흐친의 '대화적'을 선택하지 않았다. 그 대신에 그는 '일방적'의 반대 의미로 '대등한' '상호소통'을 내세우고자 한 것이다. 그리고 그는 김준오의 "자아와 세계의 동일성"이 자아의 '일방적' 지배를 연상시키므로, 그 대신 '주체와 객체의 상호소통'을 서정적 경험의 본질로 규정한다.

반면, 에밀 슈타이거에 대한 오독으로 인해 김준오의 '자아와 세계의 동일성'은 결국 주체의 일방적 지배를 정당화하는 결과를 낳게 된다. 김준오의 망설임[16]에도 불구하고 주체의 동일성이 주체와 객체의 동일성을 압도하게 된 것이다. 그 대신에 박현수는 주체와 객체의 '상호소통'과 '상호주체성'을 동시에 주장한다. 상호소통과 상호주체성은 모두 "쌍방향"의 다른 표현이다. 자아와 세계의 동일성에서 '동일성'은 결국 '일방향성'을 의미하기 때문에 그것을 '쌍방향성'으로 교정하는 작업을 단행한 것이다. 특이한 점은 그가 상호소통과 상호주체성의 이론적 근거를 전통적 서정시의 이론에서 찾아낸다는 것이다. 조지훈의 생명시학과 서정주의 신라정신론 등의 전통 시론과 유교학자들의 인물성동론人物性同論이나 최시형의 물오동포론物吾同胞論 등의 동양철학적 이론이 그 원형으로 거론된다. 그러나 '동성同性'과 '동포同胞', 그리고 '영통靈通'과 '혼교魂交' 등의 개념들만 살펴봐도 그의 영적 교통交通은 어쩌면 '다른 동일성'을 모색하는 것처럼 보인다.

---

16 박현수의 관점을 수정하면, '독백적' 동일성과 '대화적' 동일성 사이에서의 망설임.

따라서 박현수가 김준오의 '자아와 세계의 동일성' 테제 자체를 완전히 폐기했다고 보기는 어렵다. 오로지 주체의 '일방적' 동일성만이 문제였기 때문이다. 그래서 그는 먼저 주체와 객체 사이의 위계(=독백)만 제거한다면, 양자 사이에 주체 대 주체로서 대등한 관계(=상호주체성)가 회복되고, 결국에는 주체와 객체가 구별 불가능한 경지(=상호소통)에까지 이르게 될 것이라 믿는다. 그러나 이렇게 쌍방향성이 최종적으로 회복된 상호소통의 모습은 사실상 주체와 객체의 동일성 테제와 크게 달라 보이지 않는다. 심지어 자아와 세계의 '동일성'이 주체와 객체의 '동질성'으로 강화된 듯한 인상을 주기도 한다. 만약 그것이 "소통 코드를 공유한 존재"(19쪽) 사이에서 벌어지는 소통이라면 더욱 그런 오해를 받기 쉽다. 바흐친의 관점에서 코드를 공유하는 사람들 간의 소통은 설령 대화를 흉내 낸다 해도 진정한 의미에서 '대화적'이라고 할 수 없기 때문이다. 그것은 또 하나의 거대한 '독백'에 불과할 뿐이다. 더욱 문제적인 것은 상호주체와 상호소통 개념을 통해서는 '시학'을 구축하기 어렵다는 데에 있다. 말하자면 그것이 시적 언어와 시간성의 문제, 그리고 각종 작시술의 문제 등 시학 전반의 문제를 설명할 수 있을 만큼의 '근본개념'인지는 의문이 든다.

자기반성의 무한성과
상호침투의 경험

다시 에밀 슈타이거로 돌아가 보자. 박현수는 에밀 슈타이거의 반대편에 김준오와 조동일의 '독백적 서정성'을 세워 두고, 그것이 헤겔G. W. F. Hegel의 서정성 개념을 계승한 것이라 주장한다. 잘 알려진 것처럼, 헤겔은 동일성 이론의 선조 격에 해당한다. 그는 주체의 동일성뿐 아니라 주체와 객체의 동일성을 예술, 종교, 철학의 정점에 둔 것으로 유명하다. 이와 관련하여 헤겔의 동일성의 미학을 독일 낭만주의 서정시 이론의 완성으로 보는 관점도 적지 않게 존재한다.[17] 낭만주의 시학의 중심이 주관성, 내면성, 동일성에 있다는 관습적 관점이 대부분 그러하다. 물론 낭만주의 시기에 서정시의 근본개념들이 정립되었다는 사실을 감안한다면 그것이 완전히 잘못된 관점이라 보기는 어렵다. 다만, 이를 근거로 낭만주의 시학과 헤겔의 미학을 부당하게 연결하는 데에는 문제가 없지 않다. 초창기 독일 낭만주의에서는 대중적으로 알려진 낭만주의의 이미지를 배반하는 시론들이 대거 제출되었기 때문이다. 그러므로 박현수가 김준오의 '독백적' 관점에서 에밀 슈타이거를 구출해 냈던 것처럼, 낭만주의에 대한 '독백적' 관점으로부터 낭만주의를 구해 낼 필요가 있다. 그 방법 중 하나는 낭만주의-헤겔로 이어지는 '독백적 서

---

17 고봉준(2007)의 경우가 대표적이다.

정성'의 계보에서 '대화적 서정성'의 가능성을 발굴하는 것이다.

낭만주의 시학의 '대화적' 성격에 주목한 논자로 발터 벤야민 Walter Benjamin을 들 수 있다. 낭만주의 연구에서 벤야민의 기여는 피히테Fichte-슐레겔Schlegel의 관계를 재평가했다는 데에 있다. 일반적으로 낭만주의 시학의 핵심 개념인 '낭만적 자아'를 피히테-슐레겔의 계보에서 성립한 것으로 이해하는 경향이 강한데, 벤야민은 피히테로부터 슐레겔을 구별해 내는 데 주력한 것이다.[18] 그는 슐레겔의 '서정적 자아'가 피히테의 '절대적 자아'를 추종하고 모방한 것이 아니라 비판적으로 극복한 결과임을 강조한다.

물론 슐레겔이 피히테의 '절대적 자아'에 매혹되었다는 것은 부정할 수 없는 사실이다. 피히테가 인간의 내면에서 발견한 '무한성'에 매료된 것이다. 그것은 자기 자신을 마치 대상처럼 관조할 수 있는 인간의 '반성' 능력의 무한성을 말한다. 말하자면 이렇다. 자아가 자기 자신을 마치 대상처럼 바라본다면, 그렇게 바라보는 자아를 다시 대상처럼 바라보는 또 다른 자아가 있어야 하며, 이는 무한하게 진행된다. 이것이 자아의 정립과 그에 대한 반성의 무한성이다. 그러나 피히테는 이렇게 무한한 반성이 가능하려면 이 모든 과정을 지켜보는 최종적 시선, 즉 '절대적 자아'의 '지적 직관(혹

---

18 "초기 낭만주의자들이 어느 지점에서 피히테와 결별했는가를 확실히 인식하기 위해, 그들이 어디까지 피히테를 따르고 있는가를 정확히 아는 것이 중요하다." 발터 벤야민, 《독일 낭만주의의 예술비평 개념》, 심철민 옮김, 도서출판b, 2013, 26쪽.

은 관조)'이 필요하다고 했다. 피히테의 절대적 자아는 "자신의 행위를 스스로 관조할" 능력이 있는 자아[19]인 것이다.

문제는 절대적 자아의 직관이 최종적 시선이기 때문에 이 최종적 시선을 다시 바라보는 자아를 상정할 수 없다는 데에 있다. 내면의 무한성에 제약이 가해지는 것이다. 이렇게 되면 유한한 무한성이라는 모순적 상황에 처하게 된다. 낭만주의자 슐레겔의 기여는 이 최종적 시선을 제거했다는 데에 있다. 슐레겔은 이렇게 말한다. "우리는 우리 자신을 직관할 수 없다. 자아는 그때마다 항상 우리로부터 사라진다."[20] 이렇게 해서 그는 다시 인간의 내면에서 반성 능력의 무한성을 회복하고자 했다. 그렇다면 '낭만적 자아'는 지적 직관의 최종 능력을 가지고 있는 '절대적 자아'가 아니다. 오히려 절대적 자아의 시선에 결코 포착되지 않는 무한성의 다른 이름인 것이다. 그로 인해서 그의 유명한 《아테네움》 단편 116번'에서 말하는 '점진적 보편 포에지poésie'가 드디어 가능해진다. 그것은 시와 삶에서 완결을 모르는 영원한 생성, 영원한 미완성을 지향하는 정신이다. 이렇게 자기창조와 자기파괴를 무한 반복하는 정신이 낭만적 자아를 구성한다.

그러나 자기가 자기 자신을 바라보는 반성의 무한성은 인간에게만 한정되는 경험이 아니다. 그것은 언어, 사물, 예술 작품 등 모

---

19 최문규, 《독일 낭만주의》, 연세대학교출판부, 2005, 109쪽.
20 발터 벤야민, 《독일 낭만주의의 예술비평 개념》, 47쪽.

든 곳에서 발견되는 현상이다. 언어도, 사물도, 예술 작품도 자기 자신을 반성한다. 이때 자기반성의 특징은 반성의 주체와 반성의 객체가 동일하다는 데에 있다. 따라서 자기반성의 구조는 본질적으로 자기폐쇄적인 것처럼 보인다. 그러나 반성은 사물과 사물, 인간과 사물 '사이'에서도 일어난다. 예컨대 인간이 사물을 지각하면 거기에는 사물의 자기 인식이 포함된다. 사물에 대한 지각은 그 사물의 자기 인식이 반사된 것이기도 하다.[21] 이처럼 인간은 언어와 사물, 그리고 예술 작품에서 펼쳐지는 자기반성의 무한한 능력에 접속할 수 있다. 벤야민이 말하는 유사성의 능력 혹은 미메시스의 능력이 그것이다. 이는 모든 사물이 자기반성과 사유의 주체라는 인식을 전제한다. 또 다른 낭만주의자 노발리스Novalis도 모든 존재는 그 나름의 비밀스러운 자기 사유를 행할 잠재성을 가지고 있다고 보았다.[22] 이는 사유하는 능동적 주체와 사유의 대상인 수동적 객체의 이분법을 넘어선다.

그러므로 사물에 대한 우리의 인식은 사물의 능동적 자기 인식이 우리에게 수동적으로 반사된 것이라고도 할 수 있다. 역으로 사물에 대한 우리들의 지각이 사물에게 능동적 자기 인식, 즉 무한한 반성의 능력을 환기하도록 자극한다고도 할 수 있다. 물론

---

21 벤야민은 아우라에 대해서 '시선을 되돌려주는 능력'이라고 했는데, 이 또한 사물의 반성 능력을 전제한다.

22 김진환, 〈독일 초기 낭만주의의 열린 구조와 현재성—노발리스와 프리드리히 슐레겔을 중심으로〉, 고려대 박사학위논문, 2023, 136쪽.

그 반대도 가능하다. 이렇게 사물은 자기지시적 폐쇄성 안에서 더욱 풍부한 의미를 만들어 낼 수 있는 것이다. 이처럼 주체와 객체의 접촉은 주체와 객체 각자의 내부에서 자기반성의 무한한 능력을 서로 환기하고 자극하는 경험이기도 하다. 이러한 경험이야말로 주체와 객체 사이에서 발생하는 '상호침투'의 사례라고 할 수 있다. 벤야민은 이러한 '상호침투'의 경험이 언어와 언어 사이의 번역에서, 그리고 예술 작품과 그에 대한 비평에서도 반복된다고 본다.

> 비평이란 말하자면 예술 작품에서의 실험인 것으로, 이 실험을 통해 예술 작품의 반성이 환기되고 또한 예술 작품은 자기 자신을 의식하고 인식하게 된다. (중략) 비평이 예술 작품의 인식인 한, 그것은 예술 작품의 자기 인식이다. 또한 비평이 예술 작품을 판정하는 한에서, 그것은 작품의 자기판정 속에서 행해지는 것이다.[23]

비평은 다만 예술 작품을 대상으로 인식할 뿐이지만, 이것은 동시에 예술 작품의 자기 인식이기도 하다. 예술 작품에 대한 비평가의 인식뿐만이 아니라 예술 작품의 자기 인식이 비평이라는 것이다. 비평은 예술 작품 안으로 침투해서 예술 작품의 자기반성을 환기하고 예술 작품이 자기 자신을 의식하게 만들기 때문이다. 비평의 결과물은 곧 예술 작품의 자기 인식이 반사된 것이다. 이렇게

---

23 발터 벤야민, 《독일 낭만주의의 예술비평 개념》, 105쪽.

비평은 예술 작품의 자기지시성을 일깨움과 동시에 예술 작품 안에서 최종적 의미를 연기하게 하고, 자기반성의 무한성을 작동시킨다. 이때 자기반성의 무한성은 예술 작품과 비평가 사이의 '상호침투'를 통해서 가능한 경험이다. 이렇듯 주체와 객체의 만남에서 발생하는 상호반사적 경험은 결코 양자의 자기동일성을 강화하는 것이 아니다. 주체와 객체가 서로 만나면 양자는 모두 상대방에게 잠재해 있는 무한한 반성의 능력을 환기하게 되고, 이로써 지속적인 변화를 경험하게 한다. 따라서 여기에서 상호침투는 이질적인 것과의 만남을 통한 자기 변화의 경험이라고 할 수 있다.

그러나 헤겔은 피히테-슐레겔의 주관성(무한한 자기반성)이 자기폐쇄적이라고 주장하며, 주체와 객체 사이의 만남에서 발생하는 상호침투의 경험을 간과한다. 오히려 헤겔이 생각하는 진정한 주관성은 피히테-슐레겔의 폐쇄적 주관성이 아니라, 자기 자신을 타자로서 대상화하는 가운데서도 타자 속에서 자기를 재발견하며 동일성을 유지하는 주관성이다. 따라서 헤겔의 《미학강의》의 정점을 차지하는 '시문학', 그중에서도 '서정시'는 "실제적 내용을 완전히 자신 속에 수용하여 자신의 것으로 만드는" "서정적 주관성을 최우선의 조건"으로 삼고 있는 장르인 것이다.[24] 이때 시문학은 《정신현상학》의 절대정신에 상응하는 최후의 단계에 속해 있는 것으로, 거기에서 주관성은 '내면화' 혹은 '기억'을 의미하는 'Erinnerung'을

---

24 헤겔, 《미학강의 3》, 이창환 옮김, 세창출판사, 2022, 433쪽.

통해 이해된다.[25] 그러나 에밀 슈타이거의 국역본에서 '회감'으로
번역되는 헤겔의 'Erinnerung'이 어떤 '융화'를 지향할지는 충분히
예상할 수 있다. 헤겔이 생각하는 주체와 객체의 동일성은 언제나
자기 자신으로 회귀하는 '주관성'이 주도하는 것으로서, 거기에서
는 자기로 회수되지 않는 타자적 경험은 존재하지 않는다. 하물며
객체 속에서 자기를 상실하고, 객체가 자아 속에서 소멸하는 상호
침투의 경험이 환영받을 리 만무하다. 헤겔의 주관성은 슐레겔의
'상호침투'의 경험에 대해서는 맹목일 수밖에 없는 것이다.

기억과 지각의
상호침투

상호침투가 타자적 경험이라는 것은 베르그송Henri Bergson을 통해
더 잘 이해될 수 있다. 그는 '동질성'이라는 개념이 '상호침투'의 경
험을 억압한다고 주장한다. 그는 이렇게 말한다.

---

25 이와 관련된 헤겔의 진술은 이렇다. "정신의 완성은 자기의 참모습인 스스로
    의 실체를 완전히 아는 데에 있으므로, 이때 지는 정신이 내향화하는 것이며
    이 과정에서 정신은 자기의 현실존재를 떨쳐 버리고 자기의 형태를 기억der
    Erinnerung에 맡겨 버린다. (중략) 그러나 지나간 모든 것은 기억 속에 보존되
    고 내면화die Erinnerung되어 실제로는 더욱 고차적인 실체의 형식을 이루고 있
    다." 헤겔, 《정신현상학》, 김양순 옮김, 동서문화사, 2016, 528쪽.

물질적 사물들은 서로의 밖에 있고 우리 밖에 있는 것으로서, 그들 사이의 간격을 확보하고 그 윤곽을 고정시키는 어떤 장소의 동질성으로부터 그러한 이중적 성격(계기와 공존—인용자)을 빌려 온다고 사람들은 생각한다. 그러나 의식의 사실들은 비록 계기적이라 할지라도 상호침투하며, 그들 중 가장 단순한 것에도 영혼 전체가 반영된다. 따라서 동질적 장소라는 형태로 생각된 시간은 순수 의식의 영역에 공간의 관념이 침입한 데 기인한 사생아적 개념이 아닌지를 자문해 볼 여지가 있을 것이다.[26]

"물질적 사물들"은 서로 외면적 관계를 유지하고 있어 상호침투가 불가능하지만, "의식의 사실들"은 "상호내재적"[27]이어서 상호침투를 경험할 수 있다. 지성은 상호침투가 불가능한 공간적 사물들에 대해서 '동질성'을 부여하는데, 이때 동질적이란 서로 구별이 가능하다는 뜻이므로, 동질적 시간은 인과적, 계기적 연속성을 이루게 된다. 이렇게 되면 우리는 동질적 공간과 동질적 시간이라는 '공허한' 시공간에 살게 되는 것이며, 질적 차이의 발생, 즉 변화를 설명할 수 없게 된다. 그럼에도 불구하고 시간을 공간적·양적·동질적인 단위로 균등하게 분할하는 것은 자연(혹은 인간)에 대한 지

---

26 앙리 베르크손, 《의식에 직접 주어진 것들에 관한 시론》, 최화 옮김, 아카넷, 2001, 128쪽.

27 황수영, 《베르그손, 지속과 생명의 형이상학》, 이룸, 2003, 44쪽.

배의 필요성을 반영한 것이다. 분할 가능하고, 측정 가능한 시간이 계산에 유리하기 때문이다. 베르그송은 이렇게 공간화된 시간의 단위를 "사생아적 개념"이라고 말한다. 시간의 본성에 어긋나기 때문이다.

사실 공간 표상은 실제적 삶과 행동의 필요성에서 유래한 것이다.[28] 살기 위해서 필요한 전략이 시간의 공간화다. 삶의 필요성이 절박할수록 공간 표상의 지배력은 강해진다. 그러나 베르그송은 시간을 초월하는 영원의 이미지가 아니라 실재적 시간의 흐름, 즉 지속의 이미지에 입각해서 사물을 볼 것을 주장한다.[29] 지속 속에서 행위할 때 우리는 자유롭기 때문이다. 그러나 자유는 매우 드물 수밖에 없다. 대부분의 삶은 습관에 의해 결정되는 까닭이다. 이렇게 습관적 행위 속에서 자아는 표층에 머물러 있고 의지적으로 행위하기보다는 기계적으로 행위한다. 자유로운 행위는 자아의 심층으로 회귀할 때만 경험할 수 있는 것이다. 그는 자아의 표층에서 심층으로 밀려나는 것들에 대해서 이렇게 말한다.

두뇌는 유용한 기억을 현실화시키고 쓸모없는 기억들은 의식의 보다 낮은 층 속에 간직한다. 지각에 대해서도 같은 말을 할 수 있다. 행위의 보조 수단으로서 지각은 실재 전체에서 우리의 관심을

---

28 황수영, 같은 책, 48쪽.
29 황수영, 같은 책, 49쪽.

끄는 부분을 분리시켜 낸다. 지각이 우리에게 보여 주는 것은 사물 자체가 아니라 우리가 이익을 얻을 수 있는 부분이다. 지각은 미리 분류하고 미리 명칭을 붙인다. 우리는 거의 대상을 보지 않는다. 단지 그 대상이 어느 범주에 속하는지를 알면 족하다.[30]

베르그송은 우리가 유용성과 관심에만 집중할 때 자유롭지 못하다고 말한다. 따라서 우리의 정신이 자유롭기 위해서는 무용성, 무관심, 무목적의 순수성이 요구된다는 것이다. 그 순수한 것들을 기억하는 것은 두뇌가 아니다. 또한 순수에 접근하기 위해서 우리는 우리의 지각을 의심해야만 한다. 우리는 유용성의 통제를 벗어나야 더 깊은 기억 속으로 내려갈 수 있고, 현재의 관심을 벗어던질수록 사물 그 자체에 더 깊숙이 침투할 수 있다. 거기에 순수가 있다는 것이다. 삶을 벗어나야 생명을 만난다는 역설이 여기에 있다. 또한 깊은 기억 속으로 물러나야 사물 그 자체와 다시 만날 수 있다는 것은 인생의 아이러니가 아닐 수 없다.

이를 에밀 슈타이거의 용어로 말하자면, '회감'이 깊을수록 '상호융화'가 더 활성화된다고 정리할 수 있다. 이렇게 안으로 물러나면서 상호침투는 두 번 일어난다. 하나는 지각과 기억 사이에서, 또 하나는 사물과 지각 사이에서. 하나는 시간적 경험이고, 다른 하나는 공간적 경험이다. 우리가 자아의 표층에서 '공허한 시공간'

---

30 앙리 베르그송, 《사유와 운동》, 이광래 옮김, 문예출판사, 1993, 166쪽.

을 계산하며 살았다면, 자아의 심층에서 우리는 '충만한 시공간'을 경험하게 되는 것이다. 또한 무목적의 경지에 이르렀을 때를 가리켜 베르그송은 이렇게 말한다. "그들은 지각하기 위해 지각한다"라고 말이다. 이 순수 지각의 경험이 일상적 자아가 밀어낸 서정적 자아의 경험이다. 타자가 더 많이 보는 이유가 여기에 있다. 서정적 경험은 근본적으로 타자적 경험이고, 스스로 타자가 되는 경험이다.

그러므로 주체 비판의 논리를 서정적 자아에 대한 비판에서 그대로 반복해서는 안 된다. 주체와 객체의 동일성은 주체가 타자가 되는 경험이고, 객체에 의해 주체가 흔들리는 경험이기도 하다. 동일성은 동질성이 아니기 때문이다. 차이가 무화되는 경험이 아닌 것이다. 오히려 주체와 객체의 만남을 통한 상호침투의 경험은 기억과 지각에서 차이, 변화, 운동을 유도한다. 그에 따라 정신은 안팎으로 확장을 경험하게 된다. 기억은 습관적 일상에 균열을 가져오고, 딱딱해진 지각은 생기를 되찾게 되는 것이다.

상호침투와
서정적 경험의 주체

에밀 슈타이거는 하이데거Martin Heidegger에서 유래한 것으로 보이는 "정조Stimmung"를 설명하면서 이렇게 말한다. 정조의 영향 안에 있을 때, "우리는 객체와 맞서지 않고, 오히려 우리가 객체 안에 있고, 객체가 우리 안에 있게 된다"[31](국역본, 95쪽. 영역본, 81쪽)고 말이다. 주체가 객체와 맞선다는 것은 하이데거적 의미에서 '표상'한다는 것, 즉 거리를 유지하며 재현의 대상으로 바라본다는 것이다. 이는 산문적인 경험이다. 그와 달리, 서정적 경험은 주체와 객체에 거리가 사라지고, 서로의 내부로 침투해 들어가는 것이다. 상호침투와 상호내재성의 경험인 것이다.

이것은 외형상 주체와 객체의 합일이나 통일처럼 보인다. 차이가 사라지고 모두가 동일해지는 경험처럼 보이는 것이다. 그래서 개별성이 보편성 속으로 사라지는 전체주의적 경험을 상기하게 만든다. 그러나 상호침투의 경험은 차이를 묵살하는 폭력적 경험과 무관하다. 오히려 주체와 객체의 만남을 통해 주체와 객체가 모두 자기 자신의 타자가 되는 경험을 할 수 있게 만든다고 보아야 한다. 이는 주체와 객체 모두 자기 자신의 내면성으로 후퇴하는 경험을 통해서 이루어지는 것이기 때문에, 자칫 자기폐쇄적 현상처럼 보일 수 있다. 그러나 자기 내부로 침잠하는 경험을 통해서 주체와 객체는 서로의 내부로 더욱 깊숙이 침투할 수 있는 기회를 갖게 된다. 슐레겔의 표현대로 자기반성의 무한성이 작동하는 것이다. 이것이 서정적 경험으로서 상호침투에서 발견되는 역설적 현상이다. 이는 에밀 슈타이거가 "서정시의 기적"(영역본 47쪽)이라고 말했던

---

31 영역본에 근거하여 재번역한 것임.

현상과도 관련이 있다.

따라서 이 서정적 경험의 주체에게서 우리는 폭력을 기대하기 어렵다. 지성으로 무장하고 객체를 무자비하게 재단하고 지배하는 절대주체의 힘을 발견하기도 어렵다. 서정적 자아는 서정적 경험의 외부에서 관조하는 시선이 아니며, 서정적 경험의 내부에서 흔들리는 주체인 것이다. 물론 서정적 자아는 일상적 자아의 심층으로 내려갈 때에만 만날 수 있는 주체의 상태이다. 그리고 자아의 표면에서 심층까지 이어지는 강도의 연속성을 우리는 서정적 경험이라고 할 수 있을 것이다. 그렇다면 서정적 자아는 그 경험의 한 가운데에서 생멸하는 존재를 가리키는 명칭일 수 있다. 우리가 그것을 '서정적 경험의 주체'라고 부를 수 있다면, 그 지점을 에밀 슈타이거의 상호침투 개념이 가리키고 있는지도 모른다.

2

시와 타자
타자성의 시학

이 글은 《현대문학의 연구》(2020년 10월)에 게재된 〈타자성의 시학〉을 수정하고 보완하여 재수록한 것이다.

동일성이라는
제도

서정시에도 타자가 있는가? 서정시의 근본원리를 '동일성'으로 정의
하고자 할 때,[1] 이것은 피할 수 없는 질문이다. 무엇보다 오늘날 동
일성과 차이(혹은 타자)는 첨예하게 대립하는 배타적인 개념이기
때문이다. 헤겔G. W. F. Hegel에 따르면, 동일성은 차이를 부정하고
배제하는 방식으로 성립되는 개념이다. 반면에 들뢰즈Gilles Deleuze
에 따르면, 동일성은 다양한 차이들을 상위의 보편자에 종속시키
는 폭력적 행위다.[2] 오늘날 차이(혹은 타자)에 대한 관심은 동일성
에 의한 배제와 포섭을 모두 비판하면서 등장한 새로운 현상이다.
그렇다면 여전히 동일성으로 이해되는 서정시에서 과연 타자(혹은
차이)를 제대로 말할 수 있는가? 이것이 문제다.

　　동일성에 대한 무차별 공격에도 불구하고, 서정시의 근본원리

1　김준오, 《시론》, 삼지원, 1982, 27쪽. 김준오의 동일성 개념의 출처에 대해서는 알
　려진 바가 없다. 가장 근접하다고 알려진 에밀 슈타이거의 《시학의 근본개념》
　에서도 동일성이라는 강한 표현을 사용하지 않고 있다. 다만, '거리의 결핍'(no
　distance)을 말하고 있을 뿐인데, 이때의 거리는 또한 '미적 거리'를 의미하는 것이
　아니어서, 다만 '간격의 결여'라고 판단할 수밖에 없다(Emil Staiger, *Basic Concepts
　of Poetics*, trans. Janette C. Hudson & Luanne T. Frank, The Pennsylvania State
　University Press, 1991, p. 73). 김준오는 동일성을 획득하는 방법으로 '동화同化'와
　'투사'를 제시하고 있어서 '동일성'의 내용을 짐작하게 한다.
2　서동욱, 《차이와 타자》, 문학과지성사, 2000, 10쪽.

를 동일성으로 이해하는 데는 이견이 많지 않다.[3] 다른 방식으로 재정의하는 대신, 차라리 서정시를 포기하는 쪽을 택하는 시인들이 있을 뿐이다.[4] 이러한 난맥상은 동일성 개념 자체의 복합성에서 기인한 것이기도 하다. 무엇보다 서정시에서의 동일성은 단순한 자기동일성에 한정되지 않는다. 김준오는 그것을 '자아와 세계의 동일성'으로 구체화하고, 다시 '자아와 세계의 일체감'이라고 부연하고 있다.[5] 이렇게 되면 그것은 다시 일체감을 느끼는 '서정적 자아의 동일성'으로 회귀하게 된다.

외견상 주객동일성이라 할 수 있지만, 다만 서정시에서의 주체(혹은 자아)는 초월적, 객관적(3인칭) 시점을 취하지 않는다. 서정적 주체

---

3 서정시에 대한 비판은 동일성이라는 서정시의 개념 그 자체보다는 서정적 자아의 해체를 지향하는 경향이 강하다. 예컨대 이런 진술. "우리는 황병승의 시를 '자아의 시'와 구분되는 '주체의 시'라고 명명할 수 있을 것이다. 이곳에 동일화의 귀재인 상상적 자아의 지루한 변신술은 없다."(신형철, 〈문제는 서정이 아니다〉, 《몰락의 에티카》, 문학동네, 192쪽) 이처럼 '서정적 자아'와 '상상적 자아'를 동일시하는 순간, 당연하게도 자아에 대한 라캉의 사고에 갇히게 된다. 하지만 자아에 대한 라캉의 규정이 서정적 자아 혹은 서정적 주체에 그대로 적용될 수 있는 것인지는 의문이다.

4 한때 '해체시', '도시시' 등의 개념으로 '서정시'와 차이를 두는 시인들이 있었고, 그것이 여의치 않자 기존의 서정시를 '전통 서정시'로 처리하는 전략을 취하기도 한다. 최근에는 소위 '미래파'로 거론되는 일군의 시인들이 있어서 서정시의 범주에 대한 논의가 있었다(유성호, 〈서정 논의의 동향과 쟁점〉, 《한국근대문학연구》 18(2), 2017, 10, 248쪽 참조). 하지만 워낙 임시방편적 범주라서 평론가마다 그 명단이 다르고, 당사자 또한 수긍하지 못하는 경우가 많다. 서정시를 재정의할 필요성까지 보여 준 경우는 없었다.

5 김준오, 《시론》, 27쪽.

는 3인칭 초월적 시점을 소설의 서술자에게 양보하고,[6] 그보다는 더 제한이 많아 보이는 인간적·주관적(1인칭) 시점을 사용한다. 문제는 이렇게 되면 서정시의 주체는 객체와의 거리뿐만 아니라 시인 자신 과의 거리도 확보하기 어려운 상황에 처한다는 데에 있다. '거리의 결 핍'이 서정적 동일성의 내용이긴 하지만, 동시에 해결해야 할 문제이 기도 하다. 이 난점을 처리하는 과정에서 서정시는 발달하게 된다.

아무튼 서정시는 1인칭 주관적 시점을 장르의 본래적 유산으 로 전수하게 된다. 1인칭은 서정시의 자기동일성을 입증하는 지배 적 유전자인 셈이다. 이른바 고백체가 그것이다. 가라타니 고진柄谷 行人에 따르면 고백체는 일종의 '제도'다.[7] 이때 제도라는 것은 인공 적으로 만들어졌지만, 어느 순간 그 기원이 망각되어 자연스러워 진 상태를 의미한다. 자연이 된 문명이 제도인 것이다. 그런데 고진 에 따르면, 서정적 주관성이 고백체를 만든 것이 아니라 고백체가 주관성(내면)을 만들어 냈다.

고백이라는 형식 또는 고백이라는 제도가 고백해야 할 내면 또 는 '진정한 자기'라는 것을 만들어 낸 것이다. 문제는 무엇을 어떻게 고백할 것인가가 아니라 이 고백이라는 제도 자체에 있다. 감추어야

---

6 김동인이 '인형조종술'을 내세우며, 신적인 위치에 있음을 체험한 것도 이와 관련 된다.
7 가라타니 고진, 〈고백이라는 제도〉, 《일본 근대문학의 기원》, 박유하 옮김, 도서출 판b, 2010, 103~129쪽 참조.

할 것이 있어서 고백하는 것이 아니다. 고백한다는 의무가 감추어야 할 것을 또는 '내면'을 만들어 내는 것이다. (중략) 일단 성립한 고백이라는 제도 속에서 처음으로 감추어야 할 일이 생기며 나아가 그것이 제도라는 사실이 의식되지 않는 것이다.[8]

자연이 된 문명이 제도라고 했던 것처럼, 문명은 자연(스러운 것)을 만들고 그것을 제도화한다. 자연은 그것이 만들어졌다는 사실, 그 기원이 망각된 제도화의 산물인 것이다. 그렇게 '만들어진 자연'을 전수하는 역사적 통로가 문명이다. 문명은 자연이 된 제도를 만들고 그것을 역사를 통해 운반한다. 마찬가지로 서정시의 유전자, 즉 1인칭 주관적 시점에 입각한 주객동일성의 경험도 언제부턴가 약속된 관습이고 제도다.

이렇게 우리들의 자연이 사실은 만들어진 인공자연 (=matrix) 이라는 진실에 대한 폭로[9]는 푸코Michel Foucault를 경유한다. 문명이 잊고자 했던 진실에 대한 계보학적 폭로는 모든 자연적인 것에 대한 의심과 회의를 불러일으킨다. 자연적 인간과 복제인간 사이의 구별이 무의미해진 것이다. 그래서 인간의 소멸에 대한 푸코의 예언[10]에는 종말론적 관점이 투영되어 있다.

---

8   가라타니 고진, 《일본 근대문학의 기원》, 104~105쪽.

9   김수이, 〈자연이라는 메트릭스에 갇힌 서정시—최근 시에 나타난 '자연'의 문제점〉, 《서정은 진화한다》, 창비, 2006, 13~30쪽.

10 "인간은 바닷가 모래사장에 그려 놓은 얼굴처럼 사라질지 모른다." 미셸 푸코,

이러한 종말론은 "더 이상 역사의 완성에 대하여 질문하지 않고, 오히려 역사로부터의 '구원'을 질문하게" 만든다. 이때의 역사를 문학의 역사로 전유한다면, 문학사에서의 종말론은 현재의 힘을 미래에까지 확대하고 유지하고자 하는 '역사의 폭력'을 중지하고, '전향Umkehr'의 순간을 통해 '다른 미래'에 대한 새로운 희망을 모색하게 한다.[11] 진정한 종말론은 "현대 세계의 무미래성Zukunftlosigkeit"[12]에서 미래를 구원하는 것이기 때문이다.

그러나 푸코에 따르면, 우리들의 자연이 사실상 만들어진 제도라는 것을 '상기'한다고 해도, 그 제도 바깥으로 탈출할 출구는 존재하지 않는다. 감옥이 그렇듯이, 탈출이 용이한 제도를 제도라고 하지는 않는다. 푸코에 이어서 라캉Jacques Lacan이 강조했던 것처럼, 역설적이게도 제도를 만드는 대타자의 (타율적) 명령에 순종하는 자만이 (자율적) 주체로 태어난다. 말 그대로 태어나는 것이지, 태어날 것인지 말 것인지를 선택하지는 못한다.

인간이 제도를 만들지만(A), 그 제도가 다시 인간을 만든다(B).

《말과 사물》, 이규현 옮김, 민음사, 2012, 526쪽. 물론 인간을 둘러싼 모종의 '배치'의 뒤틀림이라는 조건이 붙긴 하지만 말이다.

11 위르겐 몰트만, 《오시는 하나님—기독교적 종말론》, 김균진 옮김, 대한기독교서회, 1997, 97쪽.

12 위르겐 몰트만, 같은 책, 97쪽. 탁월한 종말론 연구자 몰트만은 세속적 미래Futur와 신학적 미래Zukunft를 구별하고 있다. 전자는 시간의 연속성을 전제하지만, 후자는 시간과 영원의 관계를 고려한다는 점에서 차이를 보인다. 전자의 경우에는 '새로움'을 설명하기 어렵지만, 후자를 통해서 그는 '새로움'의 계기를 설명할 수 있다고 본다.

마르크스는 앞뒤 문장(A와 B)을 다시 바꾸는 혁명을 통해 소외를 극복할 수 있다고 보았지만, 오늘날 제도에 길들여진 인간은 결코 제도 바깥으로 나가기가 쉽지 않다는 것을 잘 안다. 고백이라는 제도에 의해 만들어진 서정적 주체 또한 그러하다. 완전히 다른 장르를 선택하면 문제는 간단하겠지만, 서정시라는 제도에 머물면서 출구를 찾는 것이 문제인 것이다. 따라서 서정시에서 타자를 논의할 수 있다면, 그것이 출구를 대신할 수 있지 않을까, 하는 것이 이 글의 문제의식이다.

실패한 주체

먼저, 서정적 동일성 자체가 이미 타자적 경험의 산물임을 상기하고자 한다. 앞에서 말했듯이, 푸코와 라캉을 참조하면, 주체화 과정은 대타자의 권력에 예속됨을 조건으로 한다. 제도-권력에 종속됨을 조건으로 제도-내-주체가 되는 것이다. 제도-권력에 매개되지 않고 주체가 되는 길은 없기 때문이다. 말하자면, 고백이라는 제도를 승인하지 않고 서정적 주체가 되기는 어렵다. 주체화는 예속화의 산물이다.[13]

그러나 예속화에 성공하지 못한 주체가 문제다. 푸코는 그들을

---

[13] 주체(subject)와 종속(subject to-)에 대한 잘 알려진 말장난이 잘 말해 준다.

위해 신체를 규율하는 쪽으로 권력의 작동 방식이 바뀐다고 가정한다. 이러한 규율권력의 대두 시점이 근대다. 근대적 주체는 규율권력의 생산물인 것이다. 감옥과 병원, 학교 등이 그 역할을 명시적으로 보여 주지만, 규율권력은 사회 전체에서 보이지 않는 손으로 작동한다. 예속화에 성공하지 못한 주체를 감옥에 가둘 수 있지만, 그것은 사실 감옥 속의 감옥일 뿐이다. 이미 사회 전체가 감옥을 모델로 설계되었기 때문이다.

예속화에 성공하지 못한 주체는 사회 전체가 감옥이라는 것을 알아챈다. 사회가 요구하는 주체가 되어 줄 뿐이지 완전한 주체화에 성공하지는 못한 것이다. 서정시는 이처럼 주체화에 실패한 주체들, 그들의 실패한 언어들을 받아들이는 집단수용소다. 서정시보다는 산문 편에 가까운 사르트르Jean-Paul Sartre는 이들을 가리켜서 이렇게 말한다.

시에 있어서는 패자敗者가 곧 승자이다. 그리고 진정한 시인은 승리하기 위해서 죽음에 이르기까지 패배하기를 선택한 사람이다.[14]

산문가가 아니라 시인이 실패한 주체다. 산문가는 사회가 받아들일 수 있는 언어를 사용하지만, 시인들은 그렇지 못하다. 그들은 전달에 실패한 언어를 사용한다. 차라리 실패를 위해서 언어를 사

---

14 장폴 사르트르, 《문학이란 무엇인가》, 정명환 옮김, 민음사, 1998, 54쪽.

용한다고 해야 한다. 시인에게는 얼마나 성공적으로 실패하느냐가 관건인 것이다. 실패의 대상에는 당연히 서정시가 강요하는 제도들도 포함될 수 있다. 그것이 고백이라는 제도일지라도 말이다.

내 죄를 대신 저지르는 사람들에 대해
내 병을 대신 앓고 있는 병자들에 대해
한없이 맑은 날 나 대신 창문에서 뛰어내리거나
알약 한 통을 모두 삼켜버린 이들에 대해

나의 가득한 입맞춤을 대신하는 가을 벤치의 연인들
나 대신 식물원 화단의 빨간 석류를
따고 있는 아이의 불안한 기쁨과
나 대신 구불구불한 동물 내장을 가르는 칼처럼 강, 거리, 언덕을

불어가는 핏빛 바람에 대해
할 말이 있다

달콤한 술 향기의 전언을
빈틈없이 틀어막는 코르크 마개의 단호함과 확신에 대해
수음처럼 또다시 은밀해지려는 나의 슬픔에 대해
수음처럼 할 말이

나 대신 이 세계에 대해 더 많은 것을 희망하는 이들과

나 대신 어두워지려는 저녁 하늘

들판에 우두커니 서 있는 검은 묘비들

나 대신 울고 있는 한 여자에 대하여

— 진은영, 〈고백〉[15]

이 시는 아무것도 고백하지 않는 고백을 보여 준다. "할 말이 있다"고 하지만, 그 말은 아직 발설되지 않았다. 그의 말은 "빈틈없이 틀어막는 코르크 마개"에 막힌 채 내면에 갇혀 있다. 그의 내면은 "수음처럼" 더 "은밀"하게 숨는 것처럼 보인다. 따라서 더욱 은밀해진 고백은 아무도 대신할 수 없는 것이다. 그러나 그의 내면에 숨겨진 고백의 내용이 타자들에 의해 실현되는 것을 목격한다. 타자들은 죄를 저지르고, 병을 앓고, 자살을 하고, 사랑을 하고, 물건을 훔친다. 그들의 행동이 서정적 주체의 내면을 재현하고 있는 것이다.

이러한 재현은 일반적인 재현의 방향과 반대로 설정되어 있다. 서정적 동일성의 논리에 따르면, 타자들을 대신해서 말해야 하는 것이 서정적 주체의 역할이다. 주체가 타자를 대변하고, 그들의 욕망을 재현하는 것이 서정시의 일반 문법이다. 그러나 이 시에서는 그것이 역전되어 있다. 주체의 고백을 "대신"하는 것은 타자들이

---

15 진은영, 《훔쳐가는 노래》, 창비, 2012.

다. 타자들이 주체를 대신하고, 주체의 욕망을 재현한다는 것이다.

한때 엘리엇T. S. Eliot은 주체를 대신해서 말해 주는 객체들에 몰두한 적이 있다. 소위 '객관적 상관물'로 알려진 그의 시작법은 시인의 사상과 감정이 직접적으로(즉, 무매개적으로) 서정적 주체를 통해 전달되는 것을 차단하는 방법이었다. 이것은 시인이 사상이나 감정의 노예가 되지 않기 위한 방법이기도 했다. '객관적 상관물'과 같은 장치는 시인의 감정이 그대로 시에 투입되지 않고 최대한 '양식화'를 거쳐서 제시될 수 있게 하기 때문이다. 이것은 예술작품에 대한 실용적 태도를 중지시킨다는 점에서, 칸트Immanuel Kant 이후에 잘 알려진 '미적 거리'를 계승한 것이다.[16]

실용적 태도에는 제도에 길들여진 관습적인 기대도 포함된다. 진은영의 작품은 고백이라는 형식에 대한 기대를 배반한다. 무엇보다 시인의 내적 욕망과 타자들이 저지른 행동 사이에 관련성이 제시된 것도 아니기 때문에 고백이라고 하기도 어렵다. 고백을 대신하는 것이 타자라는 설정도 낯설다. 이와 같이 전형적인 고백의 형식을 위반할 때, 고백이라는 제도는 드디어 눈에 들어온다. 실패한 고백이 성공한 고백이 되는 것이다.

---

16 김준오, 《시론》, 350~352쪽 참조.

병든 주체

그런데 예속화에 실패한 주체를 감옥에 가두지 않는 방식이 있다. 라캉처럼 모든 주체가 완전한 예속화에 실패할 수밖에 없다는 것을 인정하는 것이다. 문제는 실패하는 방식에 달렸을 뿐이다. 실패의 방식과 정도에 따라 신경증에서 정신증까지 다양한 주체들이 분류된다. 하나의 성공한 주체만을 기대하는 푸코와 달리, 라캉은 실패한 여러 주체를 허용한다. 라캉의 관점을 경유하면 서정적 주체는 다양한 병리적 주체로 분화될 수 있다. 따라서 푸코처럼 비정상을 정상으로 치유하는 데 집중할 필요가 없게 된다.

서정적 주체는 예속화에 실패하는 방법에 대한 고민의 결과인 것이다. 다만, 시인 또한 사회적 주체라는 점에서, 예속화에 성공한 것처럼 주체의 가면을 쓸 필요가 있다. 물론 서정적 주체를 일종의 가면으로 간주하는 태도 또한 시인과 시적 주체를 구별하기 위한 양식화의 방법이기도 하다. 그러나 가면 쓰기는 사회로부터 시인을 분리하는 데 도움을 준다. 가면은 사회가 부여하는 예속화에 대한 수락과 거절을 동시에 의미하기 때문이다.

그러한 이중적 주체는 이미 낭만주의 시기에 완성되었다.[17] 그리고 근대적 서정시의 이념들은 그 안에서 만들어졌다. 이사야 벌린Isaiah Berlin에 따르면, 낭만주의의 뿌리는 18세기 당시 유럽의 촌

---

17 이러한 불투명한 주체는 진정성과 관련이 있다.

구석이었던 독일의 절망적 상황에서 만들어졌다. "사회적으로 짓밟
히고 정치적으로 비참해진 인간 군상들"이 "자기 안에 틀어박혀 자
기 내면에만 열중하고, 어떤 사악한 운명이 외부적으로 허락하지
않은 세계를 내적으로 창조하려는 시도"가 일어난 것이다. 이른바
"경건주의자"라 불리는 그들의 소망은 "더는 상처에 노출되지 않기
를" 바라는 것이었다.[18]

　이렇게 내면에 틀어박혀서 더 이상 상처받지 않을 세계를 내적
으로 창조하는 사람들은, 당시 권력의 관점에서 봤을 때, 이미 그
사회의 타자다. 외면적으로는 그 사회에 순종하는 주체처럼 보이
지만, 내면적으로는 이미 이방 사람인 것이다. 이사야 벌린이 발굴
한 최초의 낭만주의자 하만Johann Georg Hamann은 "정상인들은 세
상을 진정으로 이해하지 못한다고 공공연히 말한다." 그는 신神조
차도 성직자나 철학자보다 "도둑과 창녀, 죄인과 세리에 더 가깝다"
고 보았다. 그들이야말로 "병든 인간이자 상처받은 인간"이기 때문
이다.[19]

　나요. 오장환이요. 나의 곁을 스치는 것은, 그대가 아니요. 검은 먹
　　구렁이요. 당신이요.
　외양조차 날 닮았다면 얼마나 기쁘고 또한 신용하리요.

18　이사야 벌린, 《낭만주의의 뿌리》, 강유원·나현영 옮김, 이제이북스, 2005, 62~65쪽.
19　이사야 벌린, 같은 책, 94쪽.

이야기를 돌리오. 이야길 돌리오.

비명조차 숨기는 이는 그대요. 그대의 동족뿐이요.

그대의 피는 거멓다지요. 붉지를 않고 거멓다지요.

음부 마리아모양, 집시의 계집애모양,

당신이요. 충충한 아구리에 까만 열매를 물고 이브의 뒤를 따른 것
    은 그대 사탄이요.

차디찬 몸으로 친친이 날 감아주시오. 나요. 카인의 말예末裔요. 병든
    시인이요. 벌罰이요. 아버지도 어머니도 능금을 따먹고 날 낳았소.

기생충이요. 추익이요. 독흰 미섯들이요.

다릿한 꿈이요. 번뇌요. 아름다운 뉘우침이요.

손발조차 가는 몸에 숨기고, 내 뒤를 쫓는 것은 그대 아니요. 두엄자
    리에 반사牛死한 점성사占星師, 나의 예감이요. 당신이요.

견딜 수 없는 것은 낼름대는 혓바닥이요. 서릿발 같은 면돗날이요.

괴로움이요. 괴로움이요. 피 흐르는 시인에게 이지理智의 프리즘은
    현기로웁소

어른거리는 무지개 속에, 손가락을 보시오. 주먹을 보시오.

남빛이요—빨갱이요. 잿빛이요. 잿빛이요. 빨갱이요.

                — 오장환, 〈불길不吉한 노래〉

이 작품은 낭만적 주체의 원형을 잘 보여 준다. 무엇보다 건전

한 시민이 아니라 "병든 시인"이 서정적 주체로 등장한다. 정신적으로 건전하고 또 육체적으로도 건강한 부르주아의 이상적 주체와는 달리, 시인은 "병"을 앓고 있다. 아마도 시인으로서 살아간다는 것이 "병"과 관련이 있을 터인데, 그는 그 "병"이 일종의 "벌"이라고 생각한다. 더욱이 그것은 타고난 "병"이기 때문에 시인이 된다는 것은 무엇보다 '천벌'에 가깝다. 비슷한 시기의 윤동주도 고백하고 있듯이 이들은 "시인이란 슬픈 천명"(《쉽게 씌어지는 시》)임을 공유하고 있다.

이들에게 이야기를 들려주는 뮤즈는 '천사'가 아니라 '악마'("사탄"의 원형인 '뱀')다. 악마는 그들이 건전한 시민으로 편하고 안락한 삶을 살아가지 못하게 하고, "기생충"이 될 것을, "독한 버섯"이 될 것을 유혹한다. 무엇보다 이 '천형'의 시인은 그 유혹을 거절할 마음도 없어 보인다. "널름대는 혓바닥"을 "견딜 수 없"기 때문이다. 문제는 그 뱀의 아름다움이 사회가 허용하는 도덕적 금기의 선을 넘어서는 것과 관련되어 있다는 데에 있다. 한편으로 그는 사회의 안쪽에 거주하고 있기 때문에 유혹에 동조하는 것이 마냥 즐거운 일은 아니다. 그것은 기쁨이기보다는 "괴로움"에 가깝다. 뱀의 혀는 스치기만 해도 붉은 피를 쏟게 만들 수 있는 "서릿발 같은 면도날"이다. 그 뱀의 혀-면도날로 인해 상처를 입고, 결국 자신의 손바닥에서 "피 흐르는 시인"의 운명을 바라볼 뿐이다. 그리고 그 피는 그의 삶을 "잿빛"으로 물들인다.

그의 조상이 금지된 "능금을 따먹고" 자식을 낳았던 것처럼,

그 또한 그 족보에 이름을 올리고 있다. 이렇게 병든 족보의 끝에서 "나요. 오장환이요"라고 당당하게 말할 수 있는, 뻔뻔한 죄인이 낭만적 주체다. 그는 이미 사회적 타자의 위치에서 주체가 되기를 정한 것이다. 그것은 사회가 요구하는 금기의 선을 넘어서면서 피를 흘릴 준비가 되어 있는 주체이기도 하다. 이 시인이 말해 주는 바, 서정적 주체의 동일성은 결코 낙원에서 시작된 것이 아니다. 오히려 그들은 낙원에서 추방되면서 서정적 주체가 될 수 있었다. 자아와 세계의 동일성이란 단순한 '조화'가 아니다. 금기의 선을 넘으면서 개방된, 어떤 피 흘리는 세계에 대한 미메시스이기 때문이다. 조화에는 이미 불화不和가 포함되어 있다. 세계와의 불화는 세계가 아름다우면 아름다울수록 더욱 강해지는데, 대개 그 아름다움은 미혹이기 때문이다.

신화적 주체

자신이 속한 사회에서 타자인 낭만적 주체에게 동일성은 상실된 것으로 기억된다. 상실과 회복의 오래된 모티프에 따라서 동일성을 과거에 투사하는 경우는 자주 발견된다. 특히 서양의 경우 고대 그리스는 상실된 세속적 낙원을 대표한다. 현대의 소설을 고대 그리스의 서사시에 비교할 때의 루카치György Lukács가 대표적이다. 그는 소설을 가리켜 "선험적 고향상실성의 표현"[20]이라고 규정했는데, 그것은 사실 그의 낭만주의적 정신세계를 가리킨다. 고대 그리스의 원환적 세계를 현대의 분열된 세계와 대조하는 관습의 역사는 그만큼 깊다.

낭만주의자는 고대 그리스에 대비하여 자기의 시대를 신화가 사라진 시대로 이해했다. 과학과 이성이 주도하는 사회에서 잃어버린 신화적 세계를 고향으로 지목하는 주체가 낭만적 시인인 것이다. 그들은 고대 그리스의 세계에서는 동일성이 현존했다고 가정하는데, 신화가 그 증거로 제시된다. 그러나 라캉에 따르면, 신화적 동일성은 유아적 상상의 산물이다. 언어의 습득은 그 신화적 동일성의 세계에서 빠져나오는 절차에 해당한다. 그러나 신화적 동일성 세계는 언어를 모른다. 그래서 언어를 통해서 복원할 수 없는 영원한 상실의 지점이 되는 것이다. 낭만적 주체가 신화적 세계에 대한 '향수'를 품게 된다면, 그는 언어를 통해서 언어를 극복해야 하는 과제를 부여받게 된다. 이때 언어를 극복하는 방법이 상징의 사용이다. 벌린에 따르면, 최초의 낭만주의자 하만의 생각은 이랬다.

신화는 인간이 감히 말로 나타낼 수 없고, 표현할 수 없는 자연의 신비를 표현하는 수단이었으며, 달리 그것을 표현할 수 있는 길은 없었다. 만일 언어를 사용했다면 목적은 제대로 달성되지 못했을

---

20 게오르그 루카치, 《소설의 이론》, 심성완 옮김, 심설당, 1985, 47쪽.

것이다. 언어는 사물을 필요 이상으로 난도질했다. 언어는 모든 것을 분류하려 들었고, 또한 지나치게 합리적이었다. (중략) 신화는 이러한 신비를 예술적인 이미지와 상징들을 통해 전달하였고, 언어의 힘을 빌리지 않고도 인간을 자연의 신비와 연결시켜 주었다.[21]

하만에 따르면, 상징은 언어가 아니다. 상징은 언어의 한계를 극복한 언어, 신화적 언어인 것이다. 이때 앞의 언어는 당연하게도 개념적 언어, 과학의 언어를 가리킨다. 과학의 언어는 자연에서 신비를 제거하는 언어다. 말하자면, 자연에 대한 탈마법화의 도구다. 과학의 언어가 지배하는 근대사회는 자연에서 "감히" 말로 표현할 수 없는 신비가 상실된 시대다. 하만이 보기에, 그리스인들은 인간을 자연의 신비와 연결해 주는 언어를 알고 있었으며, 그것이 신화를 통해서 실현된 것이다. 그래서 낭만주의자들의 과제는 다시 인간을 자연의 신비와 연결해 줄 수 있는 "현대의 신화", 그 신화적 언어를 개발하는 것이다. 그것이 낭만적 시인들에게 맡겨진 과제다.

라캉의 구도를 빌리자면, 상징계에 안착한 주체는 성숙한 언어를 가지고 기만과 거짓의 세계, 즉 상상적 자아의 세계를 다시 방문해야 한다. 그것은 거의 불가능에 가깝겠지만, 그 경계를 넘고자 하는 순간에 언어의 마지막 모습을 지켜보아야 한다. 사실 그것을

21 이사야 벌린, 《낭만주의의 뿌리》, 83~84쪽.

경험하는 인간은 상징계에 정착하는 데 실패한 인간 주체일 것이
다. 상징계에서 상상계에 대한 미련을 버리지 못하고 '향수병'[22]을
앓는 신경증 환자일 것이다. 그 환자가 서정적 주체의 원형이다. 나
르시시즘의 상태에 머물러 있는 자아가 아니라, 그 동일성의 자아
가 회복 불가능하다는 것을 잘 알고 있는 주체, 그럼에도 불구하
고 그 가능성을 포기하지 않는 주체 말이다.[23]

눈보다도 먼저
겨울에 비가 오고 있었다.
바다는 가라앉고
바다가 있던 자리에
군함軍艦이 한 척 닻을 내리고 있었다
여름에 본 물새는
죽어 있었다.
물새는 죽은 다음에도 울고 있었다.

---

22 이것이 진정한 의미에서의 '고향상실'이다. 낭만주의자들에게 '고향'은 지리적 본
    적지가 아니라 '실패한 언어가 가리키는 지점'이다. 그 지점에 주목한 사람이 하
    이데거이다. 그가 시인에게 기대했던 것도 바로 그 언어이다. 그 뒷줄에 루카치가
    놓인다.
23 이후 괴테에 의해서 상징은 '동일성'의 언어로 재규정된다. 따라서 폴 드 만은 그
    반대 방향, 즉 상상계에서 상징계를 향하는 언어를 알레고리로 제안한다. 알레고
    리는 상징적 동일성의 언어가 불가능하다는 것을, 그것이 착각과 기만이라는 것
    을 폭로하는 언어인 것이다. 알레고리에는 계몽의 냄새가 남아 있다. 주일선, 〈상
    징은 의미동일성의 재현인가〉, 《카프카연구》 16, 2006. 12., 209~210쪽.

한결 어른이 된 소리로 울고 있었다.

눈보다도 먼저

겨울에 비가 오고 있었다.

바다는 가라앉고

바다가 없는 해안선海岸線을

한 사나이가 이리로 오고 있었다.

한쪽 손에 죽은 바다를 들고 있었다.

- 김춘수, 〈처용단장〉 1-4

〈처용단장〉은 처용이라는 신화적 인물을 모티프로 하면서, 언어의 다른 가능성을 시험하는 작품이다. 처용에 대한 김춘수의 관심은 초기(1960년대)부터 이어지지만, 그것이 연작의 형식으로 나타나기까지는 30년을 기다려야 했다. 이때의 처용은 청년기의 트라우마를 극복하기 위해 만들어 낸 신화적 주체에 해당한다. 역사와 이데올로기의 폭력에 노출되었던 그 경험은 역사와 이데올로기에 봉사하는 언어에 대한 혐오를 불러일으켰고, 그로 하여금 평생 언어에 대한 탈이념화 작업에 매달리게 한 근거가 된다. 의미를 실어 나르는 언어에 대한 혐오가 그의 무의미시의 토대가 된 것이다.[24]

처용은 역사와 이데올로기라는 역신疫神을 물리치기 위해서 '춤'(제의)과 '노래'(신화)를 사용한다. 그래서 그의 노래는 단순한 노

---

24 처용과 무의미시의 관련성에 대해서는 오문석, 〈무의미시에 이르는 3단계〉, 《국제

래가 아니라 제의祭儀와 결합된 노래(공연)다. 〈처용단장〉은 제의와 결합된 그 노래의 복원을 지향하는 것이다. 이때 노래에 포함된 언어는 당연히 역신이 사용하는 언어(즉, 이데올로기와 역사에 봉사하는 언어)와 달라야 한다. 합리성을 가장한 폭력적 언어에 맞서기 위해서 김춘수는 제의적 언어를 모색하게 된다. 언어이기를 거부하는 언어의 원형적 형태를 탐색하고자 한 것이다.

제의는 진술이 아니라 일종의 행위이기 때문에 반드시 주술적 기능이 동반된다.[25] 김춘수의 신화적 언어는 당대의 모든 언어에서 사라진 주술적 기능의 복원을 노린다. 당연하게도 그것은 불가능하다. 무엇보다도 그의 언어는 제의를 구현할 수가 없다. 동일한 구문과 동일한 단어들, 예컨대 "있었다"와 같은 언어의 반복으로는 역부족이다. 다만 이 작품은 그가 목적하였던바, 적어도 이데올로기와 역사를 위해 봉사하는 언어는 아니게 된다. 쓸모가 없는 언어이기 때문이다. 그래서 바다에서부터 걸어 나오는 처용의 모습에는 비장한 데가 있다. 인간의 언어에 의해서 "죽은 바다"를 들고 서 있기 때문이다. 신화적 세계에서 바다는 죽을 수가 없다. 그래서 그가 지나가는 곳마다 죽은 물새도 울 수 있게 된다. 죽음을

어문》 79, 2018. 12., 440~443쪽 참조.

[25] 혹자는 제의와 결합되지 않은 신화는 단순히 문학작품에 불과하다고 본다. 제의의 주술적 기능은 《황금가지》의 저자 프레이저의 주된 관심이기도 하다. 로버트 시걸, 《신화란 무엇인가》, 이용주 옮김, 아카넷, 2017, 104~119쪽. 프레이저는 제의의 주술적 기능을 은유와 환유를 통해서 설명한 것으로 유명하다.

이겨 내는 신화적 인물 처용과 그의 언어는 낭만주의적 주체가 도
달하고픈 세계를 가리키고 있다.

동일성에서
주변성으로

들뢰즈에 따르면, 플라톤이 추방한 시인의 죄목은 동일성에 있지
않고 차이에 있다.[26] 잘 알려져 있듯이, 플라톤의 세계에서 지상의
모든 사물은 진정한 실재인 이데아의 복사물이다. 그 복사물들은
적어도 이데아와의 유사성, 동일성 관계에 놓여 있다. 그것은 철학
자의 관심 영역이다. 그러나 시인(혹은 화가)은 이데아의 복사물인
그 사물을 또다시 모방한다. 그의 작품은 복사물에 대한 복사물,
즉 허상simulacre이다. 들뢰즈에 따르면, 허상虛像은 이데아와의 유
사성보다는 차이가 더 많을 수밖에 없는데, 그래서 윤리적으로도
미학적으로도 거짓된 세계다. 플라톤으로서는 시인을 추방할 이
유가 충분했는데, 다시 말하지만, 그 이유는 동일성이 아니라 차이
때문이다. 플라톤과 같은 전체주의자의 눈에도 시의 본질은 차이

---

26 물론 플라톤의 경우 이 판단은 시를 포함한 모든 예술에 두루 적용되는 것이지
   만, 여기에서는 이를 근거로 시의 위치가 동일성 쪽에 있는 것이 아니라 차이에
   있다는 것을 다시 한 번 환기하고자 한다.

에 있고, 그래서 그 언어는 공식적인 언어에서 추방되어야 하는 타자인 것이다.

그런데 언제부턴가 서정시의 본질이 동일성에 있다는 것이 자명해졌다. 서정시의 작법은 곧 동일성의 시학에 근거한다는 것이다. 그러나 오늘날 동일성은 차이에 대한 폭력 행사의 원흉으로 알려져 있다. 들뢰즈는 현대철학의 과제를 "플라톤주의의 전복"[27]이라고 주장한다. 동일성 대신에 차이가 우위에 놓여야 한다는 것이다.

그러나 다행스럽게도 들뢰즈가 주목하지 않은 것이 있다. 시인이 창조하는 허상의 세계가 이데아의 세계와 완전히 절연된 것이 아니라는 사실이다. 그는 허상의 세계에서 순수 차이, 차이 그 자체만을 보고자 했지만, 그 정도의 순혈성은 보장되지 않는다. 허상은 이데아에서 멀어지면서 동일성의 함량이 부족해졌을 뿐, 차이와 동일성을 동시에 포함하고 있기 때문이다. 이데아와 허상은 은유적 관계를 맺고 있다. 이데아와 허상은 원관념tenor과 보조관념vehicle의 관계처럼 서로 결속되어 있다.

자아와 세계의 동일성도 사실상 은유적 관계와 다르지 않다. 프레이저James George Frazer는 《황금가지》에서 주술의 원리를 '유사의 법칙'과 '접촉의 법칙'으로 나누었는데, 이는 각각 은유와 환유적 사고라고 할 수 있다. 그중 '유사의 법칙'에 대해 그는 이렇게 말한다.

---

[27] 질 들뢰즈, 《차이와 반복》, 김상환 옮김, 민음사, 2004, 149쪽.

어느 시대를 막론하고 많은 민족들이 적을 상해하거나 죽이고 싶을 때 적과 닮은 모형을 만들어 그것을 상해하거나 파괴하는 행위를 시도하는데, 이는 '유사가 유사를 낳는다'는 원리에 가장 가까운 사례라 할 수 있다. 그것은 닮은 모형을 괴롭히면 상대방도 마찬가지로 고통을 받고, 또한 그 모형을 파괴하면 상대방도 반드시 죽는다고 하는 믿음에 입각한 것이다.[28]

한때 프로이트Sigmund Freud도 무의식이 의식으로 나타나는 꿈의 작용을 은유와 환유의 원리를 통해서 설명하고자 했다. 그와 유사하게 융Carl Jung은 무의식의 언어를 상징으로 이해하고 있다. 여기에서 원시적 사유에서 과학적·합리적 사유로 발전한다는 계통발생의 원리가 무의식에서 의식으로, 상상계에서 상징계로 이동한다는 개체발생의 원리에서 반복된다는 것이 확인된다.

그보다 중요한 것은 무엇보다 시인은, 아니 시적 주체는 그 사이에서 자신의 자리를 발견해야 한다는 것이다. 무의식과 의식의 사이, 원시적 사유와 합리적 사유의 사이가 서정적 주체의 자리다. 그 자리는 일종의 '중재'의 자리면서, 어디에서도 환영받지 못하는 '주변인'의 자리다. 한편으로, 서정적 주체는 무엇보다 양쪽에서 모두 추방된 존재다. 원시와 무의식이 주도하던 상상과 신화의 세계는 이미 지나갔다. 그리고 지금 과학적 합리와 분열된 의식이 지배

---

28 J. G. 프레이저, 《황금가지》, 박규태 옮김, 을유문화사, 2005, 73쪽.

하는 언어의 세계는 시의 자리를 만들어 두지 않는다. 다른 한편으로, 시인은, 무엇보다 서정적 주체는 양쪽의 세계에 모두 속해 있어야 한다. 이미 지나갔지만 잡으려 노력해야 하고, 자신의 자리가 마련되지 않았지만 자리를 잡으려 노력해야 한다.

일반적으로 주변성marginality의 이론가는 "두 세계 가운데 어느 한쪽도 포기하지 않으면서 두 세계 모두에 존재하는 것"[29]만을 긍정하려고 하지만, 서정적 주체에게는 부정적 측면도 중요하다. 말하자면 "이 세계나 저 세계 어디에서도 완전히 속하지 못하는 소외감", 즉 주변인 의식도 필요하다. 두 세계의 사이In-Between에 주변인으로 존재하면서, 그와 동시에 두 세계 모두In-Both에 완전히 속해야 하는 모순적 존재인 것이다. 이제는 여기에서부터 동일성을 대체할 수 있을 만한, 서정성과 서정적 주체의 새로운 정의를 모색할 필요가 있다.

---

29 이정용, 《마지널리티》, 신재식 옮김, 포이에마, 2014, 94쪽.

3

시와 놀이
언어유희에 대하여

이 글은 《현대문학의 연구》(2022년 10월)에 게재된 〈언어유희에 대하여〉를 수정하고 보완하여 재수록한 것이다.

언어의
유희적 본질

언어유희는 말장난pun이 아니다. 말장난이 대표적인 언어유희일
수는 있지만, 말장난이 언어유희의 전부는 아니다. 언어유희에는
말장난 이상의 넓이와 깊이가 내재한다. 지금까지 언어유희에 대해
'진지하게' 사유하지 못했던 데에는 '언어유희=말장난'이라는 도식
이 견고하게 자리 잡고 있는 탓이 크다. '유희'는 '진지한 사유'의 대
상이 될 수 없었던 것이다. 하물며 '장난'이라니. 대부분의 시론 관
련 저서에서 언어유희가 제대로 다뤄지지 않는 것도 마찬가지다.
그들 또한 '언어유희=말장난'의 도식에서 크게 벗어나지 못했던 것
이다.

잘 알다시피 '유희'에 대한 '진지한 사유'를 대표하는 저서로 《호
모 루덴스》(1938)가 있다. 저자 하위징아Johan Huizinga에게 '유희'는
모든 문화의 기원을 설명해 준다.[1] 그에 따르면 종교와 전쟁, 법률
은 물론 예술까지도 유희에 그 기원을 두고 있다. 문화는 유희에서
시작되었다. 그러나 문명은 유희를 망각하거나 억압하는 쪽으로
발전했다. 문명이 발전하면서 "놀이와 진지함의 대립"이라는 관념

---

1 "문화는 놀이의 형태로 발생했고, 문화는 아주 태초부터 놀이되었다." 요한 하위징
  아,《호모 루덴스》, 이종인 옮김, 연암서가, 2010, 107쪽.

이 생겨났고, "진지함은 놀이를 배제"[2]하려 했다. 따라서 그는 유희를 망각에서부터 건져 내려 한 것이다. 망각된 문화적 기원으로서 유희를 재평가하려 했던 것이다.

이미 말했듯이, 그에 따르면 현재 대부분의 문화에서는 놀이의 정신이 망각되거나 제거되었다. 다만 아직까지도 유일하게 그 정신을 보존하고 있는 "최후 보루"가 있다면서, 그는 "시"를 지목한다. "시만이 살아 있는 고상한 놀이 정신의 최후 보루로 남"아 있다는 것이다. 심지어 그는 "시적 언어에서 발견되는 놀이 정신은 너무나 명백해 구체적 사례가 불필요하다"[3]고까지 말한다. 시의 놀이 정신은 "시적 언어"에서 여전히 발견된다는 것이다. 그에 따르면, 유희는 시의 기원일 뿐만 아니라 시적 언어의 본질로서 현재하고 있다. 이는 시적 언어의 유희적 본질에 대한 통찰이라 할 수 있다.

언어유희를 단순한 말장난으로 격하시키지 않아야 하는 이유가 여기에 있다. 말장난이 시적 언어의 본질이라 볼 수는 없기 때문이다.[4] 말장난과 달리 언어유희는 '놀이의 정신'을 동반한다. 하위징아에 따르면 놀이의 정신은 다음과 같은 특징을 지닌다.

그러니까 영어 단어 play에 상응하는 현대 유럽 언어들의 단어

---

2 요한 하위징아, 같은 책, 106쪽.
3 요한 하위징아, 같은 책, 259쪽.
4 말장난pun은 시적 언어의 유희적 본질을 드러내는 여러 방법 중의 하나일 뿐이다.

를 살펴보면서 놀이의 일반적 정의를 찾아본다. 그 결과 놀이 개념은 이렇게 정의될 수 있을 듯하다. / 놀이는 특정 시간과 공간 내에서 벌어지는 자발적 행동 혹은 몰입 행위로서, 자유롭게 받아들여진 규칙을 따르되 그 규칙의 적용은 아주 엄격하며, 놀이 그 자체에 목적이 있고 '일상생활'과는 다른 긴장, 즐거움, 의식意識을 수반한다.[5]

요컨대, '놀이의 정신'에는 시공간의 제약성, 강요가 아닌 자발성, 엄청난 몰입도, 엄격한 규칙 적용, 자체 목적성, 비일상성 등이 포함된다. 이러한 특성이 그대로 시적 언어의 유희적 본질에도 적용될 수 있다. 이때 유희가 문화의 역사적 기원에 놓이는 것처럼, 언어유희는 시의 원시적 기원을 환기한다. 예로부터 "시 속에서, 사물들은 '일상생활'과는 굉장히 다른 외관을 지니게 되고, 논리와 인과관계를 훌쩍 벗어나 다른 유대 관계로 매이게 된다." 그런 까닭에 그는 시를 가리켜서 "정신의 놀이터"[6]로 칭한다.

그 "정신의 놀이터"에서 시적 언어는 일상의 시공간에서 적용되는 규칙에서 벗어나서 "더 원시적이고 근원적인 단계"로 진입한다. 그 단계는 '정신의 지하 세계'를 연상케 한다. 그 지하 세계에서는 지상에서 요구되는 '진지한 진술'의 규칙이 통용되지 않는다. 그 정신의 놀이터에 대해서 그는 이렇게 말한다.

---

5 요한 하위징아, 같은 책, 78쪽.
6 요한 하위징아, 같은 책, 231쪽.

그것은 어린아이, 동물, 원시인, 예언자 등이 마음대로 넘나드는 꿈, 매혹, 황홀, 웃음의 영역이다. 시를 이해하기 위해 우리는 마법 망토처럼 아이들의 영혼을 입어야 하며, 어른의 지혜를 내던지고 아이들의 지혜를 얻어야 한다.[7]

정신의 놀이터는 "꿈"의 영역으로 대표되며, 이 놀이터의 주인공은 "어린아이"다. 다시 말해서, 시적 언어의 유희적 본질은 꿈을 꾸는 어린아이의 세계로 진입하였을 때 더 잘 이해된다는 것이다.[8] 이때 정신의 놀이터에서 이루어지는 언어유희는 진지한 언어에 씌워진 "마법 망토"와도 같다. 그리고 그 망토를 걷어 내면 언어유희를 이해하지 못하는 '어른'으로 복귀한다. 이와 같은 어른과 어린아이의 대립은 문명인과 원시인, 인간과 동물, 범인과 예언자의 대립에서도 반복된다.

그렇다면 어른, 문명인, 인간, 범인이 '정신의 놀이터'로 진입하기

---

7   요한 하위징아, 같은 책, 232쪽.

8   이는 《이상한 나라의 앨리스》에서 '토끼굴'을 통과하는 것과도 같다. 토끼굴을 통과하는 순간 '이상한 나라'에서는 '언어유희'가 일상화된다. 이때 '이상한 나라'에서의 언어유희는 번역이 사실상 불가능하다. 언어유희는 대부분 해당 언어의 조어법을 교란하는 것이기 때문이다. 언어유희의 존재는 해당 언어의 의미만 분리하여 번역하는 것을 허용하지 않는다. 따라서 언어유희는 특정 지역을 벗어나기 어렵다. 유희 일반과 마찬가지로 언어유희 또한 '시공간의 제약성'이라는 특징을 공유하는 것이다. 앨리스의 언어유희가 '토끼굴' 저쪽에서만 통용되는 이유가 여기에 있다. 언어유희와 번역(불)가능성에 대해서는 김순영, 〈《이상한 나라의 앨리스》를 통해 본 언어유희(pun)의 번역〉, 《번역학 연구》 8.2, 2007. 참조.

위해서는 그들의 언어를 버려야 한다. 어린아이의 언어를 이해하려면 "어른의 지혜"도 버려야 한다. 정신의 놀이터에서 언어는 일상의 언어와 구별되는 독자적 소통의 규칙을 따르기 때문이다. 그것이 바로 놀이터의 규칙이고 유희의 규칙이다. 정신의 놀이터 혹은 언어의 놀이터에서 언어는 유희의 규칙을 따른다. 다른 놀이문화처럼 놀이의 정신을 공유한다는 것이다. 따라서 시적 언어를 유희의 관점에서 바라본다는 것은, 시의 원시적 기원과 접속하는 언어 사용의 방식에 대한 검토이기도 하다. 아무리 현대적이라고 하더라도 시는 문화의 원시적 기원을 환기하는 방식을 알고 있다. 그것이 시적 언어의 유희적 본질이다. 언어유희가 단순한 말장난에 그치지 않는 까닭이 여기에 있다.

정신의 놀이,
놀이의 정신

잘 알다시피 근대 미학의 완성자 칸트Immanuel Kant는 '정신의 놀이'에서 아름다움의 비밀을 발견한 사람이다. 그에 따르면, 미적 쾌감은 모종의 불가능한 만남에서 발생한다. 자유로운 상상력과 엄밀한 지성의 만남, 그리고 그 사이에서 이루어지는 일시적 조화. 그 순간을 그는 '유희'라고 불렀다. 무질서와 규칙 사이의 자유로운 놀이, 그리고 양자의 우연한 일치가 쾌감을 유발한다는 것이다.[9] 이는 놀이에 대한 하위징아의 정의와 상통한다. 강요가 아닌 자발성, 그리고 겉으로는 무질서한 것처럼 보이지만 엄격한 규칙이 적용된다는 점 등이 그러하다. 이처럼 칸트를 경유하면서 알게 된 것은 아름다움이 바로 정신의 놀이터에서 생산된다는 사실이다. 그렇다면 정신의 놀이터에서 생산된 언어에서 미적 쾌감을 경험한다는 것은 자연스럽다.

그 정신의 놀이터의 주인공이 바로 "어린아이, 동물, 원시인, 예언자 등"이다. 이들의 언어는 인류의 과거 및 정신의 지하 세계와 접속하게 만든다. 이들은 진지한 어른-문명 언어의 규칙을 따르지 않는다. 어른-문명의 언어는 미적 쾌감을 알지 못하기 때문이다. 어른-문명의 언어에서 언어의 유희적 성질은 억압된다. 그 대신 합리적 계산을 숭상하는 어른-문명의 언어로는 결국 정신의 놀이터에 진입하지 못한다. 정신의 놀이터로 진입하려면 어른-문명의 언어는 "마법 망토"를 덮어써야만 한다. 이와 관련하여 가장 현대적인 시인 보들레르Charles Baudelaire도 이렇게 말했다. "천재란 의식적으로 되찾은 유년 시절"[10]이라고 말이다. 요컨대 유년 시절은 언어의 유희적 본질로 통하는 놀이터다.

그렇다면 어른은 어떻게 그 세계로 진입할 수 있단 말인가? 그

---

9   정낙림, 《놀이하는 인간의 철학》, 책세상, 2017, 121쪽.
10   샤를 보들레르, 《현대생활의 화가》, 박기현 옮김, 인문서재, 2013, 25쪽.

세계를 "의식적으로 되찾"는다는 것이 가능한 일인가? 어쩌면 어린 아이를 위한 동시 작가들은 그 방법을 알고 있을 것이다. 이에 대한 시인 오규원의 다음 견해는 경청할 만하다. 그는 자신의 동시집 발문에서 이렇게 말한다.

> 저는 동시를 동심을 노래하는 것으로도, 동심으로 노래하는 것으로도 보지 않습니다. 저는 동시를 동심으로 볼 수 있는 시의 세계라고 생각하는 사람이므로, 이 차이가 제 작품의 여기저기에 나타나 있습니다. 동심을 노래하는 것은 시의 세계가 동심으로 한정될 염려가 있고, 동심을 노래하는 것은 시의 세계가 노래라는 말에 간섭을 받을 염려가 있습니다. 그래서 보다 포괄적이고 보다 시적인 시각으로 동시의 자리를 잡은 것입니다.[11]

이는 다소 도발적인 발언이다. 그는 여기에서 "동심을 노래하는 것"이라는 동시에 대한 통상적인 정의를 배반하고 있기 때문이다. 특히 그는 동시의 내용과 형식에 대한 통념에 도전하고 있다. 자신의 동시는 그 내용이 동심이 아니며, 형식도 노래가 아니라는 것이다. 이 도발의 결과 동시 특유의 언어유희가 사라진다. 노래를 지향하는 동시의 형식은 동음이의어와 의태어, 의성어, 그리고 구절의 반복 등 음성적 요소를 선호하기 때문이다. 그에 따라 다소

---

11 오규원, 〈책 끝에〉, 《나무 속의 자동차》, 문학과지성사, 2008, 124쪽.

말장난pun에 가까운 언어유희가 권장되는 경향이 있다.[12]

반면 오규원은 그 가능성을 원천적으로 차단한다. 무엇보다 노래의 형식을 부정하고 있기 때문이다. 그에 따라 앞서 말했던 음성적 요소들이 지배력을 상실한다. 따라서 그의 동시에서는 말장난 중심의 언어유희를 더 이상 발견하기 어렵다. 언어유희는 완전히 사라진 것처럼 보인다. 하지만 그렇지 않다. 오규원의 언어유희는 다른 방식으로 존재하고 있다. 그 방식은 동시의 내용 변경을 통해서 제시된다. 그는 동시의 내용을 동심에서가 아니라 "동심으로 볼 수 있는" "세계"에서 찾고 있다. 동시의 핵심이 동심童心이 아니라 동시童/視에 있다고 생각한 것이다. 이는 "아이는 모든 것을 새롭게 본다"[13]는 보들레르의 관점을 계승한 것이기도 하다. 아무튼 그는 동시의 초점을 '보는 눈'의 문제로 돌려 놓고 있다. 어린아이의 눈은 관습과 관념에 찌들어 있는 어른들의 오염된 시각을 정화하여 날것 그대로 바라보게 만든다는 것이다. 여기에는 물론 '날이미지'에 대한 그의 열정이 투영되어 있다.

풀 뒤에 숨어서
풀이

---

12   이는 '말놀이' 중심의 동시집이 잘 말해 준다. 최승호 시인의 《말놀이 동시집》 1~5권(비룡소, 2020)이 대표적이다.

13   샤를 보들레르, 《현대생활의 화가》, 24쪽.

가만 가만 흐르는

길이 있다

물 속에는

고기가 잘 다니는

길이

따로 있고

― 오규원, 〈길〉 부분

이 작품에서 "길"이라는 단어는 지시의 기능을 수행하기보다는
비가시적인 것을 가시화하는 기능을 수행한다. "풀 뒤"에서는 물
이, "물 속"에서는 고기가 지나가야지만 그 길이 비로소 존재하고
가시화되기 때문이다. 그 숲에서 물이 흐르지 않는다면, 그리고
그 물 속에서 고기가 지나가지 않는다면 길은 존재할 수 없는 것
이다. 이처럼 언어의 지시적 기능이 가시화 기능으로 바뀌는 순간,
언어는 사물의 존재를 통해 비로소 존재하는 언어가 된다. 기존의
사물을 재인식하는 언어가 아니라 존재하지 않는 세계를 가시화
하는 언어가 되는 것이다.

이러한 가시화의 기능을 통해서 언어는 사물을 규정하거나 고
정하지 않고 사물을 유연하게 만든다. 그리고 사물의 유연성은 다
시 언어에 변화의 가능성을 열어 준다. 이렇듯 언어와 사물 사이
의 역동적 상호관계는 하위징아의 관점에서 보면 유희에 가깝다.

그는 이렇게 말한다.

시적 언어가 이미지를 상대할 수 있는 것은, 그 이미지를 가지고 놀이를 하기 때문이다. 시적 언어는 이미지에 스타일을 부여하고 신비스러움을 주입해 모든 이미지가 수수께끼를 풀어헤치는 대답이 되도록 한다.[14]

언어는 사물과 더불어 '이미지-놀이'를 수행할 수 있다. 그것이 '놀이'가 될 수 있는 것은 언어가 사물의 이미지에 "수수께끼"의 성격을 부여하기 때문이다. 이미지 놀이는 다시 '수수께끼 놀이'가 되기도 한다. 이는 일반적으로 동시에서 발견되는 언어유희와는 다른 가능성을 열어 준다. 보통 언어유희라 하면 '언어와 언어' 사이에서 발생하는 수사학적 측면에 한정되곤 한다. 반면에 오규원은 '언어의 유희적 본질'이 '사물' 앞에서 발현되는 장면을 보여 준다.[15] 언어와 사물 사이에서 발생하는 유희적 세계를 보여 주려 한 것이다. 따라서 언어의 유희적 본질에 주목하려면 '언어-언어'뿐만 아니라 '언어-사물'로까지 시야를 확장할 필요가 있다. 이것이 오규원의 동시에서 발견되는 언어유희의 새로운 측면이다.

---

[14] 요한 하위징아, 《호모 루덴스》, 257쪽.
[15] 오규원 동시의 유희성을 언어와 사물 사이의 간극으로 설명하는 경우도 있다. 김영식, 〈프랑시스 퐁주의 '오브쥬(objeu)'의 관점에서 본 오규원의 동시 연구〉, 《우리어문연구》 73, 2022. 5, 7~33쪽 참조.

죽은 언어와
살아 있는 언어

앞서 말했듯이 정신의 놀이터에서는 쾌감이 생성된다. 그 쾌감이 감각적 신체가 아니라 놀이의 정신에서 발생한 까닭에 그것은 미적 쾌감으로 분류된다. 그리고 시문학에서의 미적 쾌감은 당연히 언어의 유희적 본질을 경유한다. 통상의 산문적 언어와 달리 시적 언어에는 쾌감을 산출하는 언어 사용법이 존재하며, 그것이 언어의 유희적 본질을 활성화한다. 예컨대 시적 언어의 특징을 '긴장tension'에서 찾는 경우가 많은데, 그것은 미적 쾌감을 발생시키는 시적 언어의 유희적 본질을 우회적으로 표현한 것이다. 시적 언어에서 즐거움을 전달받는다면 그것은 아름다움을 감수하는 놀이 정신의 발현이라고 할 수 있다. 이때 긴장은 앞서도 말했듯이 모종의 불가능한 만남과 양자의 우연한 일치 사이에서 발생한다. 이에 대해서 시적 언어를 '긴장언어'로 규정하는 휠라이트Philip Wheelwright의 진술을 참조할 수 있다.

　언어는 개방성만으로는 불충분하다. 그것은 개방 언어가 지니는 이원성·애매성 그리고 비효율성 때문이다. 언어의 개방성은 어디까지나 잠재적 가치로서 언어에 생동감을 부여할 수 있는 한에서만 존재 가치가 있다. 개방 언어라 해서 다 생동적 언어라 할 수는 없고 어느 정도 통어된 개방성만이 언어에 생명력을 부여할 수 있는 것이다. / 그렇다면 대체 언어가 살아 있다는 것은 무엇을 의미하는가? 모든 생명의 유기체들은 상반되는 두 힘의 지속적이며 다양한 싸움을 겪고 있고 그러한 싸움 없이는 유기체의 생명은 죽어 없어진다.[16]

이어지는 부분에서 그는 헤라클레이토스Heraclitus의 진술과 니체의 디오니소스와 아폴로를 언급하고 있다.[17] 전쟁과 갈등을 강조하는 두 철학자의 뒤를 이어서 휠라이트 또한 "상반되는 두 힘"의 "싸움"에서 시적 언어의 생명력을 발견한다. 그가 강조하는 "긴장"의 상태란, 양극단의 싸움이 치열하여 팽팽하게 균형을 이룬 상태를 말한다. 언어에서 발견되는 양극단의 사례는 다양한데, 인용문에 제시된 개방성과 폐쇄성도 그 일부이다. 그는 완전한 개방성의 언어는 완전한 폐쇄성의 언어와 마찬가지로 죽은 언어라고 생각한다. 오히려 "어느 정도 통어된 개방성"처럼 개방성과 폐쇄성 사이의 팽팽한 균형을 통한 긴장감이 언어의 생동성을 보장한다고 주장한다.

이때 휠라이트의 "긴장" 개념은 생명의 철학자 니체Friedrich Nietzsche의 계보를 잇고 있다. 니체는 삶이 비록 고통스러울지라도 고통에 맞서 삶을 긍정할 것을 요구한다. 고통을 부정하거나 외면

---

16 필립 휠라이트, 《은유와 실재》, 김태옥 옮김, 문학과지성사, 1982, 42쪽.
17 휠라이트는 《은유와 실재》 이전에 《헤라클레이토스》라는 제목의 책자를 발간한 바 있다.

하는 삶을 가리켜서 그는 니힐리즘이라 칭하며 그 허약한 정신을 타박했다. 그에 반해 그는 삶을 짓누르는 고통에 맞서서 그것을 오히려 살고자 하는 힘의 의지를 강화하는 동력으로 삼을 줄 아는 건강하고도 강한 정신력을 요구한다. 삶에 대한 강한 의지만이 불쾌를 쾌감으로 전환시킬 수 있다. 또한 삶에 대한 부정에서 긍정으로 가치의 전환도 가능해진다. 이처럼 고통을 쾌감 산출의 계기로 긍정한다면, 그것은 삶에 대한 의지를 더욱 강화하는 결과를 낳게 된다. 그러므로 삶에 대한 강한 의지는 더욱 강력한 저항을 요구한다. 전쟁과 같은 갈등 상황에서 더욱 강한 생명력이 보장되는 것이다.

이처럼 힘과 힘의 극한 대결 관계는 삶에 대한 강한 의지를 북돋운다. 이를 가리켜 휠라이트는 "긴장"이라고 했던 것이다. 팽팽한 긴장 관계는 언어를 살아 있게 만든다. 반면에 갈등과 긴장 관계가 사라진, 평온한 일상의 언어는 죽은 언어다. 이와 같이 죽은 언어와 살아 있는 언어의 대립은 일상언어와 시적 언어를 구별하는 근거로 자주 활용된다. 이때 죽은 언어를 뒤흔드는 시적 언어의 생명력에는 새로 태어난 언어의 생명력이 내재한다. 낡은 언어의 껍질을 깨고 새로 태어난 언어를 긍정하는 정신을 가리켜서 니체는 "놀이하는 어린아이의 정신"[18]이라고 했다. 어린아이의 놀이는 파괴를 두려워하지 않는다. 그래서 낡은 언어를 파괴하고 새로

---

18 정낙림, 《놀이하는 인간의 철학》, 203쪽.

운 언어를 창조하는 과정에는 "놀이하는 어린아이의 정신"이 개입한다는 것이다.[19] 파괴와 창조의 반복을 통해서 삶의 고통과 불쾌감은 쾌감으로 전환된다. 시적 언어는 그것을 언어에서 경험하게 만든다. 따라서 "긴장언어"라는 말은 양극단의 모순적 대립과 갈등이 언어의 유희적 본질을 자극하고, 거기에서 미적 쾌감이 산출된다는 것을 설명해 준다. 우리는 시적 언어의 유희적 본질을 통해서 억눌러서 죽어 있는 삶에서 강한 생명력을 길어 올릴 수 있는 것이다. "긴장언어"는 견고하고 안정적인, 그러나 죽은 언어를 숭배하는 현대인에게 언어유희의 중요성을 환기하는 표현이라 하겠다.[20]

---

[19] 니체의 '놀이하는 아이'는 헤라클레이토스의 단편 B52에 등장하는 '놀이하는 어린아이'를 모델로 한다. 그 아이의 놀이는 '주사위 놀이' 혹은 '장기 놀이'로 번역된다. 그 아이를 디오니소스로 보는 사람들도 있다. 특히 '주사위 놀이'는 우연성을 중시하는 니체의 사유를 자극한 바 있다. B52와 니체의 놀이 개념의 관계에 대해서는 정낙림,《놀이하는 인간의 철학》, 1부 1장과 3부 1장을 참조.

[20] 휠라이트가 비교은유보다는 병치은유를 더 강조하는 까닭이 여기에 있다. 병치 관계를 통한 충격적 만남이 강한 생명력을 자극하기 때문이다. 그러나 그는 병치의 거리가 지나치게 멀어져서 긴장 관계가 소멸하는 상태, 즉 광기의 언어도 부정한다. 시적 언어는 일상언어와 광인의 언어 사이에서 적절한 거리를 유지하고 있어야 하는 것이다.

언어유희와
의미 생산의 능력

살아 있는 언어는 그 내부에 유희의 공간을 허용한다. 문화의 기원에 유희가 선재하듯, 언어의 기원에도 유희의 선재성을 가정할 수 있다. 최초의 언어에는 언어의 유희적 본질이 활성화되었을 것이다. 의미상의 불확정성을 허용하는 신화적 상징언어의 광범위한 사용이 이를 증명한다. 하나의 단어가 새로운 의미를 품을 수 있는 은유적 확장도 언어의 유희성을 전제한다. 이처럼 차이를 포용하는 능력[21]이 살아 있는 언어의 표지라 할 수 있다. 다음 작품은 살아 있는 언어의 사례를 잘 보여 준다.

눈은 살아 있다.
떨어진 눈은 살아 있다.
마당 위에 떨어진 눈은 살아 있다.

기침을 하자.
젊은 시인이여 기침을 하자.
눈 위에 대고 기침을 하자.

---

21 리차즈의 이른바 '포괄의 시' 개념도 이와 관련된다. 여기에서는 차이를 배제하지 않고 최대한 포함하는 능력이 권장된다.

눈더러 보라고 마음 놓고 마음 놓고

기침을 하자.

— 김수영, 〈눈〉 부분

이 작품의 핵심어 '눈'과 '기침'에서 각각 동음이의어가 사용되었음은 파악하기 쉽다. 주문처럼 반복되며 쌓이는 '눈雪'들 속에서 다른 '눈眼'이 순간적으로 나타났다 사라진다. 동일한 단어의 반복 속에서 차이를 발견하는 안목이 필요한 순간이다. "눈더러 보라고"에서 '눈雪'은 순간적으로 '눈眼'을 뜨고 누군가를 바라본다. 그 누군가는 가래를 토해 내는 "기침"을 해야 할 존재인데, 이는 그가 잠에서 깨어나 "기침起枕"할 때나 가능한 일이다.

아마도 밤새 내린 눈에서 착상한 이 작품에서 하나의 기표는 두 가지 의미를 끌어안는다. 두 가지 의미는 배타적으로 자기주장을 하는 것이 아니라 공동거주의 가능성을 찾는다는 것이 특징이다. 따라서 공동거주가 불가능한 의미들 사이의 긴장과 갈등, 그 가운데서 발생하는 순간적 조화가 칸트의 '자유로운 놀이'를 연상케 한다. 이처럼 눈雪이 눈眼을 뜨게 되는 장면에서 살아 있는 눈雪의 모습이 순간적으로 확인된다. 이는 하나의 기표가 다른 기표를 품고 확장되는 장면이다. 동음이의어를 활용하는 것이 언어유희의 대표적 사례인 이유가 여기에 있다.[22] 동음同音과 이의異義, 즉 동일

---

[22] 동음이의어에 의한 언어유희가 유독 한국시에 풍부한 까닭은 한자어 사용에 있

성과 차이의 적절한 긴장 관계를 활용하고 있기 때문이다.

그러나 동음이의어를 활용하는 데서 의미 자체가 확장되는 장면을 보기는 어렵다. 반면에 다의어多義語를 활용한 말놀이에서는 그것을 확인할 수 있다. 즉, 중심 의미에서 주변적 의미가 파생되는 장면, 즉 잉여의미가 생산되는 과정을 목격하게 된다. 이때 언어는 마치 의미를 생산하는 살아 있는 유기체처럼 보인다. 특히 의미 확장은 비유를 매개로 하여 이루어지는 경우가 많은데, 이를 통해서 독자는 구체에서 추상으로 진행되는 의미 확장의 경로를 목격할 수 있다. 다음 작품이 그러하다.

가족에겐 따스한 밥 지어 먹이고

찬밥을 먹던 사람

이 빠진 그릇에 찬밥 훑어

누가 남긴 무우 조각에 생선 가시를 핥고

몸에서는 제일 따스한 사랑을 뿜던 그녀

깊은 밤에도

다. 한자의 특성상 음은 같으면서 뜻이 다른 경우가 많은데, 특별히 성조 발음이 배제된 한국어인지라 동음이의어에 속하는 한자어의 수가 많다. 이를 통해서 해당 국어의 특징에 따라 언어유희의 양상도 달라진다는 것을 확인할 수 있다. 예컨대 김삿갓 시인의 한시에서 동음이의어를 활용한 언어유희가 자주 발견되는 것도 한자어의 특성에서 기인한 것이다. 언어유희의 사례로 자주 거론되는 송욱의 작품도 그러하다. 예컨대 그의 〈하여지향〉 연작에서 "치정같은 정치", "민주/주의(칠!)" 등의 표현은 대표적인 언어유희의 사례로 자주 거론된다. 임수만, 〈현대시의 '언어유희'와 '웃음'〉, 《관악어문연구》 26, 2001, 403쪽.

혼자 달그락거리던 그 손이 그리워

나 오늘 아픈 몸 일으켜 찬밥을 먹는다

집집마다 신을 보낼 수 없어

신 대신 보냈다는 설도 있지만

홀로 먹는 찬밥 속에서 그녀를 만난다

나 오늘

세상의 찬밥이 되어

— 문정희, 〈찬밥〉 부분

　이 작품의 핵심어 "찬밥"이 "따스한 밥"과 구별되는 의미로 쓰일 때는 잉여의미를 산출하지 않는다. 찬밥은 말 그대로 찬밥일 뿐이다. 그러나 그 "찬밥"이 "그녀"와 결합되는 순간 "찬밥"의 의미는 변하게 된다. 즉, 잉여의미가 생겨나는 것이다. 그것은 우선 그녀가 찬밥을 먹는 순간에 찬밥과 그녀의 관계가 바뀌는 것으로 나타난다. 그 순간에는 그녀가 찬밥을 먹는 것이 아니라 그녀가 찬밥 자체가 되는 것이기 때문이다. 식구들에게는 따뜻한 밥을 주고 자신은 남은 찬밥을 먹는 바로 그 순간, 그녀의 그 행위로 인해서 그녀는 찬밥을 '먹는' 주체가 아니라 세상에 '먹히는' 찬밥이 된다.

　이 작품은 자신이 '먹고 있는' 바로 그것이 되어서 다시 '먹히게 되는' 주객전도의 과정을 보여 준다. 그 주객전도의 과정에 "그녀" 뿐 아니라 화자도 참여하고 있는 것이다. 이 전도의 과정을 통해서 '찬밥'에는 잉여의미가 생겨난다. 찬밥에 여성의 사회적 지위라는 추상적 의미가 추가된 것이다. 잉여의미의 추가적 생산과정이 노출되는 장면이야말로 의미 생산이라는 언어의 원초적 능력을 목격하게 만든다. 마치 아담의 언어처럼 언어가 막 태어나는 장면이 연출되고 있다. 이렇게 새로 태어난 듯한 언어에서 시적 언어의 생명력이 전해진다. 살아 있는 언어만이 유희를 경험할 수 있는 것이다.

문자문화의 틈새

앞서 말했듯, 언어유희는 동일성 속에서 발견되는 차이를 통해서 번성한다. 같음과 다름이, 그 불가능한 공존이 성립하기 위한 대립과 갈등, 그리고 투쟁의 현장이 언어유희의 놀이터다. 마찬가지로 소리와 문자, 발성과 표기, 말과 글의 간격도 언어유희의 주된 놀이터라 할 수 있다. 이때 말과 글 사이의 차이와 간격은 단순히 목소리를 글로 옮겨 적는 과정에서 발생하는 손실과 왜곡의 문제만이 아니다. 거기에는 말에서 글로 이어지는 언어생활의 역사가 압축되어 있다. 다시 말해서 구술문화에서 문자문화로 이행하는 과정에서 발생하는 역사적 차이의 문제가 포함된 것이다. 목소리 전부를 글로 옮겨 적을 수 없는 것처럼, 구술문화의 특성이 문자문화에서 그대로 반복되는 것은 애초부터 불가능하다. 언어유희는 말에서 글로 이행하는 과정에서 발생하는 차이와 간격에 대한 기억

을 포함한다. 그것은 문자문화에 내재하는 구술문화에 대한 기억
이라고도 할 수 있다. 그 예를 보자.

내가 살아질 때까지
아니다 내가 사라질 때까지
나는 애매하게 살았으면 좋겠다

비가 그칠 때까지
철저히 혼자였으므로
나는 홀로 우월했으면 좋겠다

지상에는 나라는 아픈 신발이
아직도 걸어가고 있으면 좋겠다
오래된 실패의 힘으로
그 힘으로

— 천양희, 〈실패의 힘〉 전문

　　인용문에서 "살아질 때까지"와 "사라질 때까지"는 표기는 달라
도 발음이 동일하다. 발음은 서로 같을지라도 둘 사이에서 의미상
의 유사성은 전혀 발견되지 않는다. 아마도 첫 번째 행이 나중에
작성되었을 것으로 추정되는데, 두 번째 행의 영향으로 비정상적
뒤틀림이 발생했기 때문이다. 보통은 '살아갈 때까지'로 능동적 표

현을 사용하지만, 이 작품에서는 다소 어색한 피동적 표현으로 변경되어 있다. 그리하여 삶이란 '살아가는 것'이 아니라 '살아지는 것'이 되었다. 그러한 뒤틀림은 "사라질 때까지"의 영향을 받아 발생한 현상이다. 발음상의 동일성을 유도하기 위해서 '살아가는 것'이 '살아지는 것'으로 변경된 것이다. 이처럼 '사라지는 것'이 인접 단어를 '살아지는 것'으로 변경한다는 것은 발음 차원에서 유사성의 중력이 작동하는 장면을 보여 준다.

물론 여기에서도 발음 차원에서는 유사성이 강해졌지만, 표기 차원에서는 큰 변화가 없는 것처럼 보인다. 겉보기에 '살아가다'와 '살아지다' 사이에 의미상의 차이는 없어 보인다. 그러나 기표의 층위에서 유사성의 중력이 작동할 때, 의미 또한 그 힘의 영향을 받게 된다. 의미상 '살아지다'에는 '사라지다'의 의미가 덧씌워지게 되는 것이다. 이처럼 유사성의 중력은 기표 차원과 의미 차원 모두에서 그 영향력이 감지된다. 따라서 "살아질 때"로 표현이 바뀌면서 거기에 죽음(사라짐)의 그림자가 강하게 드리워지게 된다. 삶이란 죽음을 향해서, 즉 '사라짐'을 향해서 홀로 걸어가는 일이기도 하다. 따라서 삶의 성공적 완성이 곧 죽음이라는 것이고, 반면에 "실패의 힘"은 곧바로 삶을 유지하는 동력이 된다. 발음의 유사성이 문자 표기의 차이, 그로 인한 의미상의 거리를 좁히고 있다. 이는 문자로 그 의미를 식별하는 문자문화의 빈틈에서 자라나는 언어유희의 사례라 할 수 있다.

한때 'A라 적고, B로 읽는다'라는 표현이 유행한 적이 있다. 표

기와 발음의 불일치 현상, 즉 표기한 대로 발음되지 않는 경우를
응용하여, 어떤 표기일지라도 항상 특정 대상을 가리키게끔 발음
하는 말놀이의 일종이다. 이것이 문자 표기에 대한 불신을 표현하
는 경우가 있다. 문자를 문자 그대로 받아들여서는 안 된다는 것
이다. 문자는 항상 문자 이상의 의미를 포함하며, 그런 의미에서
모든 표기는 항상 결핍된 표현이라 할 수 있다. 이는 문자문화의
한계를 상기하게 한다. 문자 뒤에서 항상 다른 의미의 흔적을 찾는
습관은 문자에 틈이 있음을 말해 준다. 시적 언어는 그 틈을 감지
하는 기술이기도 하다. 다음의 사례를 보자.

김종수 80년 5월 이후 가출
소식 두절 11월 3일 입대 영장 나왔음
귀가 요 아는 분 연락 바람 누나
829-1551

이광필 광필아 모든 것을 묻지 않겠다
돌아와서 이야기하자
어머니가 위독하시다

조순혜 21세 아버지가
기다리니 집으로 속히 돌아와라
내가 잘못했다

나는 쭈그리고 앉아

똥을 눈다

— 황지우, 〈심인尋人〉 전문

이 작품에서 1~3연은 모두 5·18이라는 동일한 사건을 향하고 있다. 각자 표기는 다르지만 그 발음만은 동일한 사건을 가리키고 있는 것이다. 사람들이 주목하지 않는 사소한 심인尋人 광고가 침묵으로 일관하던 당대의 언론을 대신해야만 했던 당시 상황을 재현하고 있다. 신문지로 밑을 닦았던 시대를 배경으로, 사건 당시 언론은 화장실 휴지만도 못했던 것이다.

그런데 똥을 누는 사람은 누구인가? 그것은 이 작품의 제목에 암시되어 있는데, '심인'과 발음이 유사한 '시민'이 주인공이다. 국민에 비해서 시민이라는 말에서는 피통치자의 의미가 더 잘 나타난다. 수많은 광주 시민이 생사를 확인할 수 없는 실종자 상태였을 때, 다른 지역 시민들은 그저 평범한 삶을 이어 가고 있었다. 그 부조리한 장면을 배경으로 읽게 되면, 이 작품의 '심인'이란 제목은 '진정한 시민을 찾습니다'의 의미를 포함하게 된다. 한때 4월 혁명을 주도적으로 이끌었던, 혹은 그 혁명을 통해 비로소 부상했던 그 시민들 말이다. 이 작품은 그러한 시민들에 대한 호명 행위라고 할 수 있다. 그리고 이 호명 행위에 응답하는 독자가 곧 시민인 것이다. 따라서 시민은 반드시 문자문화의 틈새와 그 뒷면을 볼 수 있어야 한다.

시적 언어의
다른 모습

시적 언어란 무엇인가? 언어유희는 그 물음에 답할 수 있는 하나의 길을 열어 준다. 그것은 언어 스스로 언어의 유희적 본질에 접속하게 하는 방식이라고 할 수 있다. 그리고 그것은 우리로 하여금 진지한 일상언어로는 접근할 수 없는 정신의 지하 세계, 그 놀이터로 이끌어 준다. 그 놀이터에서는 계산하는 정신이 아니라 놀이의 정신이 활성화된다. 그 정신의 놀이터에서 모종의 쾌감을 전달받는다면, 그것이 바로 언어를 통해 경험할 수 있는 아름다움의 세계일 것이다.

그 아름다움의 세계에서 언어는 지시적 기능에서 해방되어 비가시적인 것을 가시화하는 이른바 가시화 기능을 수행한다. 지시적 기능의 수행을 '노동'이라고 한다면, 가시화 기능의 수행은 '놀이'라고 할 수 있다. 거기에서는 가시적 세계의 확장을 경험하는 정신, 특히 어린아이의 정신을 만나게 된다. 그러나 그것은 말 그대로 만남이기 때문에 어른의 정신을 완전히 포기한 상태에서의 만남은 아닐 것이다. 어른과 어린아이의 불가능한 만남과 양자의 일시적 조화를 가리켜서 칸트는 "미적 쾌감"이라 했고, 휠라이트는 "긴장"이라고 했다. 언어유희를 대표하는 동음이의어 놀이[23]에서도 우리는 동

---

23 권혁웅은 이를 가리켜 '소리은유'라는 표현을 제안한다. 유사성의 의존하는 은유

음同音과 이의異義, 즉 동일성과 차이의 만남을 경험할 수 있다.

이러한 양극단의 만남과 이를 통한 긴장감이 언어와 정신을 살아 있게 만든다. 또한, 살아 있는 정신은 살아 있는 언어와 접속할 때 더욱 강한 생명력을 전달받는다. 반면 의미상의 긴장과 불확실성을 멀리하고 평안을 추구하는 일상언어는 죽은 언어에 가깝다. 살아 있는 언어는 견고하게 고정된, 그래서 낡고 죽은 언어의 껍질을 부수고 그 빈틈에서 새로움을 만들어 낸다. 그 방식 중에는 다른 의미를 불러들여 하나의 기표에 동시에 거주하게 하는 방식이 가장 흔하다. 그 외에 의미를 확장하거나 잉여의미를 생산하는 장면도 보여 준다.

언어유희는 말과 글 사이의 간격, 발음과 표기의 차이에서도 작동한다. 발음과 표기의 불일치를 활용한 언어유희는 문자표기의 불완전성을 환기한다. 문자는 항상 문자 그 이상의 의미를 포함하고 있으며, 모든 표기는 누락된 의미를 동반한다는 것을 말해 준다. 이처럼 언어유희는 새로운 의미를 생산하고, 모든 문자에서 의미의 결핍을 가시화한다. 의미의 생산과 의미의 결핍이 언어유희 안에서 동시에 공존하게 되는 것이다. 또한 그것은 언어와 언어 사이뿐 아니라 언어와 사물 사이에서도 작동한다. 언어유희는 언어의 원시적 능력이 사라지지 않았음을 증명한다. 언어의 유희적 본질을 지시하는 것, 그것이 시적 언어의 다른 모습인 것이다.

적 성격이 소리와 소리의 관계에서 작동한다고 본 것이다. 권혁웅, 《시론》, 문학동네, 2010, 57쪽.

4

시와 미학
추한 서정시의 계보와 그 정치성

이 글은 《현대문학의 연구》(2019년 10월)에 게재된 〈추한 서정시의 계보와 그 정치성〉을 수정하고 보완하여 재수록한 것이다.

미-추의
상대성

"나보기가 역겨워 / 가실 때에는 / 말없이 고이 보내 드리오리다."
김소월의 시를 영어로 번역할 때 문제가 되는 부분이 바로 "역겨
워"라고 한다.

① When you hate to see me / And decide to leave,
② When you go / Weary of me,
③ When you leave / Tired of me,

지치고, 싫증나고, 지겨운, 그래서 미워진 것을 김소월은 "역겨
워"로 표현하고 있다. 이러한 감정은 사랑의 대상이 미움의 대상으
로 변경되는 경험을 배경으로 한다. 김소월의 시는 아름다움도 시
간이 지나면 추해진다는 것을 알려 준다. 이 시에서 "진달래꽃"은
한때나마 아름다웠던 그 시절 화자의 모습을 환기하고자 하는 매
개물이기도 하다.

《추의 미학》(1853)의 저자 로젠크란츠Karl Rosenkranz에 따르면,
'역겨움' 혹은 '혐오감das Widrige'은 추한 대상 일반에 대한 주체의
반응을 대표한다. 그 반대편에는 귀엽고 매력적인 대상에 대한 '호

감'이 자리 잡고 있다.[1] 김소월의 시에서 호감의 대상은 이제 혐오감의 대상으로 변질된 것이다. 로젠크란츠의 견해에 따르면 본래부터 추한 것은 없다. 추는 미에서 파생된 것이기 때문이다. 추는 미에서 파생되었지만 미와 대립하는 반대물로 존재한다. 다시 말해서, 미가 소외된 상태가 바로 추다. 소외는 극복되어야 하므로, 추는 다시 미의 품으로 돌아오게 되어 있다. 헤겔의 제자답게 그는 '미'-'추'-'아름다운 추'의 3단계를 정반합의 변증법적 과정으로 설명하고 있다.

로젠크란츠 저서의 장점은 적어도 추를 미의 결여/결핍으로만 보지는 않는다는 데에 있다. 무언가가 결여되고 결핍된 것 그 자체에 대해서는 분석이 필요하지 않다. 오직 미가 무엇인지만 아는 것으로 충분하다. 그러나 로젠크란츠는 추를 미에서 파생된 것으로 간주함으로써 추한 것에 대한 독자적 검토를 가능하게 하였다. 물론 그때도 추는 미에 대해서 '부정적' 존재인 것만은 분명하다. 형식이 '없음', 정확성이 '없음', 형태가 '왜곡됨'이라는 규정은 모두 정상성의 기준이 미에 있다는 것을 알려 준다. 추의 무질서는 미적

---

[1] 로젠크란츠의 미적 범주는 아래와 같은 기본형에서 출발한다. 헤겔의 제자답게 정반합 3분법의 원칙에 따라 절대미와 추 사이에 '캐리커처'가 자리한다. 캐리커처는 미의 자기소외로서의 추가 미로 복귀하는 과정에서 생기는 '코믹한 것'을 가리킨다. 순화된 추라고 할 수 있다.

숭고	절대미	호감
비천	추	혐오감

질서의 '부정'인 것이다. 이처럼 추는 근본적으로 미에 대한 부정과 파괴를 통해서만 이해된다.

그러나 질서(미)에서 무질서(추)가 파생된다는 것은 상식에 어긋난다. 카오스에서 코스모스가 출현한다는 신화적 해석처럼, 무질서한 추에서 질서 잡힌 미가 형성되는 것이 순리에 맞기 때문이다. 정상적이라면 "태초에 추가 있었다"[2]에서 시작해야 한다. 그러나 언제부턴가 미가 중심을 차지하고 추는 파생적·부수적·주변적인 것으로 밀려났다. 추에 대한 미의 억압적·배타적 성격은 추가 앞질러 존재했다는 사실을 망각하려는 시도의 산물이다. 추는 그래서 억압된 것의 '반복적' 되돌아옴인 것이다. 한국의 근대문학사에서도 마찬가지이다. 추는 언제나 선행하는 '미의 파괴'로, 이른바 전통적 미의식의 해체로 이해되어 왔다. 그러나 그렇게 출현한 '추'는 다시 지배적인 '미'로 정착하게 되고, 새로운 추의 도전을 통해 그 과정이 반복된다. 추는 항상 새로운 미의 출현을 예고하는 '전위'의 다른 이름이었던 것이다. 그러므로 진정한 추는 오직 전위적인 작품에서만 발견할 수 있다. 그 전위는 기존 문학의 아킬레스건에서 탄생하는 것이기 때문이다.

---

2   나나 아탄소글로우–칼미에르, 〈추〉, 《꼭 읽어야 할 예술 비평용어 31선》, 미진사, 2015, 336쪽. (로버트 S. 넬슨 , 리처드 시프 저자(글)·정연심 옮김)

너무나도 도덕적인 추
: 추의 자율성의 (불)가능성

첫 번째 아킬레스건은 미적 경험의 자율성에 있다. 잘 알다시피, 근대문학은 의도적으로 진선미의 분절을 추진하였다. 그 결과, 시는 과학적 진리와 무관하며, 도덕적 교훈은 시적 언어의 용법에 위배된다. 그러나 과학적 진리와 선한 의도에서 미를 멀리 떼어 놓으려 할 때조차도, 추는 고려되지 않았다. 추의 경험을 과학적 진위라든가 선악의 가치판단에서 분리하려는 움직임은 없었다. 추는 미적 범주에 속하지 않는 '일상적' 감정, '일상적' 감각이므로 진선미, 위악추 중 어느 것과 결합한다 해도 무방하였다. 다만, 도덕적 선이 추와 결합하는 것만 경계하였다. 로젠크란츠는 특별히 "추의 자율성"이 추의 개념에 어긋난다고 보았다. 예컨대 그는 미술에 있어서 악마의 얼굴을 따로 떼어 놓는 것에 반대했다. 추가 독자적으로 관심을 받는 것을 금지하였던 것이다. 추는 오직 미와 결합하는 경우에만 허락되어야 한다는 것이다.[3] 추는 미의 부정성으로서만 존재하기 때문에 미에 의존적이며 자율성을 부여받지 못했던 것이다.

특히 추한 현실에 대한 재현이 문제가 될 때, 추는 진리나 도덕과 결합하기가 쉬웠다.

---

3   카를 로젠크란츠, 《추의 미학》, 조경식 옮김, 나남출판, 2008, 58~59쪽.

볕내도 못 쏘이는 우중충한 공기 속에서
날이 맞도록 입 다문 채 움직이는 팔, 다리, 눈, 한결같이 돌아가는
　시커먼 기계처럼
움직일 뿐이다. 어제와 같이 오늘도 또 내일도 모레도....
　　　　　　◇
거대한 괴물같은 시커먼 기계의 돌아가는
시끄러운 음향 속에서 젊은 눈알들은 달음질친다.
사나이 계집아이―뭇 젊음이 하나로 얽혀
가슴 속에 뛰는 염통의 씨앗도 깊이 묻혀버리는
　　　　　　◇
오오, 저들은 태양을 등진 무리―
낮은 볕내 없는 우중충한 공기 속에서
밤은 찬 숨결 흩으는 고달픈 꿈조각 속에서
이렇게 저들은 청춘을 묻어둔 채 장사葬事를 하는구나.

　　　　　　　― 김대준(=김해강), 〈태양을 등진 무리〉 부분

　이 시에서 공장 내부 환경은 온통 '추'하다. "거대한 괴물"로 묘
사되는 "시커먼 기계"는 사정없이 돌아가고, "시끄러운 음향", "우중
충한 공기"는 "태양을 등진 무리"를 짓누르고 있다. "젊은 눈알"은
그들의 "청춘"을 이 무덤과도 같은 어두운 공간에서 "장사" 지내고
있다. 악취와 소음이 진동하는 공장은 적어도 청춘들에게는 '추'할
뿐 아니라 '악'에 가깝다. '추·악'한 공장 내부의 현실은 비유를 동원

하고 있지만 진리에 근접하다는 것을 알 수 있다. 그리고 이 시 전체를 주도하는 화자의 태도에서 '선한 의도'를 읽을 수 있다. 위선을 멀리하고 진정성을 앞세우는 화자의 목소리에는 '추-악'한 현실에 대한 분노가 깔려 있다. 결국 추한 현실은 전혀 미적으로 치장하지 않은 상태에서 악과 결합하고 있으며, 그에 대한 화자의 선한 도덕성이 진술의 신빙성을 보장하고 있다. '추-악'한 현실이 그 현실에 대한 시적 진술의 '진-선'을 유도하고 있는 것이다. 순수하게 감성적인 미가 가능하다 할지라도, 순수한 추는 기대하기 어렵다. 미의 자율성은 쉬워도 추의 자율성은 어렵다.

이것은 비단 '급진적인' 시에서만 발견되는 것이 아니다. 추한 현실에 주목할 때면 누구나 경험할 수 있는 현상이다. 추의 존재 방식을 고려하면, 미추를 결정하는 데 있어서 도덕이 완전히는 배제되지 않음을 알 수 있다. 그래서 로젠크란츠는 여전히 "도덕은 모든 것을 아름답게 만들며, 악은 모든 것을 추하게 만든다"고 주장했던 것이다.[4] 그가 가장 경계한 것은 추의 근본에 자리 잡고 있는 악의 문제였다. 추는 자주 '추-악'으로 존재하려는 경향이 있다. 추는 너무나도 도덕적인 감각인 것이다.

무뇌아를 낳고 보니 산모는
몸 안에 공장지대가 들어선 느낌이다.

---

4 카를 로젠크란츠, 《추의 미학》, 46쪽.

젖을 짜면 흘러내리는 허연 폐수와

아이 배꼽에 매달린 비닐끈들.

저 굴뚝들과 나는 간통한 게 분명해!

자궁 속에 고무인형 키워온 듯

무뇌아를 낳고 산모는

머릿속에 뇌가 있는지 의심스러워

정수리 털들을 하루종일 뽑아댄다.

— 최승호, 〈공장지대〉

　"무뇌아"는 공장의 "굴뚝"과 "산모"의 "간통"으로 생산된 비인간
이다. 그 뒤로 산모의 "자궁"은 불모의 "공장지대"가 되고, 그녀의
"젖"에서는 "폐수"가 흘러내린다. 산모의 몸이 '추'해질수록 그 원인
을 제공한 공장의 '악'이 부각된다. 그리고 공장의 '악'이 분명해질
수록 산모의 '추'는 '선'과 결합된다. 추는 악과 결합되지 않고, 오히
려 악과 대립함으로써 선과 결합하기 쉬워졌다. 그런 의미에서 이
작품은 '선'으로 판정받은 '추'의 전형적인 사례를 보여 준다. 그렇다
고 해서 '추'가 곧바로 '미'가 되는 것은 아니다. "무뇌아"와 그 산모
의 육체는 결코 아름답다고 할 수가 없다. 산모의 추는 그대로 유
지되지만, 다만 그것이 악과 대립하고 선과 결합함으로써 아름다
움의 가능성을 획득하고 있는 것이다. 이처럼 추는 그 자체로 독립
적으로 경험할 수 있는 것이 아니라 도덕적인 판단을 우회해서 겨
우 미적 경험으로 등재될 수 있는 것이다.

기존의 미를
추문으로 만드는 추

물론 모든 추가 도덕적 악과 결합하거나 선을 매개로 하지는 않는다. 추에 대한 도덕적 개입에 앞서서 추 자체에서 미를 발견하려는 시도가 있을 수 있다. 아름다운 대상에서 미를 찾는 것이 아니라 아름답지 않은 대상에서 미적 가능성을 발견하는 경향을 가리킨다. 헤겔이 규정한 바에 따르면, 그것은 '더 이상 아름답지 않은 예술'이다. 여기에는 추에 대한 헤겔의 관점이 반영되어 있다. 헤겔에게 미는 '이념의 감각적 현현'이므로, 가장 이상적인 미적 형식은 그리스의 '고전적 형식' 단계에서 이미 완성되었다. 그 뒤로는 이념이 비대해져서 급기야 감각적 형식을 초과하여 부조화가 발생하는데, 그것이 바로 '낭만적 형식'의 근대 예술인 것이다. 고전적 형식 이전에도 이집트를 비롯한 동양의 '상징적 형식'이 부조화를 드러낸 적이 있다. 로젠크란츠와는 반대로 헤겔의 미학에서 '상징-고전-낭만'은 각각 '추-미-추'의 단계를 이어 가고 있다. 추에서 시작된 미는 다시 추로 되돌아가는 형국이다. 헤겔에게 낭만적 형식의 부조화는 '예술의 종언'을 예견하는 근거로 활용된다. 근대 예술에서 발견되는 추는 곧 '미의 종언'을 암시한다는 것이다. 추는 근대문학의 지배적 감성이 된 것이다.

그런 의미에서 '추악'에서 '미'를 발견하고자 하는 변태적 감성의 출현은 오히려 자연스럽다. 시인으로는 보들레르, 이론가로는 아도르노Adorno에서 그 대표적인 사례를 발견할 수 있다. 양자는 공히 사회에서 추방당하는 '추'의 위치에 자신을 세우고자 한다. 크리스테바의 용어로 말하자면, 스스로 '역겨운 것/비루한 것the abject' 이 되고자 하는 것이다. 그들은 이처럼 스스로 추방을 자처함으로써 미의 이름으로 추한 것을 추방하고 배제하는 사회를 고발한다. 그들에 의하면 미는 이미 억압적이다. 지배적인 미는 충분히 "역겨워"지고, 추해진 것이다. 미가 추해졌으므로, 추에서 미를 발견하는 것은 자연스럽다.[5] 아도르노가 그리는 "추의 유토피아"는 추한 것이 사라지는 것이 아니라 추한 것으로 규정하고 추한 것으로 추방하는 억압이 사라지는 것이다. 그러므로 그의 "추의 변증법"은 추한 것을 끊임없이 재생산하는 자본주의 세계에 대한 비판을 전제한다.[6] 아도르노에게 '추한 예술'의 존재는 현대 예술이 자본주의 세계의 '추'와 화해하지 못한다는 것을 보여 주는 증거인 것이다.

일찍이 나는 아무것도 아니었다

마른 빵에 핀 곰팡이

벽에다 누고 또 눈 지린 오줌 자국

아직도 구더기에 뒤덮인 천년 전에 죽은 시체.

아무 부모도 나를 키워 주지 않았다

---

5 미가 추해지는 것은, 계몽이 야만으로 변질되는 것과 평행을 이룬다.
6 김민수, 〈아도르노의 미학에서 추의 변증법〉, 《미학 · 예술학 연구》, 256쪽.

쥐구멍에서 잠들고 벼룩의 간을 내먹고
아무 데서나 하염없이 죽어 가면서
일찍이 나는 아무것도 아니었다.

떨어지는 유성처럼 우리가
잠시 스쳐갈 때 그러므로,
나를 안다고 말하지 말라.
나는너를모른다 나는너를모른다,
너당신그대, 행복
너, 당신, 그대, 사랑

내가 살아 있다는 것,
그것은 영원한 루머에 지나지 않는다.

— 최승자, 〈일찍이 나는〉

   이 시의 화자는 "아무것도 아니었다"는 것을 거듭 강조하고 있
다. 살아 있지만 살아 있다고 할 수조차 없는, 말하자면 살아 있는
것도 죽은 것도 아닌 그런 존재였던 것이다. 정체를 파악하기 어려
운 존재는 일반적으로 '추'하다. 더구나 그의 정체성은 비유적으로
만 표현된다. "곰팡이", "오줌 자국", 구더기가 끓는 "시체"가 그녀의 정
체성을 대신해서 말해 준다. 화자 스스로 '추'의 위치에 자리를 마련
함으로써, 그의 자발적 추방은 완성된다. 추방되어 고립된 화자에게

"너당신그대"는 뭉뚱그려진 채로 익명의 대상일 뿐이다. 아름다운 것으로 간주되는 "행복", "사랑"이라는 단어들이 여기에서는 낯선 경험으로 다가온다. "아무 부모도" 키우지 않았고, "아무 데서나" 목숨을 연명하던 그녀의 삶은 명백히 "아무나"의 삶이다. 아무나의 삶은 그 자체로 추한 것이다. 정체성을 부여받지 못하고 사회로부터 추방당한 익명의 "아무나", 그 추한 존재는 사회의 외부가 아니라 그 내부에 존재함으로써 아름다움을 추구하는 사회 전체를 '추문'으로 만든다. "영원한 루머"는 화자 자신의 추한 존재를 가리키지만, 그와 동시에 화자 자신이 추방의 방식으로 속해 있는 사회, 그리고 그 사회가 추구하는 아름다움의 가치에도 그대로 적용되는 표현이다.

나요. 오장환吳章煥이요. 나의 곁을 스치는 것은 그대가 아니요. 검은
  먹구렁이요. 당신이요.
외양조차 날 닮았다면 얼마나 기쁘고 또한 신용하리요.
이야기를 들리요. 이야길 들리요.
비명조차 숨기는 이는 그대요. 그대의 동족뿐이요.
그대의 피는 거멓다지요. 붉지를 않고 거멓다지요.
음부 마리아 모양, 집시의 계집애 모양.

  당신이요. 충충한 아구리에 까만 열매를 물고 이브의 뒤를 따른
것은 그대 사탄이요.
  차디찬 몸으로 친친이 날 감아주시요. 나요. 카인의 말예末裔요.

병든 시인이요. 벌罰이요. 아버지도 어머니도 능금을 따먹고 날 낳았소.

기생충이요. 추억이요. 독한 버섯들이요.
다릿 —— 한 꿈이요. 번뇌요. 아름다운 뉘우침이요.
손발조차 가는 몸에 숨기고, 내 뒤를 쫓는 것은 그대 아니요. 두엄
자리에 반사半死한 점성사, 나의 예감이요. 당신이요.

견딜 수 없는 것은 낼룽대는 혓바닥이요. 서릿발 같은 면돗날이요.
괴로움이요. 괴로움이요. 피흐르는 시인에게 이지의 프리즘은 현기
眩氣로웁소.
어른거리는 무지개 속에, 손가락을 보시요. 주먹을 보시오.
남빛이요 —— 빨갱이요. 잿빛이요. 잿빛이요. 빨갱이요.

—— 오장환,〈불길한 노래〉

이 시에서 화자는 자신을 인류 최초의 살인자 "카인의 말예末
裔"로 규정한다. 카인의 살인죄를 물려받아 그는 평범한 시인이 아
니라 "병든 시인"이 되어 있다. 검은 구렁이, "사탄"의 도움을 받아
"차디찬 몸으로 친친이 날 감아"줄 것을 요청할 정도로, 그는 유혹
에 노출되어 있다. "낼룽대는 혓바닥"은 구렁이의 것이지만, 어느새
자신의 것이기도 하다. 그다음은 "아름다운 뉘우침"과 "괴로움"의
연속이다. 시인으로 산다는 것 자체가 이미 '영원한 형벌'인 것이
다. 그는 스스로 사회의 "기생충"이고, "추억"이고, 먹을 수도 없는

"독한 버섯"이라는 것을 잘 알고 있다. 세계가 추한 만큼, 시인으로서의 그의 삶 또한 추하다. 항상 사탄을 동반하는 시인의 '추-악'한 삶은 자본주의 세계에 만연해 있는 온갖 추에 대한 미메시스인 것이다. 그것도 "뉘우침"을 동반하는 미메시스인 것이다. 인류 최초의 살인자처럼 사회로부터 추방당해 떠돌아다니지만, 그는 그 징표를 숨길 수 없다.

미적 가상에 구멍을 내는 전위적 추

세 번째의 아킬레스건은 미적 가상을 유지하는 문학제도를 향한다. 현실의 공간과 예술의 공간을 엄격하게 분리하는 미적 가상의 경계선을 해체하는 과정[7]에서 발생하는 추의 경험을 가리킨다. 이것은 추한 현실에 대한 단순한 미적 재현과는 다르다. 추의 미적 재현은 추를 미의 가상으로 환원함으로써 추를 무력화시키는 것이라면, 미적 가상의 테두리를 파괴하는 것은 폐쇄적 완결성에 구멍을 내고 추를 작동시키는 것이다. 그 구멍은 저자가 통제할 수 없는 영역으로서, 미와 추의 판정은 독자에게 맡겨진다. 미적 가상

---

[7] 미술에서 그것은 액자와 좌대를 제거하는 미니멀리즘의 경향에 견줄 수 있다. 조주연, 《현대미술강의》, 글항아리, 2017, 250~252쪽.

의 완결성은 독자에게 안정감을 주지만, 미완결성은 독자를 불안하게 만든다. 다시 말해서, 불쾌감을 선사한다는 것이다.

이와 같은 작품들은 적어도 작품의 의미가 내적 기호들의 상호작용을 통해서 내부적으로 결정되는 것이 아니라, 외부를 참조하지 않으면 의미가 결정되지 않는 열린 구조를 지향한다. 1980년대 황지우, 이성복, 장정일, 박남철 등에 의해서 시도되었던 이른바 해체시는 시적 관행과 그 제도에 도전하는 모습을 보여 주기 위해서 열린 구조를 시도한 적이 있다. 이들은 작품 내부에서의 완결성을 추구하는 순수 모더니즘의 미적 자율성에 상처를 낸다는 점에서 새로운 전위적 형태를 띤다. 이들의 시도는 독자들이 시에서 기대하는 관습적 의미를 파괴하고자 했다는 점에서 '모더니즘'의 관행에 익숙한 '고급' 독자에게도 불쾌한 추의 경험을 제공한다. 이들의 작품은 1990년대부터 본격화된 포스트모더니즘의 예고편에 해당하는 것이기도 하지만, 어떤 의미에서는 제1차 세계대전 이후 유럽에서 확산되었던 초창기 아방가르드의 정신(다다와 초현실주의)에 머물러 있는 것이기도 하다. 즉, 실생활의 추를 미적 가상을 통해서 극복하고자 했던 미적 자율성의 환상을 조롱하고자 했다는 점에서 그러하다. 그런 의미에서 1960년대에 이미 '반시反詩'를 제안했던 김수영이 그들의 직접적 선배라고 할 수 있다. 김수영의 계보를 잇는 이들은 모더니즘에 대한 민중주의적 부정, 즉 재현미학[8]에 근

---

8 1980년대 창비/문지의 잠정적 폐간 이후 무크지, 르뽀문학 등을 중심으로 번창했

거한 부정의 반대편에 있는 것이다.

김종수 80년 5월 가출

소식두절 11월 3일 입대 영장 나왔음

귀가 요 아는 분 연락바람 누나

8229–1551

이광필 광필아 모든 것 묻지 않겠다

돌아와서 이야기 하자

어머니가 위독하시다

조순혜 21세 아버지가

기다리시니 속히 돌아오라

내가 잘못했다

나는 쭈그리고 앉아

똥을 눈다

— 황지우, 〈심인〉

다는 점에서 '해체시'와 통하는 점이 있다. 그러나 그 실험은 창비/문지의 복간과
더불어 문학의 제도가 정비되면서 물거품이 되었다.

이 작품 자체가 이미 미적 자율성에 대한 "똥"으로 기능한다. 작가는 시적으로 똥을 누고 있는 것이다. 황지우의 다른 작품에서도 그렇지만, 일종의 레디메이드ready-made에 속하는 가공되지 않은, 날것 그대로의 미디어가 작품의 일부분을 형성한다. 그 미디어의 생산 주체는 작가가 아니며, 작가는 그 미디어를 '선택'했을 뿐 '제작'하지는 않은 상태다. 이로서 그는 '제작자'로서의 작가 개념에 수정을 요청하고 있다. 이미지즘에서부터 그토록 강조되었던 '제작자' 시인의 모습 위에, 김수영이라면 '침'을 뱉었을 그 자리에, '똥'을 누고 있는 것이다. 이후로는 poiesis를 당연하게 전제하고 있는 모든 《시학》 교제에 수정이 불가피해질 것이다.

어떤 의미에서 이 작품은 신문지를 밑씻개용으로도 사용하였던 1980년대 화장실 문화를 배경으로 하고 있기 때문에 상황의 개연성을 획득하고 있다. 따라서 시인이 신문지 중에서도 그 한 귀퉁이 '심인尋人' 부분만 '선택'한 것에도 충분히 의도성이 개입된 것이다.[9] 신문지의 일부분이 날것 그대로 첨부된 콜라주의 기법은 황지우의 작품에서 자주 목격되는 것이지만, 이후의 시인들에게는 상호텍스트성을 활용한 패러디의 선행 형태로 간주될 뿐이다. 첨부된 신문지의 일부분은 시에 들어온 이상에는 원래의 산문적 언

---

9 작가는 결정만 하고 그 제작은 철공소에서 진행하는 미니멀리즘의 작업을 연상시킨다. 그러나 기존의 제품에서 필요한 요소를 선택하고 재배치하는 뒤샹의 레디메이드 작업과도 유사하다는 점에서 비교의 대상을 확정하기 어려운 부분이 있다.

어로만 기능하지 않고 시적 언어로 읽히기를 기다리게 된다. 기능상의 전환이 발생하는 것이다. 미적 쾌감에서 멀리 떨어진 언어를 시적 언어로 읽어 내려고 할 때 우리는 심리적으로 저항하는 것을 경험한다. 이러한 심리적 불쾌감을 거치지 않고서는 이 작품에서 쾌감을 산출할 수 없다. 추의 경험을 통과하지 않고는 미적 경험으로 승화되지 않는다는 것이다. 독자에 따라서는 추 자체에 머무를 수 있고, 그 과정을 통과하여 미적 경험에 도달하는 경우도 있다는 점에서, 미와 추의 경험조차도 작품 내부에서 완결되어 있지 않다.

독자의 개입을 유도하는 작품으로는 흔히 박남철의 다음 시를 거론한다.

내 시詩에 대하여 의아해하는 구시대의 독자 놈들에게──→차렷, 열
중쉬엇, 차렷,

이 좆만한 놈들이……

차렷, 열중쉬엇, 차렷, 열중쉬엇, 정신차렷, 차렷, ○○, 차렷, 헤쳐모
엿!

이 좆만한 놈들이……

헤쳐모엿,

(야 이 좆만한 놈들아, 느네들 정말 그 따위로들밖에 정신 못 차리겠
어, 엉?)

차렷, 열중쉬엇, 차렷, 열중쉬엇, 차렷······

— 박남철, 〈독자놈들 길들이기〉

통상적인 시적 경험은 '엿듣기'에 한정된다. 소설이 관음증을
자극하는 것이라면, 시는 도청盜聽의 욕망에 근거한다. 화자의 독백
이 결코 도청자를 의식하지 않는다는 것은 일종의 시적 관행이다.
이 작품은 오랜 관행을 깨고 도청자를 의식하는 화자, 그것도 도청
자를 훈육하려 드는 공포의 화자를 등장시킨다. 도청자가 독자인
것이다. 독자의 위상에 심각한 손상을 가한다는 점만으로도 이 작
품은 미적 가상을 포기한 추의 경험을 제공한다. 즉, 미적 가상이
훼손되었다는 것 자체가 추의 경험 내용을 구성한다. 화자가 노골
적으로 "독자놈"이라고 확정해 주지 않아도 이미 "독자놈"은 추의
경험에 노출되어 있다.
　독자들이 할 일은 이 추의 경험을 극복하고 미적 경험으로 승
화시키는 것이다. 쏟아지는 욕설의 언어들을 돌파하면서 그것을
시적 언어로 전환시켜야 하는 고통스런 과정을 거쳐야 하는 것이
다. 이미 불쾌감을 경험한 독자를 설득하여 그것이 미적 가상 내

부의 언어이니 쾌감을 산출하도록 유도해야 한다. 독자 스스로 작가의 입장에 서서 모든 것을 이해하는 너그러운 마음을 준비해야 하는 것이다. 다만, 미적 가상의 성립 여부는 독자의 결정에 달려 있다. 이 시의 독자는 이미 미적 가상의 관행 바깥으로 끌려 나왔으므로, 다시 미적 가상의 내부로 진입할 것일지를 결정해야 하는데, 이 과정에서 미적 가상의 경계선을 직접 확인할 수 있게 된다. 평소에는 자동적으로 그 관행에 응답하였다면, 그 자동성을 의식하는 단계에 돌입한 것이다.

물론 군사문화를 패러디하고 있는 화자의 구령에는 아무도 응답하지 않는다. 그 자체가 이미 시적 명령에 해당하기 때문이다. 이처럼 시적 관행에도 불구하고 그 관행의 훼손에 대한 경험이 더욱 강렬하다. 따라서 불쾌감을 통과하지 않고는 결코 쾌감에 도달할 수 없는 작품이기도 하다. 추의 경험을 통과해야만 미적 가상을 회복할 수 있는 작품인 것이다.[10]

---

10 이외에도 불쾌감을 통과해야만 쾌감을 경험할 수 있는 경우가 많다. 대표적으로 숭고와 주이상스의 경험이 그것이다. 그것은 금기와 관련되어 있다는 점에서 별도의 논의가 필요하다.

카오스로서의
추

한국의 현대 시문학사에서 추의 경험은 늘 주변적이었지만 결코 중단된 적이 없으며, 특히 최근의 시에서 추는 미적 경험의 중심을 차지하고 있는 것처럼 보인다. 아름다운 서정시 못지않게 추한 서정시에 대한 관심이 필요한 시점에 와 있는 것이다. 그것은 어쩌면 서정시의 최후의 모습인지도 모른다.

　이 글에서는 추한 서정시의 문학사적 흔적을 추적하되, 크게 세 부류로 나누어 미학적 의미를 살피고자 했다. 먼저 '추의 자율성'의 문제를 살펴보았다. 진선미 내부에서 미적 자율성을 확보하려는 노력이 있었음은 익히 잘 알려져 있다. 미적 경험에 진리와 도덕적 가치판단이 개입하지 않는 순수 자율성의 영역이란 비록 환상에 불과하다 할지라도 그것을 실현하려는 의식적인 노력이 있었음은 분명하다. 그러나 그 과정에서 추를 배제하고 추방할 필요가 있었는데, 그것은 추는 항상 도덕을 동반하려는 경향이 있기 때문이다. 추는 악과 결합하여 순수한 미적 판단을 불가능하게 한다. 따라서 미적 경험의 순수성을 확보하려면 추의 요소를 무력화시킬 필요가 있었다. 실제로 추한 현실에 대한 미적 재현에서는 순수한 미적 판단이 성립하기 어렵다는 것을 실감하게 된다. 추는 언제나 도덕적 판단을 동반하려는 경향이 있다. 순수한 추의 자율성은 성립하기 어렵다는 것이다.

다음으로 스스로 추방된 추의 위치에 두고 배제와 소외의 경험에서 미적 경험을 발견하려는 시도를 살펴보았다. 추한 현실에 대한 대응 방식으로 추한 주체가 되고자 하는 작품들이 여기에 속한다. 이들은 의도적으로 예술에서 추를 배제하는 것은 그 자체가 현실의 추악함을 은폐하는 기능을 수행한다는 데 공감을 얻고자 한다. 이들은 추한 현실에 대한 미적 재현이 아니라 작품 자체가 현실 속의 추한 존재로 '되고자' 한다. 다시 말해서, 추에 대한 합리적 재현이 아니라 추에 대한 미메시스의 시도라 할 수 있다. 이들은 추한 현실이 미화되는 것을 경계하고, 현실의 추가 존재한다는 것을 온몸으로 증명하려 하는 것이다.

마지막으로, 미적 가상의 자율성을 공격하는 전위적 추의 문제를 살펴보았다. 이들은 미적 가상의 세계로 도피하여 현실의 추를 망각하고자 하는 미적 자율성에 균열을 내고자 한다. 균열로서의 추의 도입은 미적 자율성의 폐쇄적 완결성에 구멍을 내고 현실과 소통하는 통로를 개방하는 것과도 같다. 이는 현실에 대한 단순한 미적 재현이 아니다. 오히려 날것 그대로의 현실 일부를 직접 작품에 도입함으로써 미적 가공 행위와 그 가공의 주체에 대한 통념에 도전한다. 제작자로서의 작가보다는 선택하고 결정하는 주체를 제안한다. 선택과 결정의 문제는 작가만의 문제가 아니라 독자의 몫이기도 하다. 폐쇄적 완결성의 작품에 안주하던 독자들은 열린 작품 앞에서 불안과 불쾌감을 경험할 것이기 때문이다. 그 과정을 통과하여 불쾌감에서 쾌감을 유도하는 것은 전적으로 독자의 결정에 맡겨진다. 추의 경험을 미적 경험으로 전환시키는 과정에서 독자도 선택하고 결정하는 주체가 된다. 추의 경험은 새로운 미적 경험을 선도하는 전위성을 부여받고 있는 것이다.

이외에도 추의 존재방식은 다양할 것이지만, 그것은 대개 어떤 전환점을 마련하는 데 기여한 것으로 이해된다. 아름다운 서정시가 대세를 이룬 가운데에, 주변부로 밀려나 있는 추한 서정시의 존재는 서정시의 미학을 갱신하는 원천이라 할 수 있다. 추는 일종의 카오스의 경험이기 때문이다.

5

시와 수학
박인환의 외접선

이 글은 《국제어문》(2020년 9월)에 게재된 〈추동심원을 넘어서: 박인환의 '외접선'에 대하여〉를 수정하고 보완하여 재수록한 것이다.

동일성에 대한
은밀한 부정

시에 대한 비교적 오래된 오해는 그것을 '동일성'의 전도사로 간주하는 것이다. 자아와 세계의 동일성, 주관과 객관의 동일성은 시의 자기정체성을 해명하는 열쇠로 알려져 있다. 특히 그것은 주관과 객관의 분열과 자기소외를 동반하는 근대문명에 대한 낭만주의적 저항과 치유의 의미를 부여받으면서 더욱 강화되었다.[1] 이상한 점은 주객동일성을 자기정체성으로 보유하고 있는 시가 정작 자기가 거주하는 사회와는 불화의 관계를 유지한다는 데에 있다. 근대사회를 향해 시는 더 이상 동일화의 전략을 구사하지 않는다는 것이다. 시와 사회는 비동일성의 관계를 유지하고 있으며, 오히려 이를 통해서 시의 자기동일성은 더욱 공고해진다.[2] 이처럼 시를 동일성의 세계로 몰아넣게 되는 발상의 기원은 근대사회의 특성에 있다. 근대사회는 시가 지향하는 동일성의 붕괴, 주관과 객관의 분리와 자기소외를 기반으로 성립하였기 때문이다. 근대사회를 분리와 분

---

[1] 초기 낭만주의자들은 근대성을 일종의 병리 현상으로 이해하고, "소외, 낯섦, 분열, 분리, 반성과 같은 다양한 명칭을 부여했다." "통일, 조화 혹은 전체성이 있어야 하는 곳에 분열과 불화, 분리가 존재"했던 것이다. 프레더릭 바이저, 《낭만주의의 명령, 세계를 낭만화하라》, 김주휘 옮김, 그린비, 2011, 70쪽.

[2] 이 과정에서 은유와 상징 등의 시적 위상이 강화된다. 은유와 상징이야말로 유사성과 동일성의 저장고이다. 특히 상징은 특수를 보편으로 통합한다는 의미에서 수직적 동일화의 대표적 유형으로 주목된다.

열의 관점에서 보면 시에서 실현되는 동일성의 세계는 근대인이 잃어버린 신화적 세계를 복원하는 일에 가깝다.[3]

그러나 어느 순간부터 시인들은 동일성의 전도사이기를 포기하거나 부정하기 시작했다. 동일성의 세계는 더 이상 잃어버린 낙원이 아니며, 근대사회에서 시인들이 지향해야 할 세계도 아니라는 것이다. 시인들은 동일성 대신에 비동일성을 새로운 시의 원리로 내세우기 시작했다.

시를 통해 동일성의 세계를 회복하고자 할 때, 문제는 분열과 소외를 유발하는 사회가 문제였다. 그러나 어느 순간부터 사회의 핵심적인 문제는 분열과 소외에 있는 것이 아니라 '동일성' 혹은 균질성에 있다는 생각이 부상하게 되었다. 예컨대, 그것은 아우슈비츠 이후 서정시의 불가능성을 제기한 아도르노를 통해서도 확인된다. 아우슈비츠 이후 우리가 속한 사회는 이미 동일성이 지배하고 있고, 그 동일성에서 벗어나는 비동일성의 전략이 새로운 시인들의 사명으로 고지된 것이다. 동일성의 회복을 시인의 사명으로 생각했던 시인들은 이제 동일성의 해체를 새로운 시의 방향으로 재설정하게 된 것이다.[4] 따라서 자신이 속한 사회가 동일성을 강요할 때, 현대 시인이 세운 전략을 검토할 이유는 충분하다.

---

3 루카치는 이를 근대소설이 지향하는 서사시의 세계라고 보았는데, 그것은 사실상 낭만주의적 열정의 다른 표현이기도 하다.
4 벤야민은 그것을 (바로크) 알레고리에서 발견하고자 했다. 그것은 상징에 비해 알레고리를 열등한 것으로 파악한, 괴테 이후 지배적인 견해를 뒤집은 것이다.

박인환이 활동하던 시대, 즉 해방기에서 한국전쟁기까지의 한국 사회는 반공주의가 확립되고 정착한 시기다. 법률적·제도적 기구들이 만들어지고 그것이 작동하는 과정에서 박인환 또한 동일성의 폭력을 경험하게 된다. 서점 '마리서사'를 정리하고 《자유신문》 기자로 근무하던 기자 박인환이 국가보안법 위반 혐의로 체포된 사건이 그것이다. 모윤숙의 진술을 근거로 남로당 가입을 의심받았던 것이다. 그때가 1949년 7월이었는데, 비록 불기소 처분을 받았지만, 그 여파로 그는 좌익 세력이라는 낙인을 벗기 위해 노력하는 모습을 보여 주지 않으면 안 되었다. 첫 번째로 강요된 전시展示 행위가 공식적인 전향성명서의 게재였는데, 그해 12월 그는 자신이 기자로 근무하던 《자유신문》을 통해 두 차례에 걸쳐 전향을 공식화한다. 다른 전향자들과 마찬가지로 그 역시 남로당에서 탈당하고, 대한민국에 충성할 것을 서약해야 했던 것이다.[5] 국가가 강요한 충성서약서에 서명하고 그가 남긴 작품이 〈1950년의 만가〉이다.

〈1950년의 만가〉는 한국전쟁 직전(1950. 5.)에 발표된 작품이지만, 한국전쟁 이후 그의 우울한 시세계를 예고하고 있다. 특히 "나는 죽어간다"를 세 번이나 반복하면서, 죽은 자를 애도하는 '만가挽歌'를 내세우고 있는데, 이때 죽은 자는 곧 자기 자신을 의미한

---

5   자세한 사항은 허준행, 〈박인환 문학의 정치미학적 연구〉(성균관대 석사학위논문, 2015)의 50~54쪽 참조.

다. 국가기구에 의한 동일성의 폭력 앞에서 그는 시인으로서의 자기 상실을 경험하게 된 것이다. 실제로 박인환의 작품은 전향 선언 이전과 이후에 큰 변화를 겪은 것처럼 보인다. 전향 선언 이전에는 자본주의 및 제국에 의한 식민주의 정책을 노골적으로 비판했지만, 전향 이후에는 외형상 반공주의의 울타리를 벗어나지 않은 것처럼 보이기 때문이다.

그러나 그것은 외형상의 문제일 뿐이다. 국가의 검열 기구가 반공주의의 울타리를 감시하고자 해도 동일성에 대한 박인환의 은밀한 부정을 감지할 수 없었던 것이다. 이 글에서는 동일성의 지배에서 벗어나는 박인환의 방법을 숙고하되, 그것을 수학적 사고를 통해 해명하고자 한다. 이를 통해서 박인환의 알려지지 않은 관심사가 드러날 것이고, 그의 시세계에서 풀리지 않았던 몇 가지가 해명될 것이다.

동심원을 벗어난
원들

먼저 전향으로 인해서 박인환이 상실한 것을 살펴볼 필요가 있다. 〈1950년의 만가〉에서 그것은 "서로 위기의 인식과 우애를 나누었던 / 아름다운 연대年代"로 정리된다. 서점 '마리서사'(1945년부터 1948년 봄까지)를 중심으로 전위 예술가들을 규합하고, 한국의 '뉴 컨트

리'(= 새로운 도시)를 꿈꾸며 '신시론'을 조직하여 동인지 형태로 1집
(《신시론》, 1948. 4.)과 2집(《새로운 도시와 시민들의 합창》, 1949. 4.) 발
간을 주도했던 그였다. 그는 시인, 소설가, 화가, 음악가 등의 예술
가 조직을 생각했고, 이념을 넘어선 공통의 지향점도 모색했다.[6]
박인환은 당시의 그들을 지하생활자로 묘사한다. "황갈색 계단을
내려와 / 모인 사람은 / 도시의 지평에서 싸우고 왔다"(〈지하실〉, 1948.
3.)는 것이다. 지상과 지하, 지배와 피지배, 제국과 식민지의 분할선
이 선명했고, 지하생활자들의 연대라는 지향점도 분명했다. 전향
이전까지 박인환은 그들 사이에 있었던 것이다.

  전향 이후 그에게는 지하가 사라졌다. 예술가들의 연대에 정치
색이 지워진 것이다. 말하자면, 신시론 2집(《새로운 도시와 시민들
의 합창》)에서는 가능했던 정치적 발언이 새로 조직된 '후반기'에서
는 찾아보기 어렵게 되었다.[7] 후반기는 더 이상 지하조직이 아니라
순수한 모더니즘 시 동아리였던 것이다. 예컨대, 아래의 작품 〈열
차〉(1949. 4.)에서처럼 미래를 향해 전진하는 진보의 열차를 더 이

---

6 "'마리서사'를 비롯하여 그가 구성하고 활동하였던 공동체 모두가 좌·우와 같은
   이데올로기와는 무관하게 이루어졌다는 것은 그 연대의 특징적인 점이라 할 수
   있는데, 이곳의 회원들이 이념적으로 지향하는 바가 다름에도 불구하고 '새로운
   시'를 구현하고자 하는 순수한 공동 목표 아래 결속되어 있었다." 송현지, 〈박인환
   시에 나타난 연대 의식 연구〉, 《우리어문연구》 52, 2015. 5, 111~112쪽.

7 그것은 후반기의 또 다른 중심인물 조향이 철저한 반공주의자라는 사실을 통해
   서도 확인된다. 이에 대해서는 오문석, 〈보수적 아방가르드, 한국의 초현실주의〉,
   《백년의 연금술》, 박이정, 2005, 244~269쪽 참조.

상 찾아보기 어렵게 된 것이다. 그러나 단순히 진보의 관점에서만 이 〈열차〉를 바라보아서는 안 된다. 이 〈열차〉라는 작품에는 박인환이 동일성의 폭력에서 벗어나기 위해 고안해 낸 위장된 전략이 숨어 있기 때문이다. 그 부분에 주목하면서 〈열차〉를 다시 보도록 하자.

> 폭풍이 머문 정거장 거기가 출발점
> 정력과 새로운 의욕 아래
> 열차는 움직인다
> 격동의 시간
> 꽃의 질서를 버리고
> 공규空閨한 나의 운명처럼
> 열차는 떠난다
> (중략)
> 피비린 언덕 너머 곧
> 광선의 진로를 따른다
> 다음 헐벗은 수목의 집단 바람의 호흡을 안고
> 눈이 타오르는 처음의 녹지대
> 거기엔 우리들의 황홀한 영원의 거리가 있고
> 밤이면 열차가 지나온
> 커다란 고난과 노동의 불이 빛난다
>
> — 〈열차〉의 부분(제1연과 제3연)

출발하는 열차를 보고 화자는 "나의 운명"을 떠올린다. 기존의 질서를 버리고 폭풍 속으로 고독하게 질주하는 자신의 모습을 떠올린 것이다. 그러나 "피비린 언덕"을 지나서 마침내 도달한 "녹지대"에서 그는 "우리들의 황홀한 영원의 거리"를 발견한다. 열차가 도착한 곳은 '나의 거리'가 아니라 '우리들의 거리'다. 다시 말해서, 폭풍을 뚫고 전진하는 열차는 "나의 운명"이지만, 그 운명의 열차가 도착한 거리는 "우리들의" 거리다. 열차에 올라탄 것은 "우리들"이지만, 그 질주하는 열차를 운명으로 받아들인 사람은 "나"다. 질주하는 열차를 우리들 모두의 운명으로 강요할 수는 없었던 것이다.

이처럼 박인환의 작품에서는 화자로서 "나"와 "우리"가 '병존'하는 경우가 많다.[8] 하나의 작품에서 화자를 통일하는 것이 일반적이지만, 박인환의 작품에서는 화자가 바뀌는 경우가 많다. "나"에서 "우리"로, "우리"에서 "나"로 '화자의 위치'는 지속적으로 변한다.[9] 그 과정에서 "나"는 결코 "우리"로 쉽게 통합되지 않는다. "나"는 "우리"의 울타리 안에 갇히지 않는다는 것이다. 이것은 당시 한국의 지배체제가 모든 "나"를 "우리"에 포함하고자 하는 욕망과 대립한

---

8 그 목록을 대충 열거하면 다음과 같다. 〈회상의 긴 계곡〉, 〈살아 있는 것이 있다면〉, 〈눈을 뜨고도〉, 〈목마와 숙녀〉, 〈문제되는 것〉, 〈부드러운 목소리로 이야기할 때〉, 〈불신의 사람〉, 〈불행한 신〉, 〈새로운 결의를 위하여〉, 〈세 사람의 가족〉, 〈의혹의 기〉, 〈일곱 개의 층계〉, 〈잠을 이루지 못하는 밤〉 등. "나"와 "우리"가 아닌 다른 방식의 화자 구성도 존재하지만 생략한다.

9 심지어 〈밤의 미매장〉에서처럼 발화의 주체가 누구인지 모호하게 처리되는 경우도 있다.

다. 그들은 "우리"라는 커다란 원에 "나"를 포함하고, 그 중심까지 공유하기를 원한다. 반공주의의 중심 이념으로 무장할 것을 강요하는 것이다. 이처럼 중심을 공유하는 원들의 집합을 '동심원同心圓'이라고 했을 때, 박인환의 화자("나"와 "우리")는 동심원의 관계를 벗어나 있다. 이렇게 되면 적어도 두 개 이상의 중심이 존재할 수 있게 된다.

이때 두 개의 원은 비록 중심을 공유하지는 않더라도 전혀 관련성이 없는 것은 아니다. 두 개의 원이 관계를 맺는 방식에 대해서 〈열차〉는 다음과 같은 구절을 남기고 있다.

청춘의 복받침을
나의 시야에 던진 채
미래에의 외접선外接線을 눈부시게 그으며
배경은 핑크 빛 향기로운 대화
깨진 유리창 밖 황폐한 도시의 잡음을 차고
율동하는 풍경으로 활주하는 열차

— 〈열차〉의 부분(제2연)

당연하게도, 열차의 철로는 열차 바퀴들의 '외접선外接線'을 따라 펼쳐져 있다. 전진하는 바퀴들이 지나가는 외접선(= 철로)은 "미래"를 향해 "눈부시게" 뻗어 있다. 미래를 향해 전진하는, 그 눈부신 외접선이 존재하기 위해서는 모든 바퀴들이 '병렬'되어 있어야

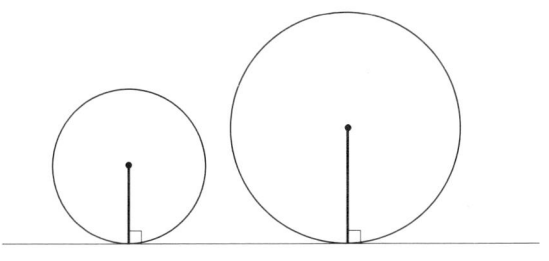

〈그림 1〉 두 개의 원을 지나는 외접선

한다. 열차의 바퀴들은 중심을 공유하는 '동심원同心圓'이어서는 안
된다.[10] 〈그림 1〉과 같이, 모든 바퀴는 각자 자신의 중심을 보존하
면서, 다만 외접선(= 철로)을 공유하는 원의 형태를 유지해야 한다.

동심원은 중심을 공유하지만, 외접선을 가지고 있는 원들은 중
심을 공유할 수 없다. 중심을 공유하게 되면 동심원이 되고, 동심
원은 접선을 만들 수 없으며, 접선이 없으면 전진이 불가능하다.
박인환의 〈열차〉는 '중심'을 공유하는 것이 아니라 '접선'을 공유하
는 원들의 집합이다.[11] 모든 바퀴들의 중심은 서로 다르지만, 미래
를 향해 전진하는 '직선'과 '방향'만은 공유하고 있는 것이다.

그러나 외접선은 열차의 바퀴들 사이에서만 적용되는 것이 아
니다. 앞서 말했듯이, 그것은 두 개의 화자, "나"와 "우리" 사이에도

---

10   박인환은 중심을 공유하는 동심원 모델을 나무에서 발견한다. 나무의 나이테가
     그러하다.

11   따라서 외접선을 '공통 외접선common external tangent'이라고 한다.

적용된다. "나"와 "우리"가 독립된 원으로 분리되면, 두 개의 원은 외접선을 만들면서 병렬하게 된다. 열차 안에는 '우리들'이 타고 있지만, 그 열차에 대한 태도는 각기 다를 수 있다. "나"와 "우리"의 관계는 동심원의 관계가 아니기 때문에 차이가 허용된다. 동심원에서는 내가 우리 속에서 소멸하거나, 나를 위해 우리를 참칭하는 일이 가능하다. 하지만 외접선의 관계에서는 일방적인 지배가 불가능하다. 양자는 서로 타인의 중심을 장악할 수 없기 때문이다. 다만, 양자는 외접선을 향해서 같은 방향을 유지하며, 외접선이라는 공통의 토대 위에 거주하게 된다. 이것은 전체가 부분을, 혹은 전체가 개인을 일방적으로 지배하고자 하는 당시의 모든 전체주의 모델에 대한 비판이기도 하다.

자유가 쏘아 올린 눈부신 외접선

동심원의 압력은 한국전쟁으로 인해 더욱 강화된다. 전쟁이 발발하자 그는 만삭의 아내와 함께 서울에 잔류하면서 적치 3개월[12]을 보내게 되는데, 그 사이 딸까지 낳게 된다. 전향 직후 그의 후반기는 전쟁과 더불어 시작된 것이다. 서울 수복 이후 서울 잔류파에

---

12 박인환, 〈암흑과 더불어 3개월〉, 맹문재 엮음, 《박인환 전집》, 실천문학사, 2007,

대한 사상 검증을 무사히 통과한 그는 대구를 중심으로 《경향신문》의 종군기자로 활동하게 된다.

전쟁은 적과 아군의 구별을 최우선 과제로 삼게 만든다. 이미 반공 이데올로기로 한 차례 전향을 강요받았던 탓에, 그리고 종군기자인 까닭에서라도, 그 또한 피아 식별의 논리를 그대로 받아들이는 것처럼 보인다. 특히 전쟁 영웅에 대한 찬사라면 당연히 그럴 것이다. 그러나 여기에서도 그의 작품은 동심원의 시선을 교묘하게 벗어난다.

옛날 식민지의 아들로
검은 띵딩어리를 밟고
그는 주검을 피해
태양 없는 처마 끝을 걸었다.

어두운 밤이여
마지막 작별의 노래를
그 무엇으로 표현하였는가.
슬픈 인간의 유형을 벗어나
참다운 해방을
그는 무엇으로 신호하였는가.

547쪽 참조.

'적을 쏘라

침략자 공산군을 사격해라.

내 몸뚱어리가 벌집처럼 터지고

뻘건 피로 화할 때까지

자장가를 불러 주신 어머니

어머니 나를 중심으로 한 주변에

기총을 소사하시오. 적은 나를 둘러쌌소'

— 〈신호탄〉 부분(제2연에서 제4연까지)

이 시의 제목 밑에는 "신호탄을 올리며 적병 30명과 함께 죽었다"는 "수색대장 K중위"의 기록이 적혀 있어, 이것이 실제 사건임을 표시하고 있다. 전시 상황에 공군에서 발간한 시집《창궁》에 실렸다는 점에서, "침략자 공산군"을 "적"으로 지목하는 일은 전혀 어색하지 않다. 다만, 그 사실을 전적으로 수색대장 K중위의 입을 통해서 진술하게 함으로써, 시의 화자가 그러한 진술에 공감하는지는 알 길이 없다. '그'의 진술과 화자의 입장이 하나의 중심으로 환원된다는 인상을 주지 못하고 있는 것이다. 제4연만 놓고 보면, '그'의 진술은 전시 상황에서는 '우리' 모두의 진술일 것이므로, 그의 '어머니'와 그 자신('나') 사이에 틈이 발견될 수는 없다. 적어도 적에 대한 증오심에서 그('나')와 그의 '어머니'는 다르지 않다. 문맥상 자기를 희생하여 적 30명을 몰살시킬 수만 있다면 반대할 어머니가 아니어야 한다. 그는 진정 어머니의 "자장가"를 상기하며 신호탄을

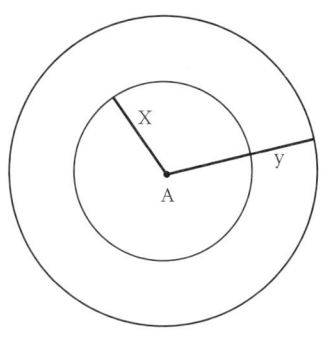

〈그림 2〉 중심을 공유하는 동심원

쏘아 올렸을 것이다. 제4연에만 한정한다면, 그('나')와 그의 '어머니' 는 중심을 공유하는 두 개의 동심원이다. 따라서 아마도 이 진술이 주는 감동은 신호탄이 쏘아 올린 지점에서 물결처럼 증폭되는 슬픔의 동심원에 있다고 할 수 있다.

그런데 따옴표로 처리된 제4연은 이 시의 중심이 아니다. 이 시에서 제4연은 액자식으로 삽입된 진술이고, 그것과 중심을 달리하는 다른 진술들이 둘러싸고 있다. 특히 마지막 제5연에서 그는 이 무자비한 슬픔의 동심원의 파장을 정지시키고 있다. 제5연은 다음과 같다.

생과 사의 눈부신 외접선을 그으며

하늘에 구멍을 뚫은 신호탄

그가 침묵한 후

구멍으로 끝임없이 비가 내렸다.

단순에서 더욱 주검으로

그는 나와 자유의 그늘에서 산다.

—⟨신호탄⟩의 **부분(제5연)**

신호탄을 따라서 하늘에서 쏟아지는 엄청난 화력을 그는 "비"
로 처리하고 있다. 하늘에 구멍이라도 난 것처럼 쏟아졌을 것이다.
K중위가 쏘아 올린 신호탄에서 박인환은 "눈부신 외접선"을 읽어
내고 있다. 외접선(=신호탄)은 "생과 사"라는 두 개의 원을 스치며
지나간다. 그러나 생각해 보면, 생과 사는 서로 반대 방향을 향하
고 있어야 한다. 동시에 공존할 수 없는 모순 개념이기 때문이다.
따라서 생과 사에 대해서는 '외접선'이 아니라 ⟨그림 3⟩과 같이 '내
접선'만 허용될 수 있다.

⟨그림 3⟩에서 X로 교차하는 두 개의 접선이 '내접선內接線'이다.

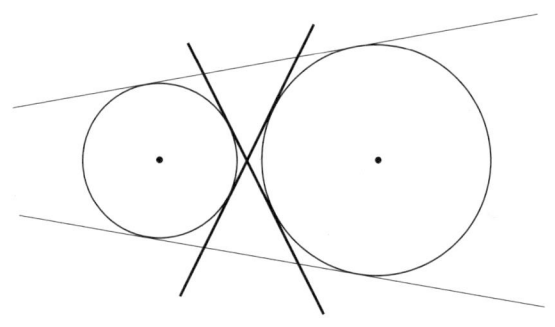

⟨그림 3⟩ **두 개의 원을 지나가는 내접선과 외접선**

이처럼 두 개의 원 사이에 내접선을 그으면, 두 개의 원은 내접선의 이쪽과 저쪽으로 각기 다른 방향을 향하게 된다. 또한, 내접선이 만들어지기 위해서는 두 원이 결코 포개질 수 없다. 생과 사가 그러하다. 내접선의 세계에서는 생과 사가 포개지는 좀비와 같은 설정이 허용되지 않는다. 삶과 죽음은 전혀 이질적인 두 세계이고, 인간이라면 두 세계에 동시에 존재할 수 없기 때문이다.

그럼에도 불구하고 박인환은 K중위가 쏘아 올린 신호탄을 '외접선'이라고 명명한다. 어째서 그러한가. 내접선을 긋게 되면 생과 사는 서로 반대 방향을 향하게 되고, 중복도 불가능하다. 생은 생이고, 죽음은 죽음이다. 모순적 관계는 허용되지 않는다. 하지만 생과 사에 '외접선'을 긋게 되면 상황이 달라진다. 갑자기 생과 사는 같은 방향을 향하게 되고, 서로 겹쳐질 수도 있게 된다. 살아 있는 것이 죽은 것이고, 죽는 것이 살아 있는 것이 된다. 역설이 허용되는 것이다. 이 작품에서는 '수색대장 K중위'의 죽음이 바로 그러하다. 그의 죽음은 단순한 죽음을 넘어서 있다. 분명 그의 죽음이 살려 낸 생명들이 있을 것이고, 그가 죽음으로써 살아 있는 사람들도 있을 것이다.

이처럼 마땅히 내접선만 허용되는 생과 사의 틈바구니에서 외접선을 가능하게 만든 것이 그의 '신호탄'이다. 그가 신호탄을 쏘아 올리겠다고 결심한 바로 순간, 그는 이미 생과 사를 다른 방향에서 같은 방향으로 이동시켰던 것이고, 그것이 포개질 가능성도 만들어 낸 것이다.

그리고 이 시에는 외접선을 만들어 낸 또 다른 요인이 숨어 있다. 시의 마지막 행에 숨어서 부끄럽게 모습을 드러내고 있는 '나'라는 화자가 그것이다. 화자는 작은 목소리로 "그는 나와" "산다"고 말한다. 그는 죽었으나 살아 있고, 더구나 화자인 나와 더불어 살고 있다는 것이다. 다만, 화자인 나와 '그' 사이의 관계는 '그'와 '그의 어머니' 사이의 관계를 반복하지 않는다. 앞서 말했듯이, 그와 그의 어머니는 중심을 공유하는 동심원의 관계를 유지하고 있으며, 독자도 그 중심을 공유함으로써 커다란 반향을 만들어 낼 수 있었다.

하지만 마지막 행에서 화자는 그와 더불어 "자유의 그늘"에 거주하고자 한다. 그것이 어떤 형태의 자유인지는, 제3연을 통해 짐작해 볼 수 있다. 그가 쏘아 올린 신호탄은 "슬픈 인간의 유형을 벗어나 / 참다운 해방을" 향하는 자유의 신호탄인 것이다. 그의 죽음을 공동체의 자유를 위한 개인의 희생으로 평가하는 것이 공식적인 해석이라면, 화자는 여기에서 다른 해석을 제안한다. '그' 자신의 자유와 해방을 위한 신호탄이기도 하다는 것이다. 죽음은 그 자체가 자유이고 해방일 수 있기 때문이다. 이처럼 '그'의 죽음에 대한 화자의 다른 해석을 첨가함으로써, 그의 신호탄은 다시금 '그'와 '나' 사이에 외접선을 허용하고 있다. 접선을 공유하며 같은 곳을 바라보게 된 것이다.

불협화음과 자기분열을 유발하는
외접선

이처럼 외접선을 공유하는 관계는 시의 화자들 사이에서만 이루어지는 것이 아니다. 시적 화자와 그 시의 독자 사이에서도 그러한 관계는 얼마든지 가능하다. 앞서 보았듯이, 시적 감동을 극대화하기 위해서 시의 화자와 독자 사이에 '동심원'의 관계를 형성하는 경우가 많다. 공감을 유도하는 시의 경우 특히 그러하다. 하지만 박인환의 시에서는 그 동심원을 불가능하게 만드는 경우가 많은데, 그로 인해서 두 개의 원 사이에 틈이 생기고 외접선이 허용된다. 시의 화자와 그 시의 독자는 중심을 공유하지 않게 되며, 따라서 양자 사이에 공감을 기대하지 않아도 된다. 이것은 독자에게 자유를 허용하는 방법인 것이다.

그것은 특히 시인으로서의 자의식이 드러나는 작품에서 확인된다. 그 경우에는 시에 대한 메타적 사유가 드러나기 때문에, 틈이 만들어지기 쉽다.

정막처럼 잔잔한
그러한 인생의 복판에 서서
여러 남녀와 군인과 또는 학생과
이처럼 쇠퇴한 철없는 시인이
불안이다 또는 황폐롭다

부드러운 목소리로 이야기한들
광막한 나와 그대들의 기나긴 종말의 노정은
예나 지금이나 변함없노라.

오 난해한 세계
복잡한 생활 속에서
이처럼 알기 쉬운 몇 줄의 시와
말라 버린 나의 쓰디쓴 기억을 위하여
전쟁이나 사나운 애정을 잊고
넓고도 간혹 좁은 인간의 단상에 서서
내가 부드러운 목소리로 이야기할 때
우리는 서로 만난 것을 탓할 것인가
우리는 서로 헤어질 것을 원할 것인가

— 〈부드러운 목소리로 이야기할 때〉 부분(제5연과 제6연)

　　이 작품에서 화자는 독자를 향해서 "나와 그대들"이라 하고, 결
국에는 "우리"로 통칭한다. 그러나 이때의 "우리"는 결코 동심원적
관계를 이루지 못하고 있다. 그것은 시인이 아무리 "부드러운 목소
리로 이야기한들" 독자의 삶은 "예나 지금이나 변함없"다는 불만
어린 진술에서도 드러난다. 시인과 그 시의 독자 사이에 무언가 어
긋남이 있는 것이다. 예컨대, 시인은 우리가 거주하는 도시에 대해
서 "불안이다 또는 황폐롭다"는 사실을 상기하고자 하지만, 불안에

직면했을 때 당연하게 기대되는 태도의 변화가 독자들 사이에서 발견되지 않는다는 것이다.[13] 시인은 어쩌면 독자에게서 변화를 기대한다는 것 자체가 더 이상 무의미한 시점에 도달했다고 느끼는 것처럼 보인다.[14] 시의 경우 '동심원의 시대'는 지나갔다. 이처럼 시인과 독자 사이에 틈이 있다는 것을 눈치채지 못한다면, 그 시인은 아마도 "쇠퇴한 철없는 시인"에 속할 것이다. 그만큼 세계는 단순하지 않고 더욱 "복잡"하고 "난해"해졌다.

따라서 "이처럼 알기 쉬운 몇 줄의 시"로는 독자와 더불어 동심원적 관계를 회복할 수 없다. 작품의 내부에 있는 화자와 작품의 외부에 있는 독자 사이에는 이제 '외접선'만이 가능하다. 새로운 시의 경우, 화자와 독자를 아우르는 "우리"가 성립하기 위해서는 "나와 그대들"이 중심을 공유하지 않는다는 조건이 전제된다. 양자의 중심이 독립성을 유지한 상태에서만 "우리"가 허용되는 것이다. 박인환의 "우리"는 이처럼 "우리"를 구성하는 "나와 그대들" 사이의 근본적인 불일치와 불협화음을 허용하고, 심지어 요청하고 있다.

불협화음은 시인과 독자 사이에서만 발생하는 것이 아니다. 시인으로서의 자의식을 표현하는 작품에서 화자인 '나'는 둘로 분열된다. 바라보는 나와 바라봄을 당하는 나의 분열이라 할 수 있다.

---

13 실존주의에 따르면, 불안에 직면한 인간은 드디어 자신의 존재를 대면하게 되고, 그 뒤에 새로운 자아를 형성하게 된다.

14 가라타니 고진의 근대문학의 죽음을 떠올릴 수 있다.

시인의 자기 비하가 압도적인 다음 작품을 보자.

장미는 강가에 핀 나의 이름
집집 굴뚝에서 솟아나는 문명의 안개
'시인' 가엾은 곤충이여
너의 울음이 도시에 들린다.

오래도록 네 욕망은 사라진 회화繪畵
무성한 잡초원에서
환영과 애정과 비벼 대던
그 연대의 이름도
허망한 어젯밤 버러지.

사랑은 조각에 나타난 추억
이녕泥濘과 작별의 여로에서
기대었던 수목은 썩어지고
전신電信처럼 가벼웁고 재빠른
불안한 속력은 어디서 오나.

— 〈기적인 현대〉 부분(제1연에서 3연까지)

이 시에서 화자는 자기 자신을 "너"라고 부르면서 대상화를 시도한다. "장미"는 한때 시인이 지향했던 "나의 이름"이었지만,[15] 이제 이 도시에서 시인은 "가엾은 곤충"이 되었다. 시인은 장미처럼 아름다운 관조의 대상이 되고 싶었으나, 이 도시에서 시인의 목소리는 다만 "곤충"의 "울음"처럼 관심을 받지 못하게 된 것이다. 오히려 한물간 "허망한 어젯밤 버러지" 취급을 받는다. 그것은 현대의 시인을 둘러싸고 있는 "전신처럼 가벼웁고 재빠른 / 불안한 속력" 때문에 발생한 현상이다. 과거의 시인과 달리, 현대의 시인은 전통에 대한 부정뿐 아니라 자기 자신과의 결별을 지속적으로 단행하지 않으면 안 된다.[16] 부단한 자기분열이 요구된다는 것이다. 따라서 자기 자신을 "나"로 호명하고 대상화하는 성찰적 행위가 상시적으로 발생할 수밖에 없다.

부단한 자기파괴와 자기부정에 실패하면, 시인의 "욕망"마저도 금세 낡은 기법으로 인해서 "사라진 회화" 취급을 받게 된다. "장미"라는 것도 한때는 "환영과 애정과 비벼 대던 / 그 연대의 이름"이었지만, 이제는 퇴색한 지 오래다. 전통적으로 시인은 동일성을 긍정적 덕목으로 생각했으며, 그 모델은 '나이테'를 중심으로 동심원을 그려 가는 "수목"이었다. 시인의 성장은 그 중심에서 멀어지

---

15 《새로운 도시와 시민들의 합창》 서문에서 박인환은 "풍토와 개성과 사고의 자유를 즐겼던 시의 원시림"과 "거기에서 나를 괴롭히는 무수한 장미들의 뜨거운 온도"를 거론하고 있는데, 여기에서 "무수한 장미들"이란 예술가를 대변한다. 맹문재 편, 《박인환 전집》, 247쪽.

16 마테이 칼리네스쿠M. Calinescu에 따르면, 미적 모더니티는 전통과 부르주아, 그리고 자기 자신에 대한 삼중의 부정으로 정의된다.

면서 두께를 형성하는 데서 의미를 지녔다. 하지만 이제 "기대었던 수목은 썩어지고" 말았다. 동심원을 중심으로 하는 자기복제와 자기동일성에 머무는 시인은 다만 "곤충"에 지나지 않는다. 그 대신에 현대의 시인에게 요청되는 것은 자기 내부에 '외접선'을 허용하는 자기분열이다. 그때 '나'와 '나' 사이에 틈이 발생하게 되고, 그 중심이 분화됨에 따라 비로소 현대의 시인이라 할 수 있다. 따라서 끊임없는 자기분열의 연속에서도 시인의 정체성을 유지할 수 있는 것은 그 자체만으로도 "기적"이라 할 수 있다.

동심원에서 해방된
새로운 신

마지막으로 신과 인간의 관계를 살펴볼 필요가 있다. 신과 인간의 관계는 박인환의 시 세계에서 무시할 수 없는 비중을 차지하고 있기 때문이다. 그 신의 이름은 매번 바뀌지만, 그것은 신과 인간의 관계를 표기하는 다양한 방식의 표현일 뿐이다. 앞에서도 우리는 생과 사처럼 서로 반대되는 개념에 대해서는 일차적으로 '내접선'이 그어진다는 것을 살펴보았다. 왜냐하면 양자는 서로 중복될 수도 없으며, 방향도 반대쪽을 향하고 있기 때문이다. 이러한 관계는 인간과 신의 관계에서도 그대로 적용된다. 신과 인간은 '내접선'을 사이에 두고 반대 방향에 있어야만 한다. 그래야만 신과 인간이 결코 중복되지 않을 것이기 때문이다. 생과 사를 넘나드는 좀비가 불가능한 것처럼, 신인神人은 신화에서만 가능할 뿐이다. 따라서 전통적으로 신과 인간 사이를 '내접선'의 관계로 보는 것이 가장 보편적이다.

하지만 내접선의 관계는 신과 인간의 절대적 타자성, 즉 절대적 거리를 전제한다는 것이 문제이다. 그 뒤에 그 거리를 극복하기 위한 시도가 있었으며, '동심원'의 관계 또한 그 일부라 할 수 있다. 신의 세계와 인간의 세계 사이에 '유사성'을 허용하는 것이다.[17] 신에게 인간의 속성을 부여하거나, 인간에게 신의 능력을 허용하는 방식이 여기에 속한다. 자연을 탐구함으로써 신을 이해하고자 했던 계몽주의적 접근법 또한 이와 다르지 않다.[18] 가장 큰 동심원을 신이라고 하고, 그 내부에 자연과 인간을 배치하였을 때, 신과 자연은 중심을 공유하게 된다. 자연의 원리를 통해서 신을 이해할 수 있는 이유가 여기에 있다. 하지만 동심원을 통한 신의 이해는

---

17 푸코는 16세기에 유사성을 통해서 지식이 형성되는 과정을 분석하였는데, 이는 신을 이해하는 과정에도 적용된다. 푸코의 《말과 사물》(이규현 옮김, 민음사, 2012) 중에서 특히 2장 〈세계의 산문〉을 참조. 그 뒤에는 계몽주의자들에 의해서 신과 인간 사이의 유사성이 비판을 받고 신과 자연 사이의 유사성이 강조됨으로써 무신론의 기반이 마련됨을 알 수 있다.

18 예컨대, "스피노자는 기적의 존재를 부정한다. 기적이란 자연적인 이성의 빛에 의해 알려진 과학적 원리로는 그 원인이 설명되지 않는 사건에 불과하다. 신이 기적을 일으키는 것은 신이 스스로 만든 법칙을 무시하는 것이기 때문에, 신이 기적을 일으킬 리가 없다."(김응종, 〈근대 무신론의 철학적 기원〉, 《프랑스사 연구》 20, 2009, 51쪽)고 말한다. 신조차도 자연법칙을 존중한다는 주장은 합리성을 침해하지 않는 범위에서 신을 이해하고자 하는 이신론理神論의 근거가 된다.

결국 신을 자연으로부터 추방하는 결과를 낳게 된다. 이성적 합리성이 동심원의 중심을 장악하고 있기 때문이다.

동심원에 갇힌 신을 해방한 것은 실존주의라고 할 수 있다. 그들은 이성적 합리성으로 이해되지 않는 인간세계의 실존적 조건을 강조하면서, 이성적 합리성이라는 하나의 중심으로 환원되지 않는 다른 중심을 모색하게 된다. 다른 중심을 '부조리'로 규정하였을 때, 그들은 의도와 무관하게 계몽주의적 합리적 이성에 의해 추방된 신의 자리를 비워 두게 된다.[19] 다만, 그 자리로 되돌아오는 신은 결코 과거와 같은 초월적인 신, 즉 '내접선'의 신은 아닐 것이다. 따라서 박인환은 계몽주의적 동심원에 신을 가두는 것도 아니고, 내접선을 통해 초월적 타자성으로 밀어내는 것도 아닌 새로운 신의 자리를 발견하게 된다. 외접선의 관계가 그것이다. 그 신에 대한 첫 번째 이름이 "불행한 신"이다.

불행한 신
어디서나 나와 함께 사는

---

[19] 실존주의와 밀접한 관계를 유지하는 박인환은 전향 이전부터 사르트르의 실존주의를 소개하고 있다. 그에 따르면 "실존이란 무동기, 불합리, 추괴醜怪이며 인간은 이 실존의 일원으로서 불안, 공포의 심연에 있다는 것이다. 이 심연에서 구원을 신에서 찾는 것이 키르케고르이나 무신론자 실존주의는 행동에 의한 자유를 찾지 못하고서는 구원이 없다고 한다."(박인환, 〈사르트르의 실존주의〉, 맹문재 편, 《박인환 전집》, 242쪽) 합리성과 구별되는 실존적 심연에 대해서 박인환은 '구원'의 필요성을 설명하고 있다.

불행한 신

당신은 나와 단둘이서

얼굴을 비벼 대고 비밀을 터놓고

(중략)

또다시 우리는 결속되었습니다.

황제의 신하처럼 우리는 죽음을 약속합니다.

지금 저 광장의 전주電柱처럼 우리는 존재됩니다.

쉴 새 없이 내 귀에 울려오는 것은

불행한 신 당신이 부르시는

폭풍입니다.

그러나 허망한 천지 사이를

내가 있고 엄연히 주검이 가로놓이고

불행한 당신이 있으므로

나는 최후의 안정을 즐깁니다.

—〈불행한 신〉 부분

　　초월적인 신에 비해서 박인환의 "불행한 신"은 인간과 "얼굴을 비벼" 댈 정도로 밀착해 있다. 서로 비밀이 없을 정도이다. 신은 이미 인간의 삶에 깊숙이 들어와 있다. 그러나 그것은 신을 추방하기 위한 계몽주의자들의 전략일 뿐이다. 그들이 설계한 동심원의 관계를 통해서 인간의 삶은 거대한 신의 세계 내부로 들어갈 수 있었다. 그러나 그들은 동심원의 중심을 합리성으로 설정하여, 합리성으로 이해되지 않는 신의 세계를 별도로 설정할 이유를 제거하였다. 신에게도 합리성을 강요한 것이다. 그런 의미에서 "얼굴을 비벼" 댈 정도로 인간과 밀착해 있는 신은 사실상 추방당하기 위해서 인간을 품었던 신의 모습이기도 하다. 인간의 필요에 따라 인간의 세계와 그 중심이 일치하도록 이동된 신은 이미 충분히 "불행한 신"이다.

그 불행한 신은 "어디서나 나와 함께 사는" 신이기도 하다. 그러나 동심원의 세계에 갇힌 것은 비단 신만이 아니다. 전쟁 상황은 적과 아군을 구별하고, 아군에게는 선명한 동일성을 강요하고 있기 때문이다. 모두 하나의 중심을 공유하는 동심원의 일부가 되어야 하는 것이다. 중심에서 이탈하는 순간 적으로 의심받는 것은 쉬운 일이다. 신의 불행은 곧 인간에게도 불행인 것이다.

하지만 박인환은 "또다시 우리는 결속되었습니다."라고 말한다. 이미 충분히 결속되었던 신, 즉 중심을 공유하는 동심원의 관계가 아니라 "또다시" 다른 방식의 결속을 상상하고 있는 것이다. 그것은 동심원의 신이 아니라 다른 신, 이른바 "검은 신"의 탄생을 알린다. 그러나 '검은 신' 또한 우선적으로는 동심원의 감옥에 갇힌 신, 추방당하기 위해 인간과 중심을 공유해야만 하는 신의 모습을 하고 있다. 문제는 이렇게 합리성을 중심축으로 그려진 동심원이 만들어 낸 비극에 있다. 그 모습을 박인환은 다음과 같이 진술한다.

저 묘지에서 우는 사람은 누구입니까. //

저 파괴된 건물에서 나오는 사람은 누구입니까. //

검은 바다에서 연기처럼 꺼진 것은 무엇입니까. //

인간의 내부에서 사멸된 것은 무엇입니까.

一〈검은 신이여〉 부분

폐허의 한 가운데에는 사람만이 있는 것이 아니라 신神도 있을 것이지만, 그 신은 이미 합리성의 계략에 의해서 무기력해진 동심원의 신이다. 인간이 묘지에서 울 때 신도 같이 울 것이고, 무너진 건물 틈에서 사람들이 기어나올 때 신도 그 자리에 있을 것이지만, 신은 아무것도 해 줄 것이 없다. 신은 이미 인간의 울부짖음에 답할 수 없다.[20] 이렇게 무기력한 신을 대신해서 박인환이 요청하는 새로운 신의 모습이 "검은 신"이다.

슬픔 대신에 나에게 죽음을 주시오. //

인간을 대신하여 세상을 풍설로 뒤덮어 주시오. //

건물과 창백한 묘지 있던 자리에 //

꽃이 피지 않도록.

一〈검은 신이여〉 부분

---

[20] 그것은 신이 만들어 놓은 합리적 자연법칙을 침해할 수 없기 때문이다. 기적을 통해서 인간 사회에 개입하지 않는 신에 대해서 17세기의 이신론자 피에르 밸 Pierre Bayle은 '게으른 신'이라고 표현했다. 김웅종, 같은 글, 57쪽.

"검은 신"은 인간과 더불어 함께 슬퍼하는 신이 아니라 "죽음"을 상기하는 신, 인간에게서 희망을 거둬 가는 신이다. 다시는 꽃이 피지 않을 수도 있다는 것을 고지하는 신이기도 하다. 물론 그것은 "하루의 1년의 전쟁의 처참한 추억" 앞에 인간을 세워 두는 일이기도 하다. 희망이 없는 세상 한가운데에 인간을 몰아넣는 것이다. 오직 절망뿐이었던 과거를 현재로 불러들이고, 현재를 그 과거의 절망 속으로 밀어넣는 "회상"의 신이기도 하다. 희망을 주는 밝은 신이 아니라 희망 없음을 환기하는 절망의 신이라는 점에서 그 이름이 '검은 신'이다.

살아 있는 것이 있다면
그것은 나와 우리의 죽음보다도
더한 냉혹하고 절실한
회상과 체험일지도 모른다.
(중략)
한 걸음 한 걸음 나는 허물어지는
정적과 초연硝煙의 도시 그 암흑 속으로...
명상과 또다시 오지 않을 영원한 내일로...
살아 있는 것이 있다면
유형流刑의 애인처럼 손잡기 위하여
이미 소멸된 청춘의 반역을 회상하면서
회의와 불안만이 다정스러운

모멸의 오늘을 살아 나간다.

─〈살아 있는 것이 있다면〉 부분

"나와 우리의 죽음"은 아직 오지 않은 미래의 일이지만, "냉혹하고 절실한 / 회상과 체험"은 우리들의 시간을 과거와 현재에 긴밀하게 결속한다. 그리고 신은 이렇게 말한다. "우리는 내일을 약속치 않는다."《미래의 娼婦창부-새로운 신에게》)라고 말이다. 신은 "허물어지는 / 정적과 硝煙초연의 도시 그 암흑 속으로" 인간을 몰아넣고, "또다시·오지 않을 영원한 내일"을 상기하게 만든다. 내일의 희망을 약속하는 것이 아니라 내일이 없는 절망을 상기하게 하는 것이 "검은 신"의 역할이다. 따라서 "검은 신"이 지배하는 세상에서는 오직 "회의와 불안만이 다정스러운 / 모멸의 오늘"만이 지속될 것이다.

이 절망의 신을 통해서 인간은 합리성이 미치지 못하는 "벽"《벽》[21]을 마주하게 된다. 박인환은 '불행한 신'을 동심원에서 해방하고 새로운 관계를 모색하려 한다. 그것이 신과 인간의 '재결속'의 의미인 것이다.

또다시 우리는 결속되었습니다.
황제의 신하처럼 우리는 죽음을 약속합니다.

---

[21] "하루 종일 나는 그것과 만난다 / 피하면 피할수록 / 더욱 접근하는 것 / 그것은 너무도 불길不吉을 상징하고 있다"《벽》).

지금 저 광장의 전주電柱처럼 우리는 존재됩니다.

쉴 새 없이 내 귀에 울려오는 것은

불행한 신 당신이 부르시는

폭풍입니다.

그러나 허망한 천지 사이를

내가 있고 엄연히 주검이 가로놓이고

불행한 당신이 있으므로

나는 최후의 안정을 즐깁니다.

—〈불행한 신〉 부분

다시 신과 인간의 재결속 문제로 돌아가 보자. 여기에서 화자
는 자신과 신의 관계를 "우리"라고 칭한다.[22] 앞서 말했듯이, "우리"
라는 표현은 신과 인간의 동심원의 관계를 배경으로 한 것이며, 따
라서 그것은 신의 불행을 전제한다. 하지만 여기에서 그는 신과 인
간 사이에 "엄연히 주검이 가로놓이고"를 첨가한다. 신과 인간의 근
본적인 차이를 '죽음'에서 확인하고 있는 것이다. 그리고 그 죽음은
신과 인간 사이의 "약속"이기도 하다. 인간에게 끊임없이 죽음에
대한 신의 약속을 상기함으로써 신과 인간의 동심원은 분리된다.

---

22 박인환의 다른 작품에서도 종종 그렇지만, 특히 이 시에서 '우리'를 특정하기가
    어렵다. 그것은 화자와 신의 관계이기도 하고, 신을 제외한 인간들 사이의 관계
    일 수도 있기 때문이다. 그 어느 경우이든 화자와 인간의 관계 설정에 대한 박인
    환의 고민은 여전히 유효하다.

인간에게 죽음이란 '내일이 존재하는 않는 절망'의 다른 표현이다. 미래가 봉쇄된 상태에서 인간은 과거로만 열린 "회상"의 시간을 마주한다.

앞서 말했듯이, 이렇게 신이 인간의 중심을 절망적인 과거 시점으로 밀어넣는 것은 "검은 신"이 되기 위한 조건이다. "검은 신"은 인간에게 희망 없음을 약속하는 신, 절망을 상기하는 신이다. 이처럼 화자는 "허망한 천지 사이"에 "내가 있고", "불행한 당신이 있"고, 그리고 그 사이에 "엄연히 주검이 가로놓이고" 있음을 상기하고 있다. 죽음이 인간과 신의 사이를 벌려 놓았지만, 그러나 신은 이미 인간과 완전히 분리된 초월적 지평에 존재하는 것이 아니다. 인간과 신을 갈라놓는 죽음의 선은 오히려 인간과 신을 연결하는 "약속"이기도 하다. '죽음에 대한 약속'을 통해서 인간과 신은 같은 방향을 유지할 수 있는 것이다. 시의 화자에게 찾아온 "최후의 안정"은 인간에게 죽음을 환기함으로써 계몽주의적 동심원의 계략에서 해방된 신의 안정이기도 하다. "검은 신"은 그런 의미에서 인간이 만든 동심원의 감옥에서 겨우 해방된 신의 모습이기도 하다. 박인환은 죽음의 약속을 '외접선'으로 하여 인간과 신을 다시 결속할 가능성을 모색하고 있는 것이다.

결론을
대신하여

그렇다면, 박인환에게 시인이란 누구인가? 시인은 인간과 신 사이에 '외접선'을 긋는 사람이다. 인간에게 절망을 환기하고, 죽음을 약속하는 신의 대리인인 것이다. 그 신이 충분히 "불행한 신"이라는 점에서, 시인 또한 불행한 시인이다. 더 나아가서 시인이란 '동심원의 폭력'에서부터 신을 해방하는 사람이기도 하다. 그런 의미에서 그의 대중적 히트작 〈목마와 숙녀〉는 버지니아 울프를 통해서 이러한 '시인의 사명'을 상기하는 것으로 다시 읽을 수 있다.

> 한 잔의 술을 마시고
> 우리는 버지니아 울프의 생애와
> 목마를 타고 떠난 숙녀의 옷자락을 이야기한다
> (중략)
> ... 등대에 ...
> 불이 보이지 않아도
> 그저 간직한 페시미즘의 미래를 위하여
> 우리는 처량한 목마 소리를 기억하여야 한다
> 모든 것이 떠나든 죽든
> 그저 가슴에 남은 희미한 의식을 붙잡고
> 우리는 버지니아 울프의 서러운 이야기를 들어야 한다

두 개의 바위 틈을 지나 청춘을 찾은 뱀과 같이

눈을 뜨고 한 잔의 술을 마셔야 한다

—〈목마와 숙녀〉 부분

버지니아 울프의 소설 《등대로》에서 사람들은 처음에는 등대에 도달하지 못한다. 등대에 가기로 한 약속은 그 뒤로 10년이 지난 시점에서야 이루어진다. 그런 의미에서 "페시미즘의 미래"는 살아서는 약속된 미래에 도달하지 못하거나, 도달하면 결코 그다음의 미래를 보장받지 못하는 '죽음'을 대리하고 있다. 따라서 버지니아 울프의 "서러운 이야기"로 들어가는 순간, 우리는 이미 희망 없음의 신, 절망의 '검은 신'의 인도를 받고 있는 것이다. 죽음만이 멈출 수 있었던 그녀의 절망 앞에 서야 하기 때문이다.

여기에 느닷없이 삽입된 이미지가 "두 개의 바위 틈을 지나 청춘을 찾은 뱀"이다. 화자는 그 뱀의 자세를 독자에게 요구하고 있다. 그것은 버지니아 울프의 글쓰기에서 발견되는 자세이기도 하다. 버지니아 울프의 글쓰기는 자신의 생애를 둘러싸고 있는 가부장적 폭력에 맞서는 행위이기도 했다. 성적 수치심과 우울증, 그리고 절망을 견디는 방식이었던 것이다. 그녀는 자신의 글쓰기가 사회가 강요하는 중심의 바깥에 있기를 소망하였다. 그것은 벽처럼 버티고 있는 거대한 하나의 바위, 그 강요된 동심원에 '틈'을 만드는 행위이기도 하다. 마침내 자신의 글쓰기가 만들어 낸 작은 원이 거대한 동심원 바깥으로 조금 이동하였을 때, 거대한 바위는 "두 개의 바위"로 나뉘고 틈이 생겨나게 된다. "뱀"은 마침내 그 틈을 가로지르는 '내접선'을 닮아 있다. 동심원을 강요하는 폭력적인 사회에 균열을 내고, 마침내 자신의 작품이 거대한 동심원의 외부에 서게 되었을 때, 그녀는 "뱀"이 될 수 있는 것이다.

내접선은 접선을 공유하는 두 개의 원을 적대적 모순 관계로 몰아간다. 적과 아군 사이의 적대적 관계는 사실상 접선을 사이에 두고 동심원을 더욱 강화하는 일이기도 하다. 하지만 일단 내접선이 만들어지면 외접선을 만드는 일은 한층 수월해진다. 〈목마와 숙녀〉의 독자라면 버지니아 울프의 뒤를 이어 먼저 바위를 굴리는 일부터 착수해야 할 것이다. 거대한 동심원의 바깥으로 자신의 원을 조금 이동시키고, 일단 내접선을 만드는 데까지 성공하면, 그다음을 기다리는 것이 박인환이 제안하는 '외접선'이다. 거기에는 동심원만을 강요하는 전체주의 사회, 그리고 내접선을 두고 대적하는 전쟁상태를 넘어서고자 했던 박인환의 모색이 담겨 있는 것이다. 박인환은 그것을 시인의 사명으로 생각했다.

6

시적 언어
무의미시에 이르는 3단계

이 글은 《국제어문》(2018년 12월)에 게재된 〈무의미시에 이르는 3단계〉를 수정하고 보완하여 재수록한 것이다.

무의미시에
이르는 길

'무의미'는 김춘수 시론의 핵심 개념이다. 무의미의 시를 제외하고 김춘수의 시세계를 규정한다는 것은 거의 무의미할 정도이다. 그의 무의미 개념에 대한 연구 또한 충분히 누적되어 있다. 그러나 그의 시세계 전체를 '의미로부터의 도피'로 규정해도 될 만큼 그의 관심이 의외로 '의미'에 가 있었던 것 또한 사실이다. 그의 무의미 개념은 의미에 대한 치열한 고민의 결과인 것이다. 그것도 그럴 것이 의미를 완전히 제거한 언어는 '자연이 내는 소음'과 다르지 않을 것이기 때문이다.[1] 그의 도피가 '인간의 언어'라는 한계를 벗어나지 못하는 이유가 여기에 있다. 그러나 비록 언어의 한계를 벗어나지는 못했을지라도, 그는 항상 '인간의 언어'가 도달할 수 있는 한계의 최대치를 경험하고자 했다. 그리고 그 한계 지점을 항상 '무의미'라는 개념으로 표시하고자 했던 것이다. 그가 도달한 데마다 꽂혀 있는 무의미의 깃발은 그 지점이 언어의 한계 지점임을 알려 준다.

그 한계에 도달하기 위한 김춘수의 전략은 일종의 "회의주의"[2]

---

1 비고츠키는 "인간의 말소리를 자연의 다른 모든 소리와 구분 짓는 가장 본질적인 것"이 "유의미한 소리"에 있다고 말한다. 비고츠키, 《생각과 말》, 배희철·김용호 옮김, 살림터, 2011, 37쪽.

2 김춘수, 〈대상의 붕괴〉, 《김춘수전집 2: 시론》, 문장, 1999, 396쪽. 이하 이 책의 인

라고 할 수 있다. 마치 데카르트가 세상의 모든 지식을 회의의 저울 위에 올려놓았던 것처럼, 김춘수도 언어에 대한 회의주의자의 태도를 견지하고자 했다. 중단 없는 회의주의의 정신은 '의미로부터의 도피'를 위한 필수 조건이었던 것이다. 의미는 도처에서 모든 것을 장악하고 있기 때문이다. 그래서 그런지 김춘수는 자신의 시작詩作이 "생활로부터의 도피" 혹은 "생활로부터의 해방"(《전집 2》, 358쪽)이라고 적고 있다. 그의 시가 도피와 해방을 위한 수단이라는 것이 아니라 "시를 쓴다는 어떤 과정 자체가 구원"(같은 쪽)이라고도 믿었던 것이다.[3] 시를 쓴다는 것 자체가 의미의 통제를 받고 있는 "생활"로부터의 도피, 해방, 구원의 가능성이고, 그 실현이었던 것이다. 무의미시는 그 도피, 해방, 구원을 향한 길 위에 세워진 한계 지점의 다른 이름인 것이다.

　이 글은 우선 '무의미시에 이르는 길'에 대한 탐색이다. 칸트의 '비판' 개념이 그러했던 것처럼, 김춘수의 무의미시는 시의 형식을 통한 '의미로부터의 도피'의 가능성과 그 한계 지점에 대한 점검인

용은 《전집 2》로 표기하고 쪽수만 밝힘.

[3] 　그가 시쓰기 그 자체가 목적인 것을 강조하는 것은 시쓰기를 다른 목적의 수단으로 삼는다는 생각과 구별된다. 다른 목적의 수단이 되는 시를 그는 구원이 아니라 구속이라고 말한다.

것이다.[4] 다행히도 "의미에서 무의미까지"[5] 도달하는 경로에 대해서 김춘수는 다음과 같이 친절한 안내 지도를 제공하고 있다. 이 글은 이 지도에 따른 탐색의 결과이다.

> 자유라는 측면에서 바라볼 때, 대상을 놓친 서술적 이미지의 시와 모든 비유적 이미지의 시는 양극이라고 할 수 있고, 대상을 가지고 있는 서술적 이미지의 시는 그 중간에 자리한다고 할 수 있다.[6]

이 진술은 본래 한국 현대시의 계보를 이미지 중심으로 정리한 글의 일부이지만, 사실상 무의미시에 이르기까지 자신의 시가 걸어온 길에 대한 복기復棋이기도 하다. 얼핏 보기에 여기에서 '자유'가 마치 '대상'으로부터의 자유인 것처럼 보이지만, 사실상 그것은 '의미'로부터의 자유를 가리킨다. 따라서 이 내용은 의미로부터의 자유의 정도에 따라 다음과 같이 배열할 수 있다. 즉, 그것은 ① "비유적 이미지의 시", ② "대상을 가지고 있는 서술적 이미지의 시", 마지막으로 ③ "대상을 놓친 서술적 이미지의 시"의 순서로 배

---

4 조강석은 그것을 "시적 언어의 권리능력과 권리한계"로 명명하고, 김춘수가 "한국의 근현대시사에 있어, 언어가 존재 문제에 대해 행사할 수 있는 권리능력이 무엇이며 또한 이와 관련된 권리한계는 무엇인가 하는 문제에 대해 정면으로 마주한 거의 최초의 시인"이라고 단정한다. 조강석, 〈김춘수 시의 언어의식 전개과정 연구〉, 《한국시학연구》 31, 2011. 8, 94쪽.

5 김춘수, 〈의미에서 무의미까지〉, 《전집 2》, 381~391쪽.

6 김춘수, 〈한국현대시의 계보―이미지의 기능면에서 본〉, 《전집 2》, 376쪽.

열된다. 이것을 "의미에서 무의미까지"의 도정으로 번역하자면, ①
과 ②는 아직 '의미'의 영향권 안에 있는 것이고, ③에서 드디어 '무
의미시'를 경험한 것으로 정리할 수 있다.[7] 이 글에서는 이것을 '무
의미시에 이르는 3단계'로 간주하고, 그 단계마다의 특징을 정리하
고자 한다.

　겉보기에 인용문에 제시된 3단계는 단순히 '이미지'의 문제인
것처럼 보이지만, 사실 그것은 '언어'의 문제이기도 하다. 김춘수는
'비유적 이미지'와 '서술적 이미지'를 각각 언어의 '내포적 의미'와 '외
연적 의미'를 통해서 설명하고 있기 때문이다.[8] 이 3단계를 '의미로
부터의 도피'로 볼 수 있는 이유가 여기에 있다. 게다가 언어의 의
미를 구성하는 내포적 의미와 외연적 의미를 김춘수는 자주 '관념'
과 '대상'으로 대체하고 있는데, 이 또한 그의 고유한 용어에 해당
한다. 그가 "관념의 노예"(《전집 2》, 471쪽) 혹은 "대상으로부터 구속을
받고 있"(《전집 2》, 377쪽)는 상태를 비판적으로 언급할 때, 관념과 대

7　이러한 판단은 연구자에 따라서 천차만별인데, 주로 ②에서부터 '무의미시'로 보는
　경향이 우세하다. 그것은 비유적 이미지와 서술적 이미지의 구분 자체가 의미의
　시와 무의미의 시의 구별을 반영한다고 보는 것이다. 이 글에서는 진정한 무의미
　시가 ③에서 비로소 가능해진다고 본다. 다만, 그는 ①과 ②에서도 무의미시의 가
　능성을 꾸준히 탐색했던 것이고, 그것이 완전하지 않다고 보고 다음 단계로 이행
　하고 있는 것이다.

8　가령 박목월의 〈불국사〉를 예로 들면서 그는 이렇게 말한다. "sense의 입장에서
　말한다면 이 시에는 내포가 없다. 그러니까 이러한 시에서는 외연이 보여 주는 심
　상만 음미하면 된다. (중략) 이 두 개의 심상('대웅전'과 '흰 달빛'―인용자)은 비유
　가 아니고, 다만 서술description일 따름이다." 김춘수, 〈서술적 심상과 비유적 심
　상〉, 《전집 2》, 477쪽.

상은 '의미'의 다른 표현일 뿐인 것이다. 김춘수의 관점에서는 의미에 가까울수록 의미에 구속을 받는 노예인 것이고, 의미에서 멀어질수록 자유인이라 할 수 있다. 그러므로 무의미시에 근접할수록 그는 최대의 자유를 누리는 셈이다.[9] 이외에도 그는 관념에 대해서는 '설명'을, 대상에 대해서는 '묘사'를 대표적인 표현법으로 제시한다는 사실을 추가할 수 있다.[10]

"의미에서 무의미까지"를 기준으로 위의 용어들을 다시 정리하면, '관념-설명-내포적 의미-비유적 이미지'가 한 쌍이고, 그 다음으로 '대상-묘사-외연적 의미-서술적 이미지'가 다른 한 쌍으로 맞대응한다는 것을 알 수 있다.[11] 다만, '대상-묘사-외연적 의미-서술적 이미지'는 다시 "대상을 가지고 있는" 경우와 "대상을 놓친" 경우로 나뉘게 된다. 이때 후자가 진정한 무의미시의 단계라고 할

---

9 사실은 시인에 앞서서 대상과 언어가 먼저 자유를 누리게 된다. 그 조건이 충족되어야만 시인은 자유를 누리는 것이다.

10 그는 '순수 이미지' 혹은 '절대 이미지'를 "묘사절대주의"라고 하면서, 그것이 "설명을 전면 배격한다. 설명은 관념의 설명이기 때문이다."라고 진술한다. 김춘수, 〈대상의 붕괴〉, 《전집 2》, 396쪽 참조.

11 연구자들 중에는 이를 근거로 해서 '관념-설명-내포적 의미-비유적 이미지'와 '대상-묘사-외연적 의미-서술적 이미지'를 각각 '의미의 시'와 '무의미의 시'로 나누는 경우가 있다. 예컨대, 고봉준은 "그의 '무의미시'는 서술적 이미지를 실험한 초기, 이미지 자체에서 벗어나려던 중기, 그리고 문장 통사의 해체를 시도한 후기"로 나누고 있는데, 이는 서술적 이미지의 시에서부터 무의미시의 시기로 이해하는 일반적 관점을 대표한다. 고봉준, 〈김춘수 시론에서 '무의미'와 '언어'의 관계―시의 현대성과 언어의 관련성을 중심으로〉, 《한국시학연구》 51, 2017. 8, 80쪽. 그러나 앞서 말했듯이 진정한 무의미시는 '대상-묘사-외연적 의미-서술적 이미지' 중에서도 특히 두 번째 단계("대상을 놓친" 경우)에서 시작된다고 보는 것이 옳다.

수 있는데, 왜냐하면 무의미시에서는 대상마저도 제거되어야 하기 때문이다. 무의미시에서는 대상마저 소멸하고 '허무'가 지배하게 된다.[12] 그러므로 무의미시에 이르는 3단계는 각각 '관념', '대상', '허무'가 지배하는 것으로 정리할 수 있다. 이를 통해서 '관념지향의 시', '대상지향의 시', '허무지향의 시'를 무의미에 이르는 3단계의 명칭으로 사용할 수 있게 된다.

관념지향의
시

김춘수의 경우 '관념지향의 시'는 무의미시와 완전히 대립되는 위치에 놓여 있지만, 무의미시에 이르는 첫 번째 단계이기도 하다. 이때의 '관념'은 언어적인 측면에서 '의미'의 첫 번째 성질, 즉 '내포적 의미'를 가리킨다. 그것은 "사상(관념)"이나 "사상(내포)"(《전집 2》, 477)처럼 괄호를 병기하는 방식의 언어 사용법에서도 알 수 있다. 그의 글에서 관념, 내포, 사상은 모두 동일한 맥락에서 사용되고 있는 것이다. 그중에서도 관념의 용법이 가장 선명하게 드러나는 대목은 '비유적 이미지'를 설명하는 부분이다.

---

12 김춘수, 《전집 2》, 389쪽 참조.

비유적 심상은 관념을 말하기 위하여 도구로서 쓰여지는 심상을 두고 하는 말이다. 이렇게 비유적 심상에 있어서는 심상은 관념에 봉사하는 역할을 하고 있기 때문에 심상이 불순해진다.[13]

이 글에서 비유적 이미지는 "관념을 말하기 위한 도구"이며, "관념에 봉사하는 역할"로 폄하된다. 다른 대목에서도 "비유적 이미지는 관념의 수단이 될 뿐"(《전집 2》, 386쪽)이라고 명시하여 비유와 관념 사이의 긴밀한 관계를 강조하고 있다. 이처럼 비유적 심상이 관념에 종속되는 현상을 그는 "불순"한 것이라 단정하면서, 이를 "심상 그 자체를 위한 심상"(《전집 2》, 243쪽)인 '서술적 이미지'와 대조하고 있다. 관념으로부터 독립한 자율성의 상태에 있는 이미지가 '순수' 이미지라면, 비유적 이미지는 관념의 지배에서 벗어나지 못한 종속적 상태에 있다는 점에서 "불순"한 이미지라는 것이다. 즉, '관념'의 지배를 받는다는 사실 자체가 이미지를 불순하게 만든다는 것이다. 그러므로 관념의 도구, 관념의 수단인 비유적 이미지에 의존하는 시는 결코 '순수한 시'라고 할 수 없다.[14]

관념의 지배를 받는 비유적 이미지의 대표적인 사례로서 그는

---

13 김춘수, 〈시론〉, 《전집 2》, 247쪽.

14 김춘수의 경우 '관념(의 설명)'과 '순수'는 서로 대립적인 개념이다. 그래서 그는 이렇게 말한다. "한때 폴 발레리를 읽고 깜짝 놀랜 일이 있다. 그의 시가 순수하지 못했기 때문이다. 도도한 사변思辨의 대하大河였기 때문이다." 김춘수, 〈《처용삼장》에 대하여〉, 《전집 2》, 470쪽.

박두진의 〈해〉를 들고 있다. 이 작품을 통해서 그는 관념이 지배하는 시의 구조를 다음과 같이 분석하고 있다.

이 시에서의 〈해〉는 〈산 넘어서 어둠을 살라먹고〉 〈이글이글 앳된 얼굴〉의 〈고운〉 모습을 하고 솟아나야 할 그런 〈해〉다. 그러니까 이 〈해〉는 괄호 안에 넣어 두어야 하는, 말하자면 시인의 관념을 대변하는 비유로서의 〈해〉라는 것을 곧 알 수 있다. 이리하여 이 시에서의 모든 심상은 이 〈해〉라고 하는 하나의 관념에 봉사하는 노예로서 있을 뿐이다. 〈해〉가 없는 다른 심상들은 그 의의를 잃게 된다. (중략) 이 경우에는 심상들이 관념에 봉사하고(관념의 수단 또는 도구로서 이용되고 있다) 있기 때문에 심상의 입장으로는 불순해진다.[15]

이 작품에서 "시인의 관념을 대변하는 비유"적 이미지는 〈해〉로 대표된다. 비유적 이미지에는 이미 시인의 관념이 지배력을 행사하고 있다. 문제는 그 다음의 진술이다. 이 작품에서 시인의 관념이 집약된 비유적 이미지 하나가 작품 전체를 지배하는 구조가 확인된다는 것이다. 그것은 비유적 이미지들 사이에 위계 구조가 성립한다는 뜻이다. 시인의 관념을 대변하는 비유적 이미지 "〈해〉"가 정점에 있고, 다른 "모든 심상은 이 〈해〉라고 하는 하나의 관념에 봉사하는 노예로서 있을 뿐"이라는 것이다. 시인의 관념이 정

---

15   김춘수, 《전집 2》, 478쪽.

점에 있고, 그 관념이 자신을 대변하는 비유(적 이미지)를 지배하고 있으면, 그 비유적 이미지가 나머지 모든 이미지를 지배하게 되는 피라미드 구조가 형성된다. 이렇게 엄밀한 위계질서와 지배/종속의 서열 관계 속에서는 "시인의 관념을 대변하는" 〈해〉라는 '비유적 이미지'만이 부각되고, 그것만이 독자의 주목을 한 몸에 받게 된다. 중심 이미지를 제외한 "다른 심상들은 그 의의를 잃게" 되며, 크게 주목을 받지 못하고 관심에서 제외된다. 이렇게 하여 모든 이미지들은 관념으로 인해 오염된다. 만약 관념에 의해 오염되지 않은 '순수한 이미지'가 있다면, 그것은 존재 의의를 잃고 관심권 바깥으로 밀려나게 되는 것이다. 이미지가 모두 관념으로 환원된다면, 그것들은 심지어 '알레고리'로 전락할 우려도 있다. 관념지향의 시는 '알레고리'를 두려워하지 않는다.

이처럼 관념을 중심으로 위계질서를 갖추고 있는 구조에는 '원근법적 구도가 관철되어 있다. 모든 이미지가 하나의 관념으로 환원될 수 있다는 것은 모든 사물이 하나의 소실점으로 집약되는 원근법의 구도를 닮았기 때문이다. 이런 작품에서는 시인의 관념을 소실점으로 해서 모든 이미지들이 질서를 이루며 도열해야 한다. 독자들의 시선은 원근법적 구도의 안내를 따라 중심 이미지에 집중될 것이고, 다시 그 중심 이미지가 봉사하는 시인의 관념을 향하도록 설계되어 있다. 이처럼 시의 구조와 형식은 관념(내용)에 봉사하는 충실한 도구이자 노예인 것이다. 이것이 전형적인 '의미의 시'의 모습이다. 그리고 이 주인과 노예의 엄격한 지배/종속의 관계는 서정시의 '동일성'이라는 개념으로 미화되어 표현된다.[16] 내용과 형식은 '행복하게' 통일되어 나타나야 하며, 관념과 이미지 사이에서의 '불화'는 허용되지 않는다.[17]

이렇게 관념의 철저한 감시의 눈을 피해 탈출한다는 것은 과연 가능한가? 의미 중심의 치밀한 지배구조 속에서도 무의미시는 가능하단 말인가? 그 탈출의 가능성을 그는 '플라토니즘'에서 찾고 있다.

나는 이 시기에, 어떤 관념은 시의 형상을 통해서만 표시될 수 있다는 것을 눈치챘고, 또 어떤 관념은 말의 피안에 있다는 것도 눈치채게 되었다. 나는 관념공포증에 걸려들게 되었다. 말의 피안에 있는 것을 나는 알고 싶었다. 그 앞에서는 말이 하나의 물체로 얼어붙는다. 이 쓸모없게 된 말을 부수어 보면 의미는 분말이 되어 흩어지고, 말은 아무 것도 없어진 거기서 제 무능을 운다. 그것은 있는 것(존재)의 덧없음의 소리요, 그것이 또한 내가 발견한 말의 새로운 모습이다. 말은 의미를 넘어서려고 할 때 스스로 부서진다. 그러나 부

---

16 "서사나 극과 구분되는 시정신은 단적으로 말해서 자아와 세계의 동일성에 있다. 여기서의 동일성이란 자아와 세계의 일체감이다." 김준오, 《시론》, 삼지원, 1982, 34쪽. 특히 서정시가 '세계의 자아화'로 표현되는 것은 자아의 독백적 언어를 통해서 세계를 지배하고 통제할 수 있다는 낭만주의적 관념의 반영이다.

17 의미의 시가 '조화'를 지향한다면, 무의미의 시는 '불화'를 포함한다는 점에서 차이를 보인다. 랑시에르에 따르면, '불화'의 적극적 도입은 '민주주의'의 보편화이기도 하다.

서져 보지 못한 말은 어떤 한계 안에 가둬진 말이다.[18]

이 글에서 관념은 "말의 피안"에 있는 관념이다.[19] 그런 관념을 가리켜서 시인은 "이데아라고 하는 非在"(《전집 2》, 383쪽)로 표현하고, 그러한 지향을 "플라토니즘"(《전집 2》, 같은 쪽)이라고 명명한다. 이제 관념은 언어의 의미에 내재하는 '존재存在'가 아니라 언어의 의미 저편에 초월해 있는 "비재非在"다.[20] 언어와 관념은 지상과 천상의 거리만큼 분리되어 있다. 이때 시인의 시작詩作은 존재의 언어를 가지고 비존재의 관념에 도달하는 행위다. 이것은 언어의 한계를 넘어서는 도약의 경험이기도 하다. 문제는 이 도약을 감당하지 못하는 언어가 "비재非在" 앞에서 "얼어붙는다"는 것이다. 그 언어는 쉽게 부서지며, 그렇게 부서진 언어에서 "의미는 분말이 되어 흩어지"고 만다. 자신의 한계를 넘어선다는 것에 대한 공포 때문이다. 이것을 그는 "관념공포증"으로 표현한다.

그러나 이렇게 공포를 경험한 언어를 가리켜서 그는 "내가 발

---

18 김춘수, 〈의미에서 무의미까지〉, 《전집 2》, 384쪽.

19 이때의 '관념'은 릴케적인 것으로서, '존재'를 지향한다는 특징이 있다. "이데아로서의 신부의 이미지는 릴케와 평계 이정호의 시에서 얻은 것이다." 김춘수, 〈의미에서 무의미까지〉, 《전집 2》, 384쪽. 김춘수는 그것을 '비재非在'로 표현함으로써 차별화를 시도한다.

20 여기에서 '비재非在'는 사실상 하이데거의 '존재'에 근접한 것으로 볼 수 있다. 그러나 그에게 현상학적 배경이 작동하는 시점은 '서술적 이미지'의 단계라는 점을 상기할 필요가 있다. 그의 경우 '비재'는 나중에 '허무'로 대체되어 등장하게 된다.

견한 말의 새로운 모습"이라고 말한다. 자신의 한계를 넘어서는 도약의 경험이 그 언어에 새겨져 있기 때문이다. 그가 발견한 것은 "말은 의미를 넘어서려고 할 때 스스로 부서진다."는 교훈이다. 의미가 부서진 언어, 그래서 "쓸모없게 된" 말이 "말의 새로운 모습"인 것이다.[21] 의미가 부서진 언어는 이미 실용성을 잃은 언어이지만, 역설적이게도 실용성을 잃음으로써 시적 언어로서의 가치를 부여받게 된다. 이처럼 '관념' 앞에서 의미가 부서지는 언어의 경험, 즉 "말의 새로운 모습"에서 김춘수는 처음으로 '무의미시'의 가능성을 발견하게 된다. 무의미시가 되려면 언어는 지상에서 "무능"해야 하며, 쓸모를 잃어야 한다. 무의미시의 언어는 "있는 것(존재)의 덧없음의 소리"가 되어야 하는 것이다. 다시 말해서, "비재非在"에 가장 근접한 언어[22]가 되어야 한다. 그래서 김춘수는 언어로 하여금 의미의 한계를 넘어서게 하는 연습, 다시 말해서 언어의 실용성을 제거하는 연습에 몰두하게 된다.

　이렇게 하여 지상의 언어는 두 가지로 구별된다. 한계를 넘어서

21　이것은 사실 플라톤의 본래 생각과는 상반된다. 플라톤의 경우, 이데아에 가장 적합한 언어는 철학적 개념어이다. 그리스 당시의 신화적 언어, 오늘날로 치면 문학적 언어로는 이데아를 담을 수 없다는 것이 플라톤의 입장인 것이다. 그러나 김춘수의 '플라토니즘'은 이데아 앞에서 의미가 부서지는 언어를 이데아에 적합한 언어로 내세우고 있다는 점에서 플라톤과 구별된다. 이것은 김춘수가 철학에서 빌려 온 개념어들이 상당히 자의적, 비유적으로 쓰였다는 것을 의미한다.

22　이것을 '숭고'로 보는 관점이 있다. 주영중, 〈김춘수 시론의 숭고 특성 연구〉,《한국문학과 비평》62, 2014. 3. 참조.

는 언어가 있는가 하면, 여전히 "어떤 한계 안에 가둬진 말"이 있다. 한계를 넘어서는 언어는 의미가 부서지는 경험을 거친 언어라면, "어떤 한계 안에 가둬진 말"은 "부서져 보지 못한 말"인 것이다. 다시 말해서 하나가 '무의미를 지향하는 언어'라면, 다른 하나는 '의미에 갇혀 있는 언어'다. 전자가 '시적 언어'라고 한다면, 후자는 '산문적 언어'라고 할 수 있다. 앞에서 보았던 '비유적 이미지' 또한 관념 앞에서 언어가 변형된 사례에 속한다는 점에서는 시적 언어라고 할 수 있겠지만, "관념의 도구"라는 비난을 받을 정도로 실용성에 머물러 있다는 점에서는 아직은 "불순"한 언어, 즉 산문적 언어에 가깝다. 그러나 김춘수가 발견한 무의미시의 첫 번째 가능성, 즉 존재의 언어를 가지고 비존재의 관념에 도달하고자 하는 '플라토니즘'의 실험 또한 아직은 관념과 언어 사이에 갇혀 있다는 점에서 언제든 '비유적 이미지'로 전락할 우려가 높다.[23] 《시학》의 저자 아리스토텔레스와 비교할 때, '플라토니즘'의 관심은 아직 내용에 머물러 있기 때문이다. 그리고 내용에 집중하는 한 상징과 알레고리는 멀면서도 가깝다.

---

[23] 김춘수에게는 일종의 '비유공포증'이 항상 따라붙는다. 따라서 "나의 시는 비유가 되는 일이 많다."(김춘수, 《전집 2》, 469쪽)와 같은 절망적 고백이 잦다.

대상지향의
시

"관념공포증"에서 벗어나면서 무의미시에 이르는 두 번째 단계가 시작된다. 여기에서 김춘수의 관심은 '관념'에 있는 것이 아니라 '대상'에 있다. 이른바 "이미지를 서술적으로 쓰는 훈련"(《전집 2》, 386쪽)의 단계라고 할 수 있다. 이 단계에서 김춘수는 언어의 의미 중에서 "외연만으로 되어 있는 시"(《전집 2》, 477쪽)를 시도하고, 그것을 '서술적 이미지'의 시로 명명한다. "관념의 노예"라는 평가를 받아야 하는 비유적 이미지의 시와는 달리 서술적 이미지의 시는 "처음부터 내포가 없는(사상-관념을 배제하고 있는) 시"(같은 쪽)를 지향한다. 내포적 의미는 없고 외연적 의미만 있는 시의 가능성을 모색하는 것이다. 이때 언어는 관념과 결합하지 않고 대상으로 관심을 돌리게 된다.

　관념이 제거된 서술적 이미지의 사례로서 김춘수는 정지용의 〈지도〉를 들고 있다.

　위의 시 중에서 〈지리교실〉, 〈지도〉, 〈정원〉, 〈바다〉, 〈의자〉 등은 모두 그 자체를 말하기 위한 심상들이다. 우리는 이러한 심상들이 모여서 빚어내는 선명한 정경을 그려봄으로써 신선한 감각적 체험을 할 수만 있다면 그만이지, 더 이상 이러한 심상들의 배후에 있는 관념이나 사상을 탐색할 필요는 없다. 그런 것들을 이 시는 처음부터

거부하고 있기 때문이다.[24]

　서술적 이미지는 이미 '이미지즘'으로 알려진 시인들에 의해서 시도된 시작법에 해당한다.[25] 그들은 "심상들의 배후에 있는 관념이나 사상"을 "처음부터 거부"하고, 오로지 "심상 그 자체를 위한 심상"(《전집 2》, 243쪽)을 드러내는 데 주력한다. 관념의 지배를 받지 않기 때문에 서술적 이미지의 시에서는 관념에 의한 위계질서가 성립하지 않는다. 반대로 서술적 이미지들 간의 대등한 관계를 통해서 새로운 의미를 생성해 낼 수 있게 된다. 시의 의미는 작품 전체를 통제하는 관념에서부터 미리 주어지는 것이 아니라, 서술적 이미지들의 자유로운 관계를 통해서 비로소 만들어지는 것이다. 의미는 '사전事前에' 준비된 관념에서부터 도출되는 것이 아니라, 대상들 사이에서 '사후적事後的으로' 발생한다. 이제 시의 의미는 "심상들이 모여서 빚어내는 선명한 정경"에 있게 된다. 더 정확히 말해서, 대상들 사이에서 발생하는 "신선한 감각적 체험"이 곧 의미로 부상한다. 그러므로 비유적 이미지의 시가 작품 전체를 지배하는 관념의 세계로 독자를 유인한다면, 서술적 이미지의 시는 이미지 그 자체의 "감각적 체험"의 세계로 독자를 초대한다. 천상에 "비재非在"하는 이데아가 아니라 지상에 존재하는 사물들로 관심의 방

24　김춘수, 〈시론〉, 《전집 2》, 244쪽.
25　따라서 이 단계에서는 에즈라 파운드, T.S. 엘리어트 등이 자주 호명된다.

향을 돌려 놓는다는 것이다.

다만 그것이 "신선한 감각"이어야 한다는 과제만 남게 된다. 어떻게 그런 일이 가능해지는가? 그 방법으로 김춘수는 현상학을 끌어들이고 있다.

관념을 배제하기 위하여 이미지를 서술적으로 쓰자. 순수 이미지, 또는 절대 이미지의 세계를 만들어 보자. 그것은 일종의 묘사절대주의의 경지가 된다. 설명을 전연 배격한다. 설명은 관념의 설명이기 때문이다. 이렇게 되면 가치관의 입장으로는 일종의 회의주의가 되기도 하고, 현상학적 망설임(판단중지, 판단유보)의 상태, 판단을 괄호 안에 집어넣는 상태가 빚어진다. 묘사된 어떤 상태만을 인정하되 그 상태에 대한 판단(관념의 설명)은 삼가키로 한다.[26]

대상에서 신선한 감각을 얻기 위한 방법으로 김춘수는 "현상학적 망설임(판단중지, 판단유보)"을 도입하고 있다. 현상학에서 "판단중지"는 일체의 선입견에서 벗어나 사태 자체로 귀환하기 위한 사유 방법의 일부이다.[27] 즉, 자연적 태도의 소박한 실재성에서 벗

---

26 김춘수, 〈대상의 붕괴〉,《전집 2》, 396쪽.
27 현상학적 방법론에는 선입견을 배제하고 의식의 지향성에 도달하기 위한 '판단중지'와 의식의 지향성을 근거로 본질 직관에 도달하고자 하는 '현상학적 환원'(형상적 환원, 초월론적 환원)이 있다. 김춘수의 관심은 본질 직관이라는 초월론적 주관에 도달하는 것이 아니므로, 선입견으로 대표되는 일체의 경험적 주관성을 배제하는 데에만 초점을 맞추고 있다.

어나 기존의 사유 습관을 과감하게 끊고 새로운 태도 변경을 얻어
내기 위한 철학적 사유의 방법인 것이다.[28] 이렇게 자연적 태도를
괄호에 넣게 되면 자연적 태도에서는 전혀 그 모습을 드러내지 않
는 새로운 사태가 드러나게 된다.[29] 김춘수는 판단중지의 대상으
로 "관념의 설명"을 지목하고 있다. 여기에서 '관념'이란 대상을 바
라보는 데 개입하는 선입견과 편견을 포함한 일체의 "가치관"을 가
리키는데, 그것이 대상에 대한 편향된 판단의 근거를 제공하기 때
문이다. 관념의 지배를 받게 되면, 우리는 대상을 기존의 관점으로
만 바라보고 판단하게 된다. 그것이 관념의 설명이고 관념에 따른
판단인 것이다. 따라서 김춘수는 "판단을 괄호 안에 집어넣는 상
태"를 강조한다. 말하자면, 대상에 대한 묘사는 하되, 그 묘사에서
일체의 관념적·주관적 설명을 배제하는 방법인 것이다.[30] 그것이
바로 '서술적 이미지'다.

　이처럼 기존의 사유 습관을 판단중지하고 순수한 눈으로 바라
보아야만 대상에서 새로운 감각을 체험할 수 있다. 그렇게 새로운

28　윤진욱, 〈후설 현상학에 의한 데카르트적 코기토의 재발견〉, 《철학과 현상학 연
　　구》 75, 2017. 12, 30쪽.

29　이남인, 《후설과 메를로─퐁티의 지각의 현상학》, 한길사, 2013, 154쪽.

30　'서술적 이미지descriptive image'라는 말은 본래 '묘사description'를 포함하고
　　있으므로 '묘사적 이미지'로 번역하는 것이 적절하다. 그러나 영어식 표현에만
　　따르자면 여기에는 또한 '현상학적 기술의 방법phenomenological method of
　　description'이라는 의미도 포함되어 있으므로 단순히 '묘사적'이라는 말로 치환
　　하는 것도 적절한 것은 아니다.

감각적 체험을 가능하게 만들어 주는 판단중지의 방법이 곧 서술적 이미지에서 작동한다. 서술적 이미지 자체가 판단중지의 방법인 것이다. 기존의 관념으로 이미지를 지배하고자 하는 비유적 이미지와는 달리, 서술적 이미지의 판단중지를 거치면 기존의 사물은 새로운 감각적 체험의 대상으로 재탄생하게 된다.[31] 이로써 사물은 관념의 설명을 위한 대상이 아니라 새로운 감각적 체험의 대상으로 변경된다. 사물은 그대로이지만 그것을 보는 각도가 달라진 것이다. 김춘수의 말로 하면, 사물이란 "그 자체로는 따분한 것들"이지만, "서술적 심상은 그것을 다루는 각도에 따라 생기를 띠기도 하고, 아주 폐물이 되어 버"《전집 2》, 244쪽)리기도 한다. 그와 관련하여 김춘수는 "나는 생애를 통하여 추악한 것을 본 일이 없다."라고 하는 풍경화가 콘스터블의 말을 인용하고 있다(같은 쪽). 이는 아름다움은 대상 그 자체에 있는 것이 아니라 주관적 태도에 달려 있다는 뜻의 확인이다.[32] 그래서 판단중지를 통한 주관적 태도의

---

31 김춘수는 이러한 기법 자체의 "신선한 매력"에 대해서 다음과 같이 말한다. "신선한 매력이란 말은, 사물을 보는 눈을 아주 다르게 할 만한 매력, 다시 말하면 사물에 대하여 새로 눈을 뜨게 하는 매력을 뜻한다. 어느 때의 어느 언어는 우리의 눈에 드리워진 장막을 벗겨 주면서 환한 세계에로 우리를 이끌어 준다. 그럴 때 그러한 언어는 우리 내부에 하나의 혁명을 일으킨 셈이다. 언어는 이처럼 우리의 변신을 가능하게 하는 힘을 지녔다고 하겠으나, 실은 시가 언어에 의탁하여 제 자신을 우리에게 제시하는 것뿐이다." 김춘수, 〈시의 전개〉, 《전집 2》, 558-9쪽.

32 그런 뜻에서 김춘수의 '판단중지'는 대상을 대하는 '미적 태도'를 닮아 있다. 특히 여기에는 대상에 대한 일체의 실용적 태도를 배제해야 한다는 '무관심성'의 이론이 포함되어 있다.

변경이 중요한 것이다.

다만, 주관적 태도의 변경은 오직 판단중지의 과정을 통해서만 가능하다. 즉, 서술적 이미지 혹은 묘사 중심의 방법을 통해서 주관적 태도가 달라지는 것이지, 결코 그 반대는 아니다. 주관적 태도를 변경해야만 서술적 이미지가 생성되는 것은 아니라는 말이다. 관념을 배제하는 것은 서술적 이미지를 통한 판단중지의 훈련을 통해서만 가능한 것이므로, 시적 형식의 도움을 받지 않은 상태에서 태도의 변경은 가능하지 않다. 오직 서술적 이미지를 통한 훈련, 즉 "외연만으로 되어 있는 시"(《전집 2》, 477쪽)의 훈련만이 주관적 선입견을 배제하기 위한 필수적 절차인 것이다. 주관적 선입견이 제거된 서술적 이미지를 통해서 대상은, 또한 그 대상에 대한 감각은 새로 태어난다. 시인은 이제 서술적 이미지의 단계를 거치면서 대상 앞에서 모든 선입견이 제거된 '공허한' 주관성에 도달하게 된다. 주관은 최대한 수동적이 되고, 대상은 최대의 자유를 누리게 된다.[33] 이때 대상이 자유를 누리면 누릴수록 주관에서 관념이 제거되었다는 것, 즉 시인이 관념의 노예에서 해방되었다는 것이 사후적事後的으로 알려진다. 대상의 자유가 곧 주관의 자유를

---

[33] 키츠의 '소극적 능력'에서 T.S. 엘리어트의 '객관적 상관물'에 이르기까지 현대시에서는 주관의 '수동성'을 강조하는 경향이 있다. 그것은 대상이 주관적 구성의 산물이라는 '능동성'에 대한 자기반성에 토대해 있다. 주관의 수동성을 강조하면 능동성에 대한 비판처럼 보이지만, 사실 그것은 '새로운' 능동성으로 복귀하기 위한 사전 조치임이 드러난다. 이는 현상학이 더 잘 보여 준다.

보장한다. 그 반대가 아니라는 것이다. 이것은 관념을 통한 대상 지배의 방식으로 주관의 자유를 확보하고자 하는 비유적 이미지의 전략과는 다른 접근법이다.

그것은 언어의 의미에서도 반복된다. 관념이 대상을 지배하는 비유적 이미지에서는 내포적 의미가 외연적 의미를 지배하는 위치에 있다. 내포적 의미가 중요하지 외연적 의미가 중요한 것은 아니기 때문이다. 그것은 은유를 tenor와 vehicle로 나누고, 그것을 '원관념'과 '보조관념'으로 번역하는 관습에도 남아 있다. 또한 vehicle〔=매체/이미지〕이라는 용어에도 이미지가 tenor〔=관념〕의 도구(매체)라는 의미가 새겨져 있다. 그러나 서술적 이미지는 "처음부터 내포가 없는(사상-관념을 배제하고 있는) 시", 따라서 "외연만으로 되어 있는 시", 즉 tenor〔=관념〕의 지배 없는 vehicle〔=이미지〕만의 시를 지향한다.[34] 이렇게 되면, 언어는 내포와 외연이 폭력적으로 결합되어 있는 상태에서 벗어나 내포와 외연이 크게 분열하는 경험을 하게 된다. 언어 안에서 외연적 의미는 기존의 내포적 의미를 벗어나고자 하고, 내포적 의미는 외연적 의미를 붙들어 두고자 하기 때문이다. 언어의 의미는 그 내부에서 균열을 경험할 수밖에 없다.

---

[34] 이것은 '상징'과 '서술적 이미지'의 근접성, 즉 상징주의와 이미지즘의 근접성을 말해 준다. 양자는 공히 알레고리를 멀리하고 있기 때문이다.

나는 의식과 무의식의 시작詩作에서의 상관관계를 천착하게 되었다. 타성(무의식)은 의도(의식)를 배반하기 쉬우니까 시작 과정에서나 시가 일단 완성을 본 뒤에도 타성은 의도의 엄격한 통제를 받아야 한다. 사생寫生에 열중하다 보면 자기도 모르는 사이에 설명이 끼이게 된다. 긴장이 풀어져 있을 때는 그것을 모르고 지나쳐 버린다. 한참 뒤에야 그것이 발견되는 수가 있다. ⟨id⟩는 ⟨ego⟩의 감시를 교묘히 피하고 싶은 것이다. ⟨ego⟩는 늘 눈 떠 있어야 한다.[35]

판단중지의 방법을 통해서 완전히 제거된 것처럼 보이는 '관념'은 결코 사라진 것이 아니다. 의식에서 사라진 그것은 여전히 무의식의 지하창고에 갇혀 있을 뿐이다. 관념의 다른 이름이 "타성(무의식)"인 것이다. 관념적 설명이라는 타성은 "⟨ego⟩의 감시를 교묘히 피하고 싶"어 한다. 그리고 "의도의 엄격한 통제"가 풀리는 순간, 즉 "긴장이 풀어져 있을 때" 시의 표면으로 돌출하게 된다. 그러므로 서술적 이미지의 시에서 "⟨ego⟩는 늘 눈 떠 있어야 한다." 그렇지 않으면 "자기도 모르는 사이에 설명이 끼이게" 될 것이기 때문이다. 서술적 이미지들 사이를 뚫고, 즉 시인의 "의도(의식)를 배반하"고 '관념'이 설명을 풀어놓는다는 것이다. 서술적 이미지의 시에서조차도 관념은 아직 완전히 제거될 수 없었던 것이다. 판단중지를 통해서 제거된 것은 관념일 수 있지만, 사라진 관념이 "타성"처

---

35 김춘수, ⟨의미에서 무의미까지⟩,《전집 2》, 386쪽.

럼 돌아오지 못하게 하려면 의식은 여전히 언어를 감시해야만 한다. 다만, 언어를 감시하는 의식은 앞에서 사라진 그 관념을 대신하여 새로운 관념이 될 가능성이 있다. 그러므로 그는 "말을 아주 관념적으로 비유적으로 쓰던 타성을 극복하기 위하여 즉물적으로 서술적으로 써 보겠다는 의도적 노력을 거듭하다 보면, 그것이 또 하나 새로운 타성이 되어 낡은 타성을 압도할 수 있게 된다"(《전집 2》, 387쪽)고 지적한다. 아직 언어는 의식의 감시와 통제를 벗어나지 못하는 것이다. 이런 상태는 당연히 절대 순수의 언어라고 하기 어렵다. 김춘수가 세 번째 단계를 모색해야 하는 이유가 여기에 있다.

허무지향의 시

결국 서술적 이미지에서도 관념이 완전히 제거되지 않는 원인을 김춘수는 "휴먼한 것"(《전집 2》, 470쪽)에서 찾는다. 언어에 대한 인간중심적 사고가 문제인 것이다. 언어는 인간적 필요에 봉사하는 도구라는 생각 자체가 "타성"을 유발한다. 그래서 세 번째 무의미시의 단계에서 김춘수는 이 "휴먼한 것"의 제거를 새로운 과제로 삼게 된다. 이제 관심의 초점은 대상 자체가 아니라 언어와 인간의 관계로 집약된다. 그렇다면 과연 '휴머니즘'이란 무엇인가?

가령 A를 전달하고 싶었는데 poem이 이루어진 다음에 보니까 그것은 B가 되어 있었다고 하자(실상 이런 일이 흔히 있는 것이다). (중략) 전달하려는 내용에 결백한 사람은 이런 경향을 많이 경계할 것이고, 만약 다른 방향으로 제가 전달하려는 내용을 이끌고 가려는 어휘나 이미지나 음률이 도중에 튀어나온다면 이것들은 사정없이 잘라 없애버릴 것이다. (중략) 그런가 하면, poem을 기술의 결과라고 보고 기술을 통한 poem이 이루어지기 전에는 어떤 전달하고픈 내용도 내용일 수 없다고 해석될 수도 있을 것이다. 이 경우라고 내용을 무시하거나 그것에 등한하거나 하는 것이 아니고, 어떤 심각한 내용도 그것만으로는 poem이 될 수 없다고 보려는 한 태도일 따름이다. 전자는 휴머니스틱한 순결을 지키려는 것이고, 후자는 기술의 의의를 생각하고 있는 것이다.[36]

이 글에서 휴머니스트는 "전달하려는 내용에 결백한 사람"에 해당한다. 그는 자신의 언어가 "전달하고자 하는 내용"의 지배를 벗어나지 못하도록 단속하는 사람이다. 자신의 통제를 벗어나는 언어가 "도중에 튀어나온다면" 그는 "이것들을 사정없이 잘라 없애 버릴 것"이다. 인간의 지배를 거부하는 언어에 대해서 그는 무자비하다. 휴머니스트가 허용하지 못하는 것은 '언어의 자유' 혹은 '시의 자율성'이다. 반면에 "기술"(형식)을 중시하는 다른 부류의 사람

---

36 김춘수, 〈시의 전개〉, 《전집 2》, 561쪽.

은 인간의 통제를 벗어나는 언어에 대해 어느 정도 자유를 허용하고자 한다. 따라서 그는 한편의 시가 완성되기 전까지는 의미를 확정지을 수 없다고 생각한다.[37] 인간적 관념의 지배를 거부하는 '자율성'의 요소가 언어에 내재한다고 판단하기 때문이다.[38] 다만, 사람들은 아직 인간의 언어에 내재하면서 인간의 지배를 벗어난 언어의 그 부분에 대해서 잘 알지 못한다. 그러나 김춘수는 이 단계에 와서 언어의 자유에서 무의미시의 새로운 가능성을 발견하고 있다.

그것은 "휴머니스틱한 순결"을 과감히 벗어나야만 가능해진다. 즉, "말에다 절대자유를" 주는 것이다. 그의 표현대로, "말은 수천 년 동안 자유를 모르고 살아왔"기 때문이다. 그러나 "말은 그러한 자유에 길들지 못했기 때문에 불안"(《전집 2》, 391쪽)을 경험하게 된다. 물론 그 '불안'은 언어만이 겪는 일이 아니다. 시인도 어떤 불안에 사로잡힐 수밖에 없다.

무엇이든 오랜 관습에서 벗어나려고 할 때 우리는 불안해진다. 전연 낯선 세계에 발을 들여놓아야 하는 그 불안과 함께 아직도 많

---

[37] 낭만주의 시기부터 알려진 '우연'의 작용이다. 특히 독일의 낭만주의 시인들은 체계를 통해 우연을 배제하고자 했던 철학자들과 대립하였다. 이것은 낭만적 아이러니와 변증법의 차이를 통해서도 확인된다.

[38] 오르테가 이 가제트는 그것을 '비인간화'로 규정하고 있다. 그것은 곧 "일체의 인간적 시점을 작품에서 배제한 것"을 말한다. 비인간화를 통해서 예술은 실제의 현실과 분리될 수 있는 것이다. 이에 대해서는 김준오, 《시론》, 360쪽 참조.

은 사람들이 거기서 안주하고 있는 곳을 떠나야 한다는, 소외된다는 그 불안이 겹친다. 이러한 불안은 두말할 것도 없이 가치관의 공백기에 생기는 불안이다. 가치관의 공백이란 말은 그것을 의식하는 사람들에게는 허무虛無란 말이 된다. 회의懷疑를 모르는 소박한 사람들이 그대로 제자리에 주저앉아 있을 때, 예민한 사람들이 있어 그들이 성실하다고 한다면 이 허무 쪽으로 한 발짝 내디딜 수도 있다. 허무는 글자 그대로 모든 것을 없는 것으로 돌린다. 나무가 있지만 없는 거나 같고, 사회가 있지만 그것도 없는 거나 같다. 물론 그가 그렇게 생각한다고 실지의 나무와 실지의 사회가 없어지는 것은 아니겠지만, 그의 의식 속에서는 어떤 가치도 가지지 못한다. 즉 허무는 자기가 말하고 싶은 대상을 잃게 된다는 것이 된다. 그 대신 그에는 보다 넓은 시야가 갑자기 펼쳐진다. 이렇게 해서 〈무의미시〉는 탄생한다.[39]

그 불안은 "허무"에서 오는 것이다. 허무는 모든 것을 무화無化시킨다. 허무 앞에서는 기존의 가치관조차도 의미를 잃게 된다. 대상을 지배하던 기존의 가치관은 작용을 멈추게 된다. 그래서 시에 등장하는 대상들은 아무런 "가치"도 부여받지 못하게 된다. 세상에 존재하는 모든 대상들이 의미를 부여받지 못한다는 것, 아무런 가치도 지니지 않는다는 것은 그 자체로 "허무"의 경험이다. "가

---

[39] 김춘수, 〈대상·무의미·자유〉, 《전집 2》, 378~9쪽.

치관의 공백"은 사람들을 불안으로 몰아넣는다. 이 불안을 견디지 못하는 사람이 "회의를 모르는 소박한 사람"이고, 불안을 감당하는 사람이 "예민한 사람"이다. "회의를 모르는 소박한 사람"은 기존의 편견과 선입견에 대해서 의심하지 않으며, 자연적 태도에 안주하는 쪽을 선택하는 사람들이다. 그들은 불안을 견디지 못하며 모험을 모른다. 그러나 허무를 견디는 시인은 "그에게 보다 넓은 시야가 갑자기 펼쳐진다"는 경험에 도달하게 되는데, 그것을 김춘수는 '무의미시'의 경지로 설명한다.

그러나 그 대가는 "자기가 말하고 싶은 대상을 잃게 된다는 것"이다. 시에서 대상 자체가 사라지는 것이다. 다시 말해서, 시에 "나무가 있지만 없는 거나 같고, 사회가 있지만 그것도 없는 거나 같다." 왜냐하면 그것들은 "어떤 가치도 가지지 못"하기 때문이다. 허무가 개입하면서 그의 시는 '추상화抽象畫'의 가능성을 모색하게 된다.[40]

사생寫生이라고 하지만, 있는(실재) 풍경을 그대로 그리지는 않는다. 집이면 집, 나무면 나무를 대상으로 좌우의 배경을 취사선택한다. 경우에 따라서는 대상의 어느 부분은 버리고, 다른 어느 부분은 과장한다. 대상과 배경과의 위치를 실지와는 전연 다르게 배치하기

---

40 김춘수의 시와 회화의 관련성에 대해서는, 진순미, 《시와 회화의 현대적 만남》, 이른아침, 2011. 참조.

도 한다. 말하자면 실지의 풍경과는 전연 다른 풍경을 만들게 된다. 풍경의, 또는 대상의 재구성이다. 이 과정에서 논리가 끼이게 되고, 자유연상이 끼이게 된다. 논리와 자유연상이 더욱 날카롭게 개입하게 되면 대상의 형태는 부서지고, 마침내 대상마저 소멸한다. 무의미의 시가 이리하여 탄생한다.[41]

대상 그 자체에 대한 서술적 이미지에서 한 걸음 더 나아가, "실지와는 전혀 다르게 배치"하는 "대상의 재구성"을 시도하게 된다. 그의 시는 더 이상 대상을 재현하지 않는다. 또한 "있는(실재) 풍경을 그대로 그리지는 않"기 시작하면서, "대상의 재구성"에서 "대상의 형태" 파괴를 거쳐서 마침내 "대상마저 소멸"하는 '추상'[42]까지 도달하게 된다. 이 단계를 전후하여 그의 시는 현대 회화에서 진행된 실험들이 본격적인 참조 대상으로 떠오르게 된다. 유독 화가들의 이름과 그들의 작업에 대한 언급이 늘고 있는 것이다. 예컨대, 본격적인 무의미시의 단계에 속하는 〈처용단장〉에 대해서도 그는 이렇게 말한다. "여기서(《처용단장》1부―인용자) 나는 인상파풍의 사생과 세잔풍의 추상과 액션페인팅을 한꺼번에 보여 주고 싶었으나 내 뜻대로 되어졌는지는 의문"(《전집 2》, 387쪽)이라고 말이다. 고흐로 대

---

41 김춘수, 〈의미에서 무의미까지〉, 《전집 2》, 387쪽.
42 어떤 의미에서는 김춘수의 '추상'은 곧 '파상破像'에 근접한다. 이미지를 파괴하는 것이 궁극적인 목적이기 때문이다. '파상' 개념에 대해서는, 김홍중, 〈파상력이란 무엇인가〉, 《마음의 사회학》, 문학동네, 2009. 참조.

표되는 후기인상주의에서 세잔에서 시작된 초창기 추상화, 그리고 잭슨 폴록으로 대표되는 액션페인팅에 이르기까지 현대미술의 주요 경향을 시에 도입하려 했던 것이다. 그것은 대체로 현대미술에서 대세를 이루고 있는 추상화의 경향이기도 하다.

이렇게 해서 언어를 물감처럼 사용하는 무의미시의 단계가 열린다.[43] 언어는 관념과 대상을 재현한다는 기능에서 결코 자유로울 수는 없지만, 물감 그 자체는 관념이나 대상과는 아무런 관련성도 없다. 언어를 대상과 무관한 물감처럼 사용하는 실험이 진행된다. 그러나 대상을 재현하는 도구의 관점에서 물감이 해방된 것은 회화에서도 20세기에 이르러서야 비로소 가능해진 현상이다. '생빅트와르 산에 대한 세잔의 연작은 그 대표적인 실험에 해당한다. 액션페인팅에 이르면 이미 물감은 대상을 재현할 의무에서 완전히 벗어나며, 화가의 통제조차 벗어나 자율성을 획득하게 된다. 그러므로 이 단계에서 김춘수의 시에서 파괴되는 것은 대상의 형태만이 아니다. 대상에 대한 서술적 이미지조차도 파괴된다. 즉, 이미지 자체가 파괴되는 것이다. "대상의 철저한 파괴는 이미지의 소멸 뒤

---

43 물감은 시각(지각)을 탐구하기 좋은 도구이지만, 언어는 관념의 매개를 거치지 않을 수 없다는 점에서 지각 탐구에 불리한 매체이다. 주로 '순수시' 계열에서 두드러지는 것이지만, 이처럼 언어예술이 회화와 음악을 지향하는 순간 언어는 자신의 한계를 드러낼 수밖에 없다. 앞서 이데아(관념/비존재) 앞에서 언어의 한계가 드러났던 것처럼, 언어는 지각 앞에서도 자신의 한계를 노출하게 되는 것이다. 반대로 회화나 음악은 언어예술이 절망하고 있는 관념적 성격 앞에서 좌절한다. 자기 매체에 대한 절망은 사실 모든 현대 예술의 공통된 속성이기도 하다.

에 오는 것"《전집 2》, 398쪽)이기 때문이다. 이러한 이미지 소멸의 방법에 대해서 그는 다음과 같이 말한다.

시가 이미지로 머무는 동안 시는 구원이 아닐는지도 모른다. 어떻게 하면 좋을까? 이미지를 지워 버릴 것. 이미지의 소멸 ― 이미지와 이미지의 연결이 아니라(연결은 통일을 뜻한다), 한 이미지가 다른 한 이미지를 뭉개 버리는 일. 그러니까 한 이미지를 다른 한 이미지로 하여금 소멸해 가게 하는 동시에 그 스스로도 다음의 제3의 그것에 의하여 꺼져가야 한다. 그것의 되풀이는 리듬을 낳는다. 리듬까지를 지워 버릴 수는 없다. 그것이 無의 소용돌이다.[44]

서술적 이미지까지는 "이미지와 이미지의 연결"이 과제였다. 이미지들의 결합을 통해서 대상에 대한 "신선한 감각"을 도출하는 것이 중요했기 때문이다. 또한 그것은 기존의 선입견과 가치관의 개입을 배제하기 위한 특별한 방법이기도 했다. 그러나 비유적 이미지에서 서술적 이미지에 이르기까지 모든 것은 의미의 문제이기도 했다. 관념에서 대상으로, 내포적 의미에서 외연적 의미로 초점만 옮겨졌을 뿐, 여전히 언어의 의미에서 자유롭지 못했던 것이다. 그리고 언어가 인간이 통제해야 할 대상이라는 인식에서도 큰 변화는 없었다. 그러므로 김춘수가 "대상의 철저한 파괴"를 생각했을

---

44 김춘수, 〈이미지의 소멸〉, 《전집 2》, 395쪽.

때, 그것은 언어를 의미에서부터 완전히 해방시키겠다는 의지를 보여 준 것이다. 그 방법은 언어에서 인간중심적 관점을 제거하는 것인데, 현대 회화가 그 가능성을 보여 주고 있었던 것이다.

앞서 "대상의 재구성"이 추상화에 이르는 세잔의 방법이었다면, 여기에서는 더욱 급진적인 추상화의 기법이 도입되고 있다. "한 이미지가 다른 한 이미지를 뭉개 버리는 일"이 그것이다. 다시 말해서, "미완성 이미지들이 서로 이미지가 되고 싶어 피비린내나는 칼싸움"(《전집 2》, 388쪽)을 전개하게 되는 것이다. 이미지는 이제 결코 조화를 지향하지 않는다. 더욱이 어떤 이미지도 지배적 위치를 차지할 수 없으니 이미지들 사이에 위계질서도 존재할 수 없다.[45] 당연히 원근법적 입체감은 사라지고 현대 회화처럼 시는 평면화된다. 깊이가 사라지는 것이다. 더구나 이미지들의 혈투에도 불구하고 어떤 이미지도 "살아남아 끝내 자기를 완성시키는 일이 없다." 이미지들 사이의 혈투는 끝없이 이어지고 결국 이미지는 소멸하고 만다. 여기에서 그는 "액션페인팅"을 연상하고 있다. 시작詩作의 결과가 아니라 시작의 과정 그 자체, 즉 시작 행위를 전면에 노출하는 시의 단계를 염두에 두고 있는 것이다.[46]

서도書道나 선禪과 같이 동기는 고사하고, 그러한 그 행위 자체는

---

45 이것은 시의 형식에서도 실현된 아나키즘anarchism의 모습이기도 하다.
46 이것이 자기 표절의 실험으로 이어진다.

액션페인팅에서 볼 수 있다. 한 행이나 두 행이 어울려 이미지로 응
고되려는 순간, 소리(리듬)로 그것을 차단하는 수도 있다. 소리가 또
이미지로 응고하려는 순간, 하나의 장면으로 차단하기도 한다. 연작
連作에 있어서는 한 편의 시가 다른 한 편의 시에 대하여 그런 관계
에 있다. 이것이 내가 본 허무의 빛깔이요 내가 만드는 무의미의 시
다. 잭슨 폴록의 그림에서처럼 가로세로 얽힌 궤적들이 보여 주는 생
생한 단면 — 현재, 즉 영원이 나의 시에도 있어주기를 나는 바란다.
허무는 나에게 있어 영원이라는 것의 빛깔이다.[47]

　　그는 이미지들 사이의 무한 투쟁으로 인해서 이미지가 결코
"응고"되지 않는 상태를 지향한다. 응고의 가능성을 "소리(리듬)"로
차단하는 것은 그 실험이 더욱 급진화된 형태다. 이로써 어떤 이미
지도 다른 이미지와 연대하여 지배적 이미지로 성립할 가능성은
원천적으로 차단된다. 시 전체를 지배하는 이미지는 더 이상 존재
할 수가 없다. 또한 이미지 자체가 성립하지 않는다는 것은 언어
가 대상을 재현하는 언어이기를 중단했다는 것을 뜻한다. 언어는
의미를 버리고 물감이 된다는 것이다. 물감으로서의 언어는 관념
이나 대상을 재현하는 것이 아니라 "허무"를 재현하게 된다.[48] 허무
가 지배하는 언어는 아무것도 재현하지 않는다는 사실을 재현한

47　김춘수, 〈의미에서 무의미까지〉, 《전집 2》, 389쪽.
48　'허무'가 지배하는 언어에서 김춘수는 의미 부여를 중시하는 현상학에서 멀어진다.

다. 그래서 그는 무의미시를 "허무의 아들"(《전집 2》, 379쪽)이라고 규정한 것이다. 언어가 그 형태를 알아보기 어려운 물체로 해체되는 것은 다음 단계다. 물감이 되어 버린 언어는 언어적 규범에서부터 자유를 얻게 되는 것이다. 언어는 절대 자유의 단계로 진입한 것처럼 보인다.

관념혐오증의 기원에
대하여

이처럼 무의미시에 이르기까지 김춘수를 끝까지 괴롭힌 것은 결국 의미의 문제인 것을 알 수 있다. 무의미시에 이르는 도정은 사실상 의미로부터 도피하기 위해서 필요한 절차들의 목록인 것이다. 그 의미의 첫 번째 모습이 '관념'이라는 것은 앞서 살펴본 그대로다. 다만 그 '관념'의 의미는 지속적으로 확장되었다. 처음에 그것은 단순히 언어의 내포적 의미였다가, 다시 시인의 사상이기도 했으며, 다시 초월적 비존재를 가리키는 개념으로 변경되었다. 그러나 두 번째 단계인 서술적 이미지의 시에서 관념은 지배적 가치관이나 선입견을 가리키는 것이면서, 동시에 시인의 사상이 시의 표면으로 드러난 장면, 즉 '설명'으로 표현되기도 한다. 서술적 이미지의 단계를 거치면서 그것은 또다시 무의식에 잠복하는 '타성'으로 변경된다. 마지막으로 무의미시의 단계로 진입해서도 관념의 변신은 중단되지 않는다. 그것은 이제 언어를 지배하고 통제하고자 하는 인간중심적 태도를 통해서 부활한다.

그가 시도한 '도피'의 경로를 따라서 의미는 항상 그 자리에 다른 모습으로 도전을 기다리며 서 있었던 것이다. 그럼에도 불구하고 그가 '의미로부터의 도피'를 지속적으로 단행했던 데에는 다른 이유가 버티고 있다. 어쩌면 그것이 그의 '관념혐오증'의 근원적 동기인지도 모른다.

현대가 폭력의 시대라고 했지만, 그 폭력은 별로 솔직하지 못했다. 이데올로기의 앞잡이 노릇을 늘 해왔기 때문이다. 이데올로기의 입장에서 보면 그것이 폭력이 아닌 것 같은 인상마저 줄 수도 있는 가장 폭력의 남성적이고 건강한 일면을 거세해 버린 어둡고 축축한 것이었다. 나찌즘에 물어보면 후안무치한 변명(이데올로기)이 준비되어 있었다. 내 눈에 역사=이데올로기=폭력의 3각 관계가 비치게 되면서부터 나는 도피주의자가 되어 가고 있었다. 왜 나는 싸우려고 하지 않았던가? 나에게는 역사·이데올로기·폭력 등은 거역할 수 없는 숙명처럼 다가왔다. 나는 나 혼자만의 탈출을 우선 생각했다. 생각하지 않을 수 없었다. 그때 또 다른 모양을 하고 처용이 나에게로 왔다.[49]

49   김춘수, 〈처용, 그 끝없는 변용〉, 《전집 2》, 574쪽.

이 글에서 제시된 "이데올로기"는 김춘수식 '관념'의 정치적 무의식을 드러내고 있다. 그가 무의미시에 이르기까지 치열하게 싸우고자 했던 대상은, 겉으로는 언어인 것처럼 보이지만 사실은 그 언어를 통해서 작동하는 이데올로기, 그리고 그것의 폭력성이었던 것이다. 그것도 "별로 솔직하지 못"한 폭력, 즉 폭력이 아닌 것처럼 위장하는 폭력이 문제였다. 거창하게 "나찌즘"을 예로 들고 있지만, 잘 알려져 있듯이 거기에는 지극히 개인적인 체험이 깔려 있다. 유년기의 이유를 알 수 없는 폭력에서 청년기의 억울한 감옥살이까지 그의 사적인 체험은 대개 폭력적인 성격이 강하다. 그것은 〈처용〉이라는 첫 번째 자전적 소설에서부터 일관되게 유지되고 있다.

결코 행복하지 않았던 유년기와 청년기는 그를 '관념혐오증'으로 밀어 넣었던 것이다. 무의미시에 이르는 그의 길이 〈처용〉(1963)이라는 소설에서 시작해서 〈처용단장〉(1991)에 이르기까지 줄곧 '처용'과 동행했던 것은 이런 개인사적 배경을 통해서 이해할 수 있다.[50] 잘 알려져 있듯이, "처용"은 "역신에게 아내를 빼앗기고도 되

50 처용과 무의미시의 관련성에 대한 연구는 《처용단장》을 중심으로 활발하게 진행되고 있다. 그 대표적인 사례로는, 정유화, 〈탈이념의 자족적 폐쇄공간─김춘수의 《처용단장》을 중심으로〉, 《어문연구》 29(3), 2001. 9.; 이은정, 〈의미와 무의미, 그 불화와 화해의 시학─김춘수의 《처용단장》〉, 《시안》 5(3), 2002. 9.; 김종태, 〈김춘수 '처용연작'의 시의식 연구〉, 《우리말글》, 2003. 8.; 조강석, 〈김춘수 시의 언어의식 전개과정 연구〉, 《한국시학연구》 31, 2011. 8.; 최라영, 《〈처용연작〉 연구─'세다가와서' 체험과 무의미시의 관련성을 중심으로〉, 《한국현대문학연구》 35, 2011. 12.; 서영희, 〈김춘수의 '처용단장'에 나타난 시간의식〉, 《한민족어문학》 61, 2012. 8.; 문혜원, 〈김춘수 시의 트라우마와 자기 치유적 성격에 관한 연구〉, 《한

려 춤과 노래로 자기를 달랬"(《전집 2》, 같은 쪽)던 신비로운 인물이다. 그 처용이 '역신의 폭력'에 맞서는 방법은 오로지 "춤과 노래"밖에는 없었던 것인데, 김춘수에게 시는 곧 '처용의 노래'에 해당한다. 그 노래의 특징은 이데올로기의 폭력에 '폭력적 언어'로 맞서지 않는다는 것인데, 그것은 '탈출'이 곧 '저항'이 될 수 있는 경로에 대한 탐색을 유도했던 것이다. 처용이 노래에서 그 길을 찾은 것처럼, 그는 언어에서 그 길을 찾고자 했을 뿐이다. 따라서 무의미시는 언어의 의미를 따라 김춘수가 찾아낸 탈출의 경로라고 할 수 있다.

이 글에서는 그 탈출의 경로를 재구성하는 방식을 취하였다. 무의미시에 이르기까지 김춘수가 시도한 경로는 크게 3단계로 이루어져 있다. 그 3단계는 우선 김춘수의 이미지 분류법에 근거해서 다음과 같이 분류된다. 즉, ① 비유적 이미지의 시, ② 대상을 가지고 있는 서술적 이미지의 시, 그리고 ③ 대상을 놓친 서술적 이미지의 시가 그것이다. 이 글에서는 각 단계의 다른 명칭으로 '관념지향의 시', '대상지향의 시', '허무지향의 시'를 제시하였다. 첫 번째 단계인 비유적 이미지의 시에 대해서 김춘수는 그것이 관념의 노예라면서 비판적이지만, 다른 한편으로 언어를 통한 이데아(관념)의 재현 불가능성에 절망하는 모습을 본다. 이것을 그는 플라토니즘이라고 하고 거기에서 무의미시의 가능성을 보고자 했다.

국문화》 75, 2016. 9.; 김윤정, 〈김춘수 '무의미시'의 제의적 성격 연구〉, 《한국시학연구》, 47, 2016. 8. 등이 있다.

그러나 첫 번째 단계에서는 결코 의미에서의 탈출이 불가능함을 확인하고, 그는 서술적 이미지의 단계로 이행한다. 두 번째 단계인 서술적 이미지의 시에서는 편견과 선입견에 대한 현상학적 판단중지를 통해서 대상 그 자체에 대한 새로운 감각적 체험을 강조한다. 판단중지의 방법은 현상학에서 전유한 것으로, 관념의 개입을 차단하고 대상 그 자체에 집중하기 위한 방법에 해당한다. 여기에서 내포적 의미가 없는 순수하게 외연적 의미에만 의존한 시쓰기가 시도된다. 그러나 이때도 관념은 타성이 되어서 시의 표면으로 밀고 들어오기 때문에 의식적으로 언어를 감시해야만 하는 한계가 있다. 이처럼 여전히 관념이 제거되지 않은 채로 그는 세 번째 단계로 이행한다. 세 번째 단계에서 그는 현대 회화의 추상적 경향을 모방하여 언어를 물감처럼 사용하고자 한다. 최종적으로는 언어에서 관념과 대상 재현의 의무를 제거함으로써 인간중심적 언어관에 도전하고자 한다. 그리고 언어가 물감처럼 사용됨으로써 시에서는 대상도 이미지도 사라지게 된다. 언어는 인간이 통제할 수 없는 자유의 상태로까지 해체되어 진정한 무의미시의 단계를 경험하게 된다. 이렇게 해서 김춘수가 무의미시에 이르기 위해 실험한 3단계의 경로는 결국 의미로부터, 혹은 관념으로부터 도피하고자 했던 그의 지향이 반영된 것을 알 수 있다.

7

시와 반시
이승훈의 부정시학

이 글은 《한국언어문화》(2021년 12월)에 게재된 〈이승훈의 부정시학〉을 수정하고 보완하여 재수록한 것이다.

미적 현대성과
부정성

현대 예술의 본질을 '부정성'으로 해명하는 경우가 있다. 낭만주의에서 포스트모더니즘에 이르기까지 부정의 정신이 현대 예술을 관통하고 있다는 것이다. 이때 부정의 대상으로는 과거의 미학, 자본주의 사회, 그리고 예술 제도가 주로 거론된다.[1] '부정성'이 현대 예술의 정신을 대변한다고 본다면, '부정성'은 '미적 현대성'의 다른 이름이라 할 수 있다.

'부정성=현대성'의 논리는 현대시에도 그대로 적용된다. 현대시의 조건 또한 '부정성'에 있다고 할 수 있다. 현대시의 역사에서도 전통, 자본주의, 그리고 문학이라는 제도에 대해 각각 부정을 단행하는 작품들은 쉽게 발견된다. 하지만 이 모든 대상에 대해서 부정성을 전면화하는 경우는 쉽지 않다. 대개는 부정의 대상을 한두 가지로 초점화하게 마련이다. 예컨대 한 시인이 모더니스트이면서 동시에 전위예술가이기는 어렵다는 것이다. 그런데 세 가지 부정성이 모두 확인되는 사례가 있으니, 이승훈의 시와 시론이 그것이다. 그래서 그런가, 그는 '동일성'을 알지 못한다. 모더니즘에서 아방가르드, 포스트모더니즘을 거쳐 말년의 선시禪詩에 이르기까지 무한 변신이 그의 동일성을 대신한다. 그의 시에서는 비동일성이 곧 동

---

1 조주연, 《현대미술강의》, 글항아리, 2017, 17~29쪽 참조.

일성이다. 따라서 그의 시와 시론은 현대시의 본질이 부정성에 있다는 사실을 증명하는 대표적인 사례인 것이다.

그의 부정의 시학은 '비대상'이라는 시론(《비대상》, 1981)에서 출발한다.[2] 말 그대로 '대상의 시'를 부정하고 '비대상의 시'를 제안하는 것이 주요 내용이다. 여기에서는 '대상의 시'에 해당하는 과거의 미학에 대한 부정의 정신이 확인된다. 이때 과거의 미학이란 당시 1970년대를 대표하였던 리얼리즘의 정신을 가리킨다. 리얼리즘이 대세였던 1970년대 당시에 그는 모더니즘의 반反리얼리즘적 성격을 '비대상' 개념으로 해명하고자 한 것이다. 여기에서 그는 양자의 차이를 '언어-대상'의 관계를 통해 살피고 있다. 이때부터 '언어'에 대한 관점이 중요하게 부각된다. 앞으로 살펴보겠지만, 이 시기의 시론에서 대상은 언어에 의해서 삭제되는 경험을 하게 된다. 이것은 '언어의 부정성'이 가동되는 첫 번째 장면이다.

그러나 〈비대상〉 이후 이승훈의 시론의 중심은 '자아-언어'로 이동하게 된다. 〈비대상〉에서 이미 '대상'이 제거되었기 때문이다. 그는 이 시기를 '존재론'의 단계라고 명명한다. 이제는 '대상'이 아니라 '자아의 존재'가 문제의 중심으로 떠오른다. 대상의 생사를 좌우하던 언어가 이제는 자아의 존재까지 결정하게 된다. 여기에서

---

2 그는 자신의 시력에서 1970년대까지를 제1기, 1980년대를 제2기, 1990년대 이후를 제3기로 구별하는데, 세 번째 시집까지를 제1기로 본다. 〈비대상〉은 그의 세 번째 시집 《당신의 초상》(1981)에 발표되었다가, 이후 시론집 《비대상》(1983)에 다시 실리게 된다. 이는 사실상 1970년대까지의 시쓰기에 대한 이론적 해명이라 할 수 있다.

도 언어는 삭제의 기능을 수행한다. 이번에는 자아가 삭제된다. 그렇게 삭제된 자아의 이미지는 그의 초기 시에서 이렇게 예견되고 있다. "목이 없는 한 마리 흰 닭이 저렇게 많은 아침 햇살 속을 뒤뚱거리며 뛰기 시작한다."《사물A》 이것이 자아가 삭제된 시의 모습이다. 삭제가 예고된 이 무렵의 자아는 자본주의의 첩자, 부르주아의 스파이라는 혐의를 받게 된다.

자아마저도 삭제되면 '자아-언어-대상' 중에서 이제 '언어'만이 남게 된다. 그 언어란 자아와 대상을 삭제하는 언어, 자아의 표현도 대상의 재현도 아닌 언어를 말한다. '언어의 부정성'의 칼날은 이제 언어 자신을 향하게 된다. 그 결과 자신을 삭제하는 언어, 자살한 언어, 언어이기를 포기한 언어가 등장하게 된다. 그 광기의 언어는 배중율排中律의 논리를 알지 못한다. 이 광기에 사로잡힌 언어는 그의 시쓰기를 제도 바깥으로 밀어낸다.

이렇게 하여 '부정성'이 그의 시론 전체를 관통하는 주제라는 사실을 알 수 있다. '부정성=현대성'의 논리에 따르자면, 그의 관심이 '현대시란 무엇인가' 라는 질문으로 일관한다는 것도 알 수 있다. 이때 이승훈의 현대시에서 부정성의 힘은 '언어'에서 비롯된다. 언어는 대상과 자아는 물론이려니와 자기 자신에게까지 부정성의 실천을 요구한다. 그러므로 현대시에 대한 그의 질문은 곧 '언어를 가지고 시를 쓴다는 것은 무엇인가', 즉 시쓰기의 문제로 집약된다고 할 수 있다. 그것은 또한 현대 시인으로서 언어의 심연을 들여다보고, 그 안에서 현대시의 존재 이유를 해명하기 위한 시도라 할 수 있다.

　이 글이 살피고자 하는 것은 이것이다. 우선, 그의 시론에서 '자아–언어–대상'의 관계가 규정되는 방식을 검토하고, 그것이 어떻게 시쓰기의 문제와 연결되는지를 해명하고자 한다. 이것은 그의 시론에서 '부정성'이, 특히 '언어의 부정성'이 작동하는 방식을 검토하는 일이기도 하다.

비대상과
리얼리티

이승훈을 대표하는 시론은 당연히 〈비대상〉(1981)일 것이다. 초창기의 시론이긴 하지만 향후 이승훈 시론의 향방을 결정짓게 되는 중요한 글이라 할 수 있다. 제목에서 알 수 있듯이, 이 글은 '대상의 시'에 맞서 '비대상의 시'를 내세우는 선언적 성격의 글이다. 이 글에서 그는 1970년대의 시단을 장악하고 있었던 리얼리즘을 '대상의 시'로 규정하고, 그에 맞서는 모더니즘의 경향을 '비대상'의 관점에서 옹호하는 논지를 전개한다. 그러나 리얼리즘과 모더니즘의 성격을 각각 '대상'과 '비대상'으로만 규정짓는 것이 당시로서는 낯설고 무모하며, 때로는 순진한 시도인 것처럼 비쳤을 것이다. 당시 문단의 지배적 사조를 대상의 존재 유무로만 판단할 수는 없을 것이기 때문이다. 피상적으로 보면, 이 글은 그러한 오해를 사게 될 여지가 많다. 대상과 비대상의 정의는 의외로 단순한 데서부터 시작되기 때문이다.

비대상은 대상이 존재하지 않는다는 사실을 의미한다. 대상이 없다는 것은 한 편의 시에서 시인이 노래하고 있는 대상이 분명하지 않다는 뜻도 되고, 우리가 전통적으로 알고 있는 자연세계나 일상세계가 시 속에 드러나지 않는다는 뜻도 된다.[3]

이 글에서 비대상에 대한 그의 정의는 동어반복처럼 보인다. 말 그대로 비대상은 대상이 없다는 것이다. 이때 그 대상이란 '자연세계'와 '일상세계'를 가리킨다. 그러한 대상의 세계가 존재하면 대상의 시, 존재하지 않으면 비대상의 시라는 것이다. 이 정도의 구별은 지나치게 단순하며, 또한 이것만으로는 어째서 비대상의 시가 필요한 것인지 알기 어렵다. 따라서 그 뒤로 이어지는 내용을 더 살펴봐야 한다. 무엇보다 먼저 '대상의 시'에 대한 비판을 들어볼 필요가 있다. 비판의 핵심은 그들이 "대상의 시를 노래한다는 것이 어떤 의미를 띠는가에 대하여 한 번도 회의하지 않"는다는 데에 있다. 그들은 대상의 세계를 "이미 주어진 것으로 상정"하기 때

---

3 이승훈, 〈비대상〉, 《비대상》, 민족문화사, 1983, 30쪽. 이하 본문에서 이 책의 인용은 《비대상》과 쪽수로만 표기한다.

문이다. 그는 이것을 "소박한 태도"[4]라고 말한다. 다시 말해서, 그들은 "대상의 세계가 어떻게 존재할 수 있는가에 대한 인식론적 회의"를 "한 번도 제대로 제기"(《비대상》, 30쪽)하지 않았다는 것이다. 이렇게 "대상의 근거"에 대해서 묻지 않았으니, 대상은 당연히 이미 항상 주어져 있을 따름이다. 그는 그것이 리얼리즘뿐 아니라 "전통적인 한국시의 한계"라고까지 말한다. 1970년대 리얼리즘 시에서 그 한계가 반복되고 있을 뿐이다.

그의 판단에 따르면, 대상은 "이미 주어진 것"이 아니라 일정한 "근거" 위에서만 존재한다. 비대상의 시는 그러한 근거에 대한 자각을 동반하는 작품인 것이다. 바로 그 근거를 그는 언어에서 찾아낸다. 더 정확히 말하자면, '언어의 부정성'이 대상 존재(혹은 비존재)의 근거인 것이다. 그의 설명을 적어 보면 이렇다.

그때 나는 문학적 언어에 대한 나의 생각을 다듬지 않으면 안 되었다. 현실, 자연, 사회, 삶 일체가 시에서는 언어적 공간으로 제시된다. 대상과 비대상의 관계 역시 그렇다. 언어를 매개로 하여 나는 그 관계를 다시 더듬기 시작했다. 대상의 세계는 언어로 명명될 때 죽거나 이미 부재한다. 블랑쇼가 본 것이 바로 그 점이다. 대상의 세계에 언어가 작동할 때 이미 그것은 비대상의 세계가 되는 것이다.

---

4 현상학에서는 이러한 태도를 대상에 대한 자연적 태도라고 규정하고, 이를 반성하고 극복하는 것을 현상학의 목적으로 삼고 있다.

하나의 꽃을 꽃이라고 했을 때 이미 나는 그 꽃의 빛깔, 모양, 크기, 온도, 아름다움 같은 구체적인 현실을 그 꽃으로부터 박탈하는 것이다. 그러한 박탈은 현실로서의 꽃이 이미 존재하지 않음을 뜻한다. 현실적인 꽃은 죽거나 부재하게 된다.[5]

인용문에서처럼 시에서는 "현실, 자연, 사회" 등의 대상이 "언어적 공간"을 통해서 제시된다. 우리는 "언어를 매개로" 해서만 대상의 세계에 다가갈 수 있다. 언어를 거치지 않고 직접적으로 대상과 만날 수는 없다. 언어는 대상과의 만남을 가능케 하는 근거인 것이다. 그러나 아이러니하게도, 언어로 명명되는 순간 대상의 세계는 "죽거나 이미 부재한다". 언어가 개입하면 대상의 세계는 곧바로 비대상의 세계로 변한다. 우리는 대상과 만나기 위해서 언어를 통하지 않을 수 없지만, 언어를 매개하는 순간 대상은 죽어 버리거나 부재한다. 따라서 언어를 사용하는 한, 우리는 대상을 영원히 만날 수 없게 된다.

그가 사례로 들고 있는 내용은 김춘수의 〈꽃〉과 〈꽃을 위한 서시〉("나의 손이 닿으면 너는/미지의 까마득한 어둠이 된다.")를 연상케 한다. 언어가 닿으면 대상은 "까마득한 어둠", 즉 비대상이 되기 때문이다. 이 작품들은 '언어-대상'의 관계를 고민하던 김춘수의 시력 제1기의 산물이다. 그 당시 김춘수는 대상을 비대상으로 만들지

5 이승훈, 〈비대상〉, 《비대상》, 45쪽.

않을 언어를 추구하였고, 그것이 시적 언어에서 실현되리라 기대했다.[6] 그래서 이승훈은 항상 이상과 더불어 김춘수를 '비대상의 시' 계열에 포함시키고, 그 계보의 끝에 자신을 연결한다. 물론 계보 수립 이후에 그의 관심은 김춘수로부터 자신의 시론을 분리하는 데에 집중된다. 나중에 보겠지만, 그 차별화는 언어의 부정성에 대한 입장 차이에서 발견된다.

앞서 말했듯이, 대상이 비대상으로 변할 때 작동하는 것이 언어의 부정성이다. 언어는 대상을 부정하고 그 대상을 비대상으로 돌려보낸다. 이는 일상적 언어뿐 아니라 문학적 언어에도 공히 적용되는 현상이다. 그렇다면 일상적 언어와 문학적 언어 사이에 차이는 없는 것인가? 이 문제를 해결하기 위해서 이승훈은 "블랑쇼 Blanchot"를 호출한다. 이후 "사물의 현실성을 부정하는 언어의 힘"[7]에 대한 블랑쇼의 재해석은 이승훈의 초기 시론에 막대한 영향을 끼치게 된다. 블랑쇼를 통해서 김춘수와 자신 사이에 차이를 만들수 있었고, 부정성에 대한 관심도 심화시킬 수 있었기 때문이다.

사실 블랑쇼의 부정성 개념은 코제브Kojeve의 헤겔 강독 세미나(1933~1938)[8]의 영향과 무관치 않다. 코제브의 헤겔 세미나에서

---

6   오문석, 〈무의미시에 이르는 3단계〉, 《국제어문》 79, 2018. 참조.

7   울리히 하세·윌리엄 라지, 《모리스 블랑쇼: 침묵에 다가가기》, 최영석 옮김, 앨피, 57쪽.

8   잘 알다시피 1930년대 중후반에 러시아 출신 철학자 알렉상드르 코제브의 헤겔 세미나를 통해서 프랑스에 '부정성' 개념이 널리 확산되었다. 블랑쇼와 라캉의 언

는 특별히 헤겔의 '부정' 개념이 강조되었고, 블랑쇼는 이를 자기 철학의 근본 개념으로 받아들이게 된다. 잘 알다시피, 헤겔은 《정신현상학》의 〈감각적 확실성〉 장에서 "지금은 밤이다"라는 진술을 예로 들면서, 밤에는 "지금"이 존재자였으나 낮이 되면 비존재자로 변하는 현상을 지적하고, 이를 통해서 개별자였던 "지금"이 오히려 개별자와 분리되어 보편적 개념으로 지양되는 현상을 설명하고 있다. 코제브는 "이러한 부정성이야말로 본질을 현존재로부터 분리시킴으로써 존재의 의미를 밝혀내는 '사유의 에네르기'", 즉 "순수 자아의 에네르기"라고 강조한다.[9] 여기에서 언어의 부정성이란, 현실에서부터 존재자를 분리하여 그를 비존재로 만든 다음, 다시 그것을 추상적 보편자로 만들어 내는 일련의 사유 과정을 가리킨다. 인간의 언어 사용 과정에서 작동하는 이 현상에서 블랑쇼는 특이하게도 '죽음'을 읽어 낸다.[10]

어 이론에도 그 세미나의 흔적이 남아 있는데, 이승훈의 언어 이론은 양자와 긴밀하게 연결되어 있다.

9 알렉상드르 꼬제브, 《역사와 현실 변증법》, 설헌영 옮김, 한벗, 1981, 322쪽.

10 이에 대해서 블랑쇼는 이렇게 말한다. "고양이는 그리하여 하나의 관념이 되기 위하여 유일하게 실재하는 고양이이기를 멈춘다는 사실"은 "거대한 학살"인 것이다. 그에 따라 "신은 존재를 창조하였으나, 인간은 그것들을 없애야 했다. 그리하여 그것들은 인간을 위한 의미를 얻고, 인간은 그것들이 사라진 그 죽음으로부터 인간 나름으로 그것들을 창조하였다."(모리스 블랑쇼, 〈문학 그리고 죽음에의 권리〉, 《카프카에서 카프카로》, 이달승 옮김, 그린비, 2013, 43쪽)라고 말이다. 따라서 언어는 사물을 학살하고 그것을 인간을 위해 재창조하는 행위와 관련된다.

인간은 언어 덕분에 자연의 세계를 부정할 수 있고 나아가 자신에게 고유한 세계, 즉 의미의 세계 또는 문화의 세계를 창조할 수 있다. 의미의 세계는 한계 지어진 존재 위에, 즉 존재자들에 대한 살해와 동시에 이루어지는 존재에 대한 결정(한정)에 따라 형성된다. (중략) 그러나 부정하는 자이자 창조자라는 인간의 정체성은 결코 견고한 것이 아니다. 왜냐하면 인간은 자연의 세계를 부정하고 의미의 세계를 창조하는 자로 스스로 규정하기 위해 먼저 무無 가운데, 언어가 만들어 낸 '비현실성' 가운데 들어가 있어야 하기 때문이다.[11]

그것은 언어에 의해서 자행되는 "존재자들에 대한 살해" 때문이다. 그러나 이 살해는 인간이 "의미의 세계 또는 문화의 세계를 창조"하기 위해서 불가피하게 지불해야 하는 대가일 뿐이다. 존재자들의 주검 위에서 (존재의) 의미가 구축될 수 있기 때문이다. 그렇다면 언어는, 더 정확히 말해서, 언어의 의미(즉 개념)는 죽은 사물들의 무덤이라 할 수 있다. 언어는 "자연의 세계를 부정하고 의미의 세계를 창조"하는 인간의 능력을 보여 주지만, 그 의미의 세계란 무덤 위에 세워진 건물에 불과하다. 언어의 의미는 사물의 주검 위에서 성립하는 까닭이다. 잘 알다시피, 사물의 직접성이 지워진 그 자리에 언어의 개념이 대신 들어선다. 블랑쇼에 따르면, 그 개념은 사물이 지워진 흔적, 그 부재의 흔적을 은폐한다. 사물이

11   박준상,《바깥에서》, 그린비, 2014, 202쪽.

부정된 그 빈 자리를 개념으로 채워 넣음으로써, 언어는 사물의 부재를 숨긴다는 것이다. 그렇다면 언어라는 기호는 사물을 대체하는 것이 아니라 "사물의 부재를 대체"[12]한다고 말할 수 있다. 사물의 부재를 대체한다는 것은 곧 사물의 주검을 은폐하는 일과 같다. 여기에서 사물에 대한 언어의 폭력성과 파괴성이 드러난다. 언어는 폭력적이다.

이는 유독 일상적 언어에만 국한되는 현상이 아니다. 문학적 언어도 이를 피할 수 없다. 문학적 언어에서도 언어에 의한 사물 살해는 지속된다. 다만, 문학적 언어는 그 살해의 장면, 살해의 흔적을 은폐하지 않으려 한다. 그 살해 현장을 개념으로 덮어 버리지 않으려 한다는 것이다. 다시 말해서, "언어의 부정성을 개념의 긍정성으로 바꿔 놓지 않으며, 고집스럽게 언어의 부정성을 유지하고 지킨다."[13] 일반적인 언어에 비해서 문학적 언어에서는 그 중심에 '부재'가 은폐되지 않고 노출되어 있다. 사물의 부재를 개념으로 덮어 버리지 않았기 때문이다. 그러므로 문학적 언어의 중심에 있는 그 부재는 사물도 개념도 지시하지 않는다. 말하자면, 모종의 '중립적 공간'을 형성하게 한다. 그 부재의 공간은 블랑쇼가 시인 말라르메Mallarme를 통해서 확인한 내용이다.

이 부재의 공간 혹은 중성적 공간을 이승훈은 '비대상'으로 명

---

12 울리히 하세·윌리엄 라지, 같은 책, 66쪽.
13 울리히 하세·윌리엄 라지, 같은 책, 66쪽.

명한다. 이는 사물도 개념도 아닌 문학적 언어의 빈 공간을 겨냥한 명칭이다. 이를 통해서 그의 언어관은 김춘수와 구별된다. 특히 언어의 부정성에 절망하고 있는 김춘수와 결별한다.[14] 이제 언어의 부정성은 절망의 대상이 아니라 '긍정'하고 탐구해야 할 사항이 되었기 때문이다. 비대상 개념은 그러므로 언어의 부정성에 대한 '긍정'의 표지인 셈이다.

그러나 이때 놓쳐선 안 될 부분이 현실적 꽃의 죽음 혹은 부재가 단순한 죽음 혹은 부재로 끝나지 않는다는 점이다. 언어의 다른 하나의 특성이 개입하는 자리이다. 현실적 꽃의 죽음이나 부재는 그 꽃의 현실성을 다른 방식으로 알려주기도 한다. 다른 방식으로 알려준다는 것은 현실적 꽃의 기본적 존재가 무에 있음을 간접적으로 시사한다는 말이다. 그것은 모든 실존의 본질이 언어와 연결될 때 하나의 無, 죽음, 비대상에 지나지 않음을 암시한다. (중략) 언어의 이러한 논리에서 내가 읽은 것은 문학의 본질, 시의 본질이 결국은 비대상의 세계에 있다는 점이다. 시는 무의 세계요 부재의 세계요 죽음의 세계이다. 모든 시는 모든 현실적 잔재, 대상의 흔적을 파괴한다.

---

14 김춘수에게서 그는 "절망"을 읽어 낸다. "언어는 대상을 구성하는 것, 대상을 지시함으로써 의미를 부여하는 것이 아니라, 대상을 부정하는 것, 대상을 지시함으로써 의미를 파괴하는 것이 된다. 언어는 언제나 하나의 절망인 것이다."(이승훈, 〈무의미시〉, 《비대상》, 54쪽) 그러나 이승훈은 그 절망을 긍정하는 쪽으로 향한다. 오히려 그는 시쓰기가 본래 "끊임없는 절망의 반복적 행위"임을 강조한다.

그것은 부재와 죽음, 혹은 비대상이라는 중성적 지식이 된다.[15]

앞서 말했듯이, 대상은 단순히 주어지는 것이 아니다. 그것은 반드시 언어의 부정성을 통과해서/매개해서만 주어진다. 그러나 언어는 대상에 대해서 폭력적이기도 하다. 언어는 "현실파괴, 대상 파괴"(《비대상》, 46쪽)를 단행하면서, 현실과 대상의 구체성을 추상적 개념으로 대체하기 때문이다. 그리하여 그 추상적 개념에는 현실 적 대상의 파괴된 흔적만 남게 된다. 이때 일상적 언어는 그 파괴 의 흔적을 감추고 은폐한다. 그래야만 원활한 소통이 가능하기 때 문이다. 그러나 문학, 특히 시에서는 언어의 의미라는 것이 결국은 "현실의 잔재, 대상의 흔적"에 불과하다는 사실을 폭로한다. '비대 상의 세계'가 바로 그 폭로의 현장인 것이다. 그래서 이승훈은 '비 대상의 세계'를 가리켜 "무의 세계요 부재의 세계요 죽음의 세계"라 고 말한다.

그 세계에서는 사물을 지시하지도 않고, 그렇다고 해서 개념으 로 환원되지도 않는 문학적 언어, 즉 '비대상의 언어'가 출현한다. 그 비대상의 언어를 통해서 이른바 "중성적 지식"이 형성된다. 그 의 풀이에 따르면, 중성적 지식은 "현실적으로 지식이 될 수 없음 에도 불구하고 지식일 수 있는 지식"(《비대상》, 같은 쪽)을 가리킨다. 그 것은 사물의 죽음을 상기하는 지식이면서, 동시에 인간이 죽어 가

---

15 이승훈, 같은 책, 46쪽.

고 있다는 사실, 즉 인간의 유한성을 알려 주는 지식이다. 또한 그
것은 사물의 죽음을 은폐하고, 그 자리를 개념으로 덮어 버리는
일상언어가 숨기고 있는 지식이기도 하다. 이승훈은 그 중성적 지
식을 통해서 '사물의 리얼리티'에 접근할 수 있다고 믿는다.

> 사물의 리얼리티는 많은 사람들이 생각하듯 소박한 논리적 사고,
> 공리적 사고, 자연주의적 사고에 의하여 해명되는 것은 아니다. 그것
> 은 더 큰 논리, 흔히 생각하는 비논리적 논리에 의하여 어렴풋한 흔적
> 이나마 더듬을 수 있다. 어렴풋한 흔적이나마 더듬을 수 있는 것은 그
> 러나 우리가 첨예한 심리적 공간에 빠질 때이다. 그 공간의 전형을 하
> 이데거는 대상이 분명치 않은 무의 공간, 불안의 공간으로 보았다. 대
> 상이 분명치 않다는 것은 무의식적으로 우리가 죽음과 직면하고 있다
> 는 사실을 암시한다. 나는 그것을 비대상의 세계라고 불렀다.[16]

"비대상의 세계"에서 사물은 개념적 언어로 대체되지 않는다.
오히려 개념적 언어와 사물 사이에서 "어떤 괴리나 단절"(《비대상》, 31쪽)
이 드러난다. 그리하여 언어가 사물을 지시하고 대체할 수 있다는
"소박한" 믿음이 무너진다. '대상의 세계'를 지배하는 "소박한 논리적
사고"로는 "사물의 리얼리티"를 드러낼 수 없음이 분명해진다. 따라
서 "비논리"가 "논리"를 대신해야 한다. 그 "비논리의 논리"를 통해

---

[16] 이승훈, 〈태양 아래〉, 《비대상》, 18~19쪽.

서 "사물의 리얼리티", 즉 사물의 죽음의 흔적이 "어렴풋한 흔적"으로나마 감지될 것이기 때문이다. 대상이 분명한 개념적·일상적 언어는 그 흔적을 은폐할 뿐이다. 따라서 그러한 언어에 기대고 있는 리얼리즘이 오히려 역설적이게도 "사물의 리얼리티"를 은폐하는 결과를 낳게 된다. 반면에 "대상이 분명치 않은" 비대상의 언어, 모더니즘의 언어가 "사물의 리얼리티"에 근접할 수 있는 자격을 갖게 된다. 시론 〈비대상〉은 그러한 자신감의 표현이라 할 수 있다.

무아無我와
반자본주의

그러나 이승훈은 '비대상시'의 실험 기간을 가리켜서, 그때가 "사물이나 현실을 괄호 친 상태에서의 자아찾기"의 시기라고 말한다. 그리고 "나의 자아찾기는 나/너/그라는 인칭 변화를 통해" "30년 동안" 계속되었음을 고백한다.[17] 이러한 고백은 '비대상'의 초점이 '언어-대상'에만 맞춰져 있지 않다는 것을 의미한다. '비대상'에 대한 탐구는 동시에 '자아찾기'의 행위이기도 하다. 따라서 '비대상'의 탐구라고 하더라도 '자아-언어-대상'의 3자 관계는 항상 전제되어 있었던 것이다. 그의 고백에 따르면, 그의 자아찾기는 적어도 7번째

---

17 이승훈, 〈나의 문학실험〉, 《해체시론》, 새미, 1996, 91쪽.

시집 《밝은 방》(1995) 이전까지 지속되었다. '비대상'과 '자아찾기' 기간이 이처럼 중복된다는 데에서 이런 물음이 가능하다. 즉, '자아 상실'이란 구체적으로 어떤 상태를 의미하는가? 그리고 '자아찾기'는 가능한 것인가? 먼저 그는 우리 사회에 두 가지 형태의 자아가 존재한다고 말한다.

> 남들처럼 이런 걸 문제로 삼지 않고 그야말로 부르주아 주체에 충실하면서 사회도 비판하고 자연도 노래한다면 얼마나 행복할 것인가? 병든 자아가 아니라 건강한 자아가 여간 부럽지 않다. 그러나 건강하다는 것이 또한 병든 건 아닐까?[18]

그는 "병든 자아"와 "건강한 자아"를 구별하고 있는데, 이것만으로는 어느 쪽이 '자아 상실'을 경험한 자아인지 알기 어렵다. 이것을 이해하기 위해서 우선 "병든 자아"를 '비대상의 시'와, "건강한 자아"를 '대상의 시'와 짝지어 볼 필요가 있다. 인용문에서도 알 수 있듯이, "사회도 비판하고 자연도 노래한다"는 표현은 당연히 '대상의 시'에 해당한다. 그 대상의 시가 성립하기 위해서는 "건강한 자아"가 전제되어야 하는데, 그는 그것을 "부르주아 주체"라고 설명한다. 앞서 말했듯이, 대상의 시는 사물의 죽음 및 그 부재를 은폐하

18　이승훈, 〈나의 문학실험〉, 《시적인 것은 없고 시도 없다》, 집문당, 2003, 100쪽. 이하 이 책의 인용은 《없다》와 쪽수로만 표기한다.

고 그 위에 의미의 세계를 구축한다. '건강한 자아'란 곧 의미의 세계에 안정적으로 거주하는 자아를 말한다.

문제는 그 의미의 세계가 결코 '건강한 세계'가 아니라는 데에 있다. 적어도 그곳은 의미의 원활한 소통을 위해서 사물의 개별성 (혹은 사물의 직접성)을 학살해야만 하는 세계이다. '건강한 자아'는 그 세계 안에서 사물의 개별성을 학살하는 언어, 즉 일상언어에 익숙한 사용자인 것이다. "부르주아 주체"는 자본주의 사회가 이처럼 "병든 사회"(《없다》, 155쪽)라는 사실[19]을 은폐하는 데에 기여한다. 이승훈은 보수적 미학이 전제하는 주체가 바로 이러한 부르주아 주체라고 생각한다. 이 주체는 경험과 무관하게 선험적으로 이미 주어진 주체이며, 합리적 이성을 탑재한 주체, 즉 데카르트적 주체에 가깝다. 이렇게 선험적이고 합리적인 주체의 '동일성'은 결코 '분열'을 알지 못한다.

이것은 그가 라캉의 분열된 주체론에 의존하는 계기가 된다.[20] 적어도 라캉은 분열을 모르는 '건강한 자아'가 사회적 기만의 산물임을 폭로하고 있기 때문이다. 라캉의 분열된 주체론은 보수적 미

---

19 이승훈은 자본주의 사회가 병들었다는 사실에 대한 증거로서 마르크스주의자들의 해석을 일부 수용하는데, '소외'와 '물화' 관련 분석이 그것이다. 예컨대, 자본주의 사회에서는 노동에서 신성한 가치가 사라지면서 사람들이 자기소외를 경험하게 되었다는 해석을 받아들인다.(《없다》, 235쪽)

20 이때 이승훈이 이론적으로 의존하는 라캉 또한 코제브의 헤겔 세미나를 통해 '부정' 개념의 중요성을 파악한 인물임은 의미심장하다. 그의 욕망 이론에서도 결핍과 결여와 같은 부정성이 강조되고 있기 때문이다. 이 또한 언어의 부정성과

학에 근거하는 전통적 서정시의 문제점이 '자아의 동일성'에 있다는 확신을 갖게 만든다. 라캉의 경우, 자아에게 상실의 경험이 없다면 결코 언어 사용의 주체가 될 수 없다. 이러한 관점에서 보면, 시를 쓴다는 것은 언어 습득 과정에서 경험했던 자아 상실의 경험을 반복하는 것이다.

시를 쓸 때 쓰는 '나'는 사라지고 다른 '나', 말하자면 시 속의 '나'가 생긴다. 탄생한다. 그런 점에서 시쓰기, 문학이라는 이름의 글쓰기는 나의 소멸, 나를 지우기, 지금 여기 있는, 그동안 있다고 믿어온 나를 없애기, 결국 부재를 증명한다./나는 없다. 나는 시를 쓸 때, 말할 때 태어날 뿐이다. 그렇다면 부르주아적 시쓰기의 주체인 나에 대한 회의와 부정이 나타나고, 이런 부정과 회의는 부르주아적 주체에 대한 부정과 회의로 발전한다. 무슨 주체가 있는 것이 아니라 시가 있고 언어가 있을 뿐이다. 시가 '나'를 생산하고 언어가 '나'를 생산하고 이런 '나'는 시 속에, 언어 속에 존재할 뿐이다. 내가 없는 터에 어떻게 시쓰기가 가능한가? 시쓰기가 불가능한 이유이다.[21]

라캉에 따르면 언어의 사용은 주체 분열의 원인으로 작용한

무관하지 않다. 주체 형성 과정에서 언어가 차지하는 결정적 위상을 고려한다면 라캉의 주체론 또한 언어의 부정성을 통해 설명됨을 알 수 있다.

21 이승훈, 〈시적인 것은 없고 시도 없다〉, 《없다》, 148쪽.

다. 그것은 오이디푸스 콤플렉스 단계에서만 적용되는 것이 아니다. 주체의 분열은 말하기가 아니라 글쓰기, 특히 시쓰기에서도 나타난다. 시쓰기는 우선 "쓰는 '나'"와 "시 속의 '나'"를 분리시킨다. 그리고 시쓰기를 통해 "시 속의 '나'"가 탄생하면, '쓰는 '나''는 소멸한다. 이런 현상은 시쓰기의 과정에서 문장 안팎으로 '나'가 분열되고 있음을 의미한다. 블랑쇼의 언어가 사물을 죽이고 그 흔적을 개념으로 덮어 버렸던 것처럼, 라캉의 언어는 시를 쓰는 '나'를 죽이고, 그 흔적을 문장의 주어 '나'로 덮어 버린다. 문장의 주어 '나'에는 실제 저자의 죽음이 흔적으로 남게 되는 것이다.

이렇게 언어는 한편으로는 주체를 생산하면서, 다른 한편으로는 주체를 소멸시킨다. 이는 상징계에 진입하는 자아에게 모종의 상실을 강요하는 것과 관련되어 있다. 이처럼 주체가 되기 위해서는 자신의 일부를 포기해야 한다는 상징계의 조건이 이승훈의 경우에는 시쓰기에서도 그대로 적용된다. 그리고 상징계에 진입하기 이전에 주체가 포기한 것들이 '부재 원인'으로 남아 있는 것처럼, 시쓰기를 통해서 문장의 주어로 탄생하는 '나'는 현실의 나를 '부재 원인'으로 밀어낸다.

이러한 분열 과정을 통해서 그가 도달한 것은 현실적인 주체, 즉 '시를 쓰는 주체'에 대한 "존재론적 회의"이다. 말하자면, "내가 시를 쓴다지만 과연 내가 시를 쓰는 것일까"(《없다》, 109쪽)라는 의심이다. 시를 쓰고 있는 주체의 '존재'를 부정하고, "'나'는 글 속에만 있다. 내가 '나' '당신' '이승훈 씨'라고 부를 때만 나는 존재한다."(《없다》,

180쪽)는 생각에 도달한 것이다. 이는 이승훈의 시쓰기가 라캉의 상 징계 진입 과정에, 그 문턱에 머무르게 하는 계기가 된다. 앞서 말 했듯이 라캉의 경우 주체 성립 과정에서 주체는 언어에 의한 상실 의 경험을 포함하게 되며, 이를 통해서 상징계로의 진입이 허용된 다. 이승훈은 이처럼 상징계에 진입하면서 주체에게 발생하는 상 실과 소멸의 경험을 그 문턱에서 반복하려는 것이다. 따라서 그의 시쓰기를 자아 상실 경험의 반복적 환기라고도 볼 수 있다.

제도 바깥의
시쓰기

이처럼 '시를 쓰는 주체'의 개입을 차단하는 방식의 시쓰기를 그는 "주체가 소멸한 상태에서의 시쓰기"(《없다》, 114쪽)라고 말한다. 언어에 대한 주체의 주도권을 주장하는 전통적인 "부르주아적 시쓰기"(《없 다》, 147쪽)는 부정되며, 주체는 시의 바깥으로 추방된다. 이렇게 추방 된 주체는 시의 내부에 부재의 방식으로, 즉 부재 원인으로만 현존 할 수 있다. 언어 앞에서는 사물은 물론 주체조차도 죽음의 대가 를 지불해야만 하는 것이다. 결국 시에는 언어만이 남게 된다. 만 약 시에서 여전히 주체와 대상이 발견된다면, 그것은 죽음의 흔적 이며 존재의 환영에 불과할 뿐이다. 이처럼 죽음이 감싸고 있는 시 적 세계를 가리켜서 그는 "부재하면서도 존재하는 이상한 세계"(《없다》, 170쪽)라고 말한다. 본래 상상력이 그러하듯이, 시적 세계 또한 "지금 여기 없는 세계, 부재를 지금 여기, 이 종이 위에 불러오는 행위", 즉 "부재를 증명하는 일"(《없다》, 같은 쪽)인 것이다. 이와 마찬가지로 시쓰기 또한 무엇보다 주체와 대상의 부재를 증명하는 행위이다. 더 정확히 말하자면, 주체와 대상의 부재 증명을 위해서 그 환영을 불러들여 존재하게 만드는 "이상한" 행위인 것이다.

이처럼 언어에 직면한 주체로부터 죽음을 감지하게 된 것은 적어도 그가 라캉을 만나기 전까지는 불가능했던 일이다. 일반적으로 언어가 주체보다 앞선다는 사실은 항상 은폐되어 있기 때문이다. 물론 라캉 이전에도 "언어가 자아에 앞선다는 견해"(《없다》, 112쪽)가 없었던 것은 아니다. 그러나 싱징게의 문딕에서 빌어지는 상실의 경험과 주체 분열의 과정이 언어를 바라보는 이승훈의 관점을 근본적으로 바꿔 놓았다. 그 결과, 시쓰기를 통한 '주체 추방론'에 이어서 그는 드디어 "언어가 쓴다"(《없다》, 112쪽)라는 테제에 이르게 된다. 이 테제는 '언어가 말한다'고 주장했던 하이데거의 견해를 이어받되, 그것을 시를 쓰는 시인의 관점에서 변주한 것이다. 따라서 이 테제에는, 하이데거의 경우가 그러하듯이, 일상적 언어와 시적 언어의 관계가 드러나 있다. 그중에서 주목할 것은 일상언어가 은폐하고 있는 진실을 시적 언어가 폭로한다는 사실이다. 그 진실은 우선 다음과 같이 진술된다.

인간이 언어 체계를 생산하는 것이 아니라 언어 체계가 인간을 생산한다. 정신병은 이런 언어 체계를 거부한다. 시인은? 시인도 이런 체계를 거부한다. 그런 점에서 상상력은 정신병적(정신병이 아님) 문맥을 거느린다. 하기야 시인도 시인 나름이리라. 미쳐야 하는 시대에 미치지 않고 시를 쓰는 건강한 시인들이 너무 많다는 것이 또 하나의 정신병인지도 모르겠다. 전통시학은 사회적 언어 체계를 수용하고 자아의 정체성을 신뢰한다.[22]

잘 알다시피, 하이데거에 따르면 언어는 인간이 거주할 수 있는 '존재의 집'이다. 그 존재의 집에서 인간은 비로소 인간으로 태어난다. 그러나 이승훈은 "언어는 존재의 집이 아니라 존재의 짐"이라는 관점을 제시한다. 무엇보다 그의 언어는 인간과 사물이 그 안에서 살게 만드는 집이 아니기 때문이다. 그와는 반대로 "언어는 인간도 사물도 죽인다"(《없다》, 150쪽)는 사실이 중요해진다. 앞서도 보았듯이, 언어의 집으로 들어서면 사물도 주체도 자신의 삶을 지속하지 못한다. 그것들은 본래의 구체적 존재성을 상실하고 추상화의 과정을 거칠 수밖에 없기 때문이다. 일종의 가상성을 획득하는 것이다. 말하자면, 사물도 주체도 죽어야지만 언어로 진입할 수 있다. 결국 사물과 주체의 주검 위에서만 인간은 언어의 집, 문화의 집을 건설할 수 있다. 죽어야지만 들어설 수 있는 그 "언어 체계"(소쉬르의 랑그) 안에서만 인간은 비로소 인간으로 만들어지고 생

---

22   이승훈, 〈나의 문학실험〉, 《없다》, 142쪽.

산된다는 것이다.

주체에게 죽음을 강요하는 "언어 체계"의 위력을 생각한다면, 언어는 결코 도구적 수단이 될 수 없을 것처럼 보인다. 그러나 역설적이게도 언어에 대한 도구적 관점, 즉 인간이 언어를 지배한다는 생각 자체가 인간을 지배하는 "언어 체계"의 작동 원리라고 할 수 있다. 인간이 언어를 소통의 도구로 생각하고 자신의 지배력을 과시할 때, 바로 그러한 생각 자체가 오히려 인간이 언어 체계의 지배를 받고 있다는 사실을 입증한다. 그러한 믿음이 강할수록 인간에 대한 언어의 지배는 더욱 견고해진다. 언어에 대한 도구적 관점 자체가 '인간의 우선성'이 아니라 오히려 '언어의 우선성'을 확증하는 역설적 증거가 되는 것이다.

따라서 "언어 체계가 인간을 생산한다"는 위의 진술은 '언어의 간계'를 폭로한다. 일반적으로 "언어 체계"는 인간으로 하여금 "건강한" 언어 사용을 유도한다. 건강한 언어 사용이란 언어를 소통의 도구로서, 그리고 주체와 대상을 매개하는 투명한 도구로서 사용하는 것을 말한다. 이렇게 언어의 투명성에 대한 소박한 믿음은 인간에 대한 "언어 체계"의 지배를 용이케 한다. 역설적이게도, 인간이 언어를 도구적으로 지배한다고 생각하면 할수록 인간에 대한 언어의 지배력은 더욱 강화된다. 언어에 대한 지배가 곧 언어에 대한 복종이 되는 것이다. 언어 체계에 복종하지 않고서는 그 언어를 지배할 수도 없기 때문이다. 이것이 언어의 간계다.

일상언어는 이러한 언어의 간계를 은폐한다. 언어 체계가 원활하게 작동할 수 있도록 '인간의 우선성', 그리고 '언어의 도구성'이 당연하게 전제된다. 주체와 사물이 전면에 나서게 되면서 언어는 단순한 매개체로서 투명하게 사라진다. 따라서 주체와 사물은 마치 언어 속에 현전하는 것처럼 가정된다. 이러한 "건강한" 언어관이 '대상의 시'를 가능케 한다.

그러나 사실상 투명하게 사라지는 것은 언어가 아니라 주체와 사물이다. 주체와 사물은 언어 안에서 그 모습 그대로 현전할 수 없으며, 오직 유령의 모습으로만 입장할 수 있다. 일상언어는 이 사실을 은폐하지만 시적 언어는 진실을 드러낸다. 시적 언어가 "정신병적"인 이유가 여기에 있다. 정신병은 "언어 체계를 거부한다". 투명한 도구로서 언어의 기능이 작동하지 않기 때문이다. 정신병자 앞에서는 "언어 체계가 인간을 생산한다"는 대전제가 무너진다. 인간을 인간으로 만들어 주는 언어 체계에 대한 거부는 휴머니즘에 대한 도전이기도 하다. 정신병자는 "건강한" 언어 앞에서 추방된 주체, 죽음을 선고받은 주체의 모습을 대변한다. 이승훈은 시인으로서 추방된 주체의 자리에 서고자 한 것이다. 심지어 언어에 의해 추방된 시인이 되고자 한 것이다. 언어 체계의 바깥에 서는 순간 인간은 인간이기를 포기하게 되고, 언어는 언어이기를 포기하게 된다. 이것을 '언어의 죽음'이라고 말할 수 있겠다. 사물과 주체의 죽음에 이어서 언어도 죽음을 맞이하는 장소가 그의 시쓰기인 것이다.

이 모든 사태의 원인은 언어의 부정성에서 발견된다. 그의 시는 이 부정성을 실현하는 시쓰기의 산물이다. 반면에 "부르주아적 시쓰기"는 이러한 언어의 부정성을 은폐한다. 그들에게 시란 "주체가 언어를 수단으로 대상을 노래하는 형식"(《없다》, 148쪽)에서 머문다. 언어 안에서 주체도 대상도 모두 현전한다고 가정하기 때문이다. 그러나 언어의 부정성을 전제하는 한, 그러한 시쓰기, 즉 대상도 주체도 모두 현전하는 시쓰기는 불가능하다. "부르주아적 시쓰기"는 그러한 불가능성을 은폐할 뿐이다. 이것이 바로 그가 시를 부정하는 이유다.

나는 시쓰기를 부정한다. 이때의 시쓰기는 부르주아적 시쓰기이며, 사유 주체가 존재한다는 입장에서 시쓰기이며, 그런 점에서 인습적인 시쓰기이다. 이런 시쓰기, 혹은 시를 부정하는 것은 새로운 시쓰기를 동기로 하며, 따라서 내가 시를 부정한다는 것은 하등 욕될 것도 없고, 비난받을 일이 못된다.

언어 체계에 의존하는 "건강한" 시쓰기는 언어의 부정성을 은폐하는 대가로 건강을 유지하지만, 그러한 건강성을 부정하는 시쓰기는 언어 체계를 부정하는 대가로 그 언어가 광기에 사로잡히게 한다. 따라서 "주체가 언어를 수단으로 대상을 노래하는 형식"이라는 시에 대한 전통적인 관념이 지속되기 위해서는 언어의 부정성이 억압되어야 한다. 만일 그러한 억압이 성공적이지 못할 때, 광기에 사로잡힌 언어에서 "건강한" 시쓰기는 불가능해진다. 그러나 바로 그때, "시쓰기의 불가능성은 시쓰기의 가능성"(《없다》, 148쪽)

이 된다. 언어의 부정성을 적극적으로 노출하고 그것을 시쓰기에서 실현하고자 하는 새로운 시쓰기의 가능성이 열리기 때문이다. 이때의 시쓰기는 인간이 언어 혹은 언어 체계라는 문턱을 넘는 그 순간의 상실의 경험을 반복적으로 상기한다.

시인이 언어의 부정성을 의식하게 되는 순간, 시쓰기의 불가능성과 가능성이 공존하게 된다. 그럼에도 불구하고 언어 체계의 내부에 안정적으로 정착하는 "건강한" 시인이 있는가 하면, 언어 체계의 외부를 꿈꾸는 "미친" 시인이 있다. 그러나 설사 "미친" 시인이라 할지라도 그 또한 시인인 이상 언어 체계의 바깥에 설 수는 없다는 것이 한계이다. 시인은 언어를 떠날 수 없다. 따라서 언어 체계 안에서 바깥을 꿈꾸는 "미친" 시인은 이렇게 고백한다. "나는 언어 때문에 시를 쓰지만 언어 때문에 실패의 연속"(《없다》, 153쪽)이라고 말이다. 다만 그 실패의 정도에 차이가 있을 뿐이다.

같은 모더니즘이라고 해도 이미지즘이 다르고 초현실주의가 다르다. 나는 전자를 고급 모더니즘, 후자를 아방가르드라고 부르는 입장이다. 고급 모더니즘이 예술이라는 제도 속에서 이 제도를 수용하면서 미적으로 저항한다면, 아방가르드는 예술이라는 제도 자체를 부정하는, 그런 점에서 부르주아 예술 개념을 총체적으로 비판하는 입장이다.[23]

23　이승훈, 〈근대성, 현대성, 후기현대성〉, 《없다》, 209쪽.

"부르주아 예술 개념"이 일종의 제도라고 할 때, 제도에 대한 "수용"과 "저항"(혹은 "부정")은 동시에 이루어질 수밖에 없다. 다만 모더니즘이 수용 쪽에, 아방가르드가 저항 쪽에 조금 더 가까이 있을 뿐이다. 이는 시인이 언어의 외부로 완전히 벗어나기 어려운 것과 마찬가지다. 그렇기 때문에 이승훈의 극한은 언어를 부정하는 언어, 시쓰기를 부정하는 시쓰기에 한정된다. 그의 우울은 여기에서 기인한다.

부정성의
시학

앞서 우리는 이승훈의 시력을 대략 제1기(1970년대), 제2기(1980년대), 제3기(1990년대)로 구분하고, 각각의 시기에 '언어-대상', '언어-자아', '언어 자체'에 대한 관심이 집중된다고 전제하였다. 하지만 이러한 시기 구분은 비록 이승훈 자신의 구분에 의존한 것이긴 하지만 엄밀하게 구별되는 것은 아니다. 관심사 또한 해당 시기에만 한정되는 것도 아니다. 사실 어떤 시기에서도 '자아-언어-대상'은 항상 결부되어 움직인다. 다만, 여기에서는 다만 그 중점적 관심사를 분리해서 이해할 필요가 있다고 보아서, 편의상 그 논의의 흐름을 단계적으로 제시한 것일 뿐이다.

'언어-대상'의 관계에서 그는 리얼리즘을 포함한 보수적 시학을

'대상의 시'로 지목하여 부정하면서, 모더니즘의 정신으로 '비대상' 을 옹호한다. 이 무렵 그의 대표 시론이 제출된다. '언어-자아'의 관계에서는 소외와 분열을 유발하는 자본주의 세계를 부정하면서, 분열된 주체를 은폐하는 부르주아 주체, 그리고 그러한 주체에 의존하는 동일성의 시론을 비판한다. 그 대신에 그는 시쓰기 과정에서 안팎으로 분열되는 주체의 양상을 적극적으로 노출하며 주체의 소멸을 실천하고자 한다. 마지막으로 '언어의 우선성'을 검토하면서, 그는 언어 안에서 주체와 대상이 현전한다는 믿음이 사실은 언어를 투명한 소통의 도구로 간주하는 언어-제도의 산물임을 폭로한다. 이에 맞서기 위해서 그는 대상도 주체도 부재하는, '언어를 부정하는 언어'로서의 시쓰기를 제시한다. 이처럼 매 시기를 관통하는 그의 시정신은 모두 '부정성'에 있다.

이를 통해서 우리가 살피고자 한 것은 '부정성'에 대한 이승훈의 특별한 관심이다. 그 부정성은 주로 언어를 통해서 이루어지는데, 언어에 의한 대상 부정, 언어에 의한 자아 부정, 마지막으로 언어 자체의 부정이 그것이다. 이처럼 대상, 자아, 언어에 대해서 부정성을 실현하겠다는 그의 자각이 이승훈 시론의 중심을 차지한다. 그는 부정성이 곧 '현대시'의 조건이라는 믿음을 줄곧 견지한다. 이처럼 '부정성'이 작동하는 방식에만 주목하기 때문에, 그에게 모더니즘, 아방가르드, 포스트모더니즘의 구별은 크게 중요하지 않다. 그것들은 부정성이 작동하는 방식과 그 범위의 차이에 불과하기 때문이다. 그에게는 현대성의 본질이 부정성에 있다는 사실을 자각하고 이를 실천하겠다는 의지 자체가 중요할 뿐이다. 따라서 그러한 자각이 여전히 유효하기만 하다면, 그는 지속적으로 새로운 예술형식을 환영할 준비가 되어 있는 것이다. 그의 시와 시론이 영원히 늙지 않는 이유가 여기에 있다.

8

시와 음악
근대 동요의 경계적 성격

이 글은 《비평문학》(2023년 12월)에 게재된 〈시와 음악 사이: 근대 동요의 경계적 성격〉을 수정하고 보완하여 재수록한 것이다.

문학사의 예외상태

약간 도발적으로 들릴지 모르겠지만, 식민지 시대는 정형시도 활성화된 시대였다. 그 반대가 아닌가? 근대 시문학사를 잠시만 들춰 보아도 알 수 있다. 그 첫 장은 정형시에서 해방된 자유시와 그 승리의 기록으로 채워져 있다. 최남선을 마지막으로 정형시는 흔적도 없이 사라졌다. 자유만이 시의 형식을 지배할 뿐이다. 한때 시조의 복원을 모색하기도 했으나 자유를 위협할 수준은 아니었다. 자유로운 시의 형식은 이미 기본 중의 기본이 된 지 오래다. 시인들도 형식의 자유를 반납할 이유가 도무지 없었다. 그런데도 정형시가 활성화되었다니, 어불성설이다.

그러나 정말 그런가? 1930년대 초반에 신고송이라는 카프 소속 시인이 '동시童詩'라는 낯선 개념[1]을 제안하면서, 이렇게 말했다.

---

[1] 당시 국내에 '동시'라는 용어가 전혀 사용되지 않았던 것은 아니다. 그 첫 사용 사례는 1923년 동인지 《금성》 창간호(1923. 11.)에서 발견된다. 당시 백기만과 손진태가 자신의 작품에 '동시'라는 표기를 사용했다. 하지만 이는 일본의 기타하라 하쿠슈가 '동시'라는 개념을 제시한 1923년 1월 이후의 일이다. 당시 국내에서는 용어만 도입되었을 뿐 '동요'와 '동시'를 특별히 구별하지는 않았다. 동요가 처음 자리를 잡이 갈 무렵이므로 구별이 무의미했기 때문이다. 신고송이 처음으로 양자의 구별을 제안하면서 개념적인 차이를 언급한 것이다. 동시를 둘러싼 논란에 대해서는 원종찬, 〈일제강점기의 동요동시론 연구: 한국적 특성에 관한 고찰〉, 《한국아동문학연구》 20, 2011. 5, 81쪽 이하 참조.

그러면 하필 동시童詩를 제창하느냐. 그것은 말할 것 없이 동요童
謠는 정형률이라는 것이 아동의 자유를 제한하였으므로 심리적 불합
리라는 데도 있겠고 정형률로 표현하는 데 필요한 기교와 숙련 등을
가지지 못하였다는 데에도 있다.[2]

앞질러 말하자면, '동요에서 동시로 이행하자'는 것이 윗글의 전
체 요지다. 그가 제창하고자 하는 '동시'가 당시로서는 새로운 장
르 명칭이라는 점을 상기해야 한다. 그는 그전부터 존재했던 '동요'
대신에 '동시'라는 새로운 장르로 갈아탈 것을 제안하고 있는 것이
다. 그 자신도 주목할 만한 동요 작가였다는 점에서, 이는 다소 이
해하기 어려운 결단처럼 보인다. 하지만 그는 동요 자체의 한계를
지적하는 것으로 그 필요성을 역설하고 있다. 그 한계란 바로 "아
동의 자유를 제한"하는 동요의 "정형률"을 가리킨다. 동요의 형식
이 아동의 자유로운 상상력을 억압할 수 있다는 각성이다. 따라서
그는 "정형률"의 동요 대신에 '자유율'의 동시를 제창한다. 신고송의
구별에 따르자면, 정형률의 동요는 '정형시'에, 자유율의 동시는 '자
유시'에 속한다. 그러므로 그는 이제부터라도 정형시(=동요)에서
자유시(=동시)로 이행할 단계가 되었음을 역설하고 있는 것이다.
이때가 1930년이다.

1930년이라면 정형시에서 자유시로 이행한 지가 10년도 넘었

---

[2] 신고송, 〈새해의 동요운동 (3)〉, 《조선일보》, 1930. 1. 3.

을 시점이다. 형식의 자유는 이미 대세가 된 지 오래다. 이 시점에 '자유'를 요구하다니. 정형시를 버리고 자유시로 이행할 것을 제창하다니. 납득하기 어려운 제안이다. 하지만 그의 주장은 자유시가 대세를 이루고 있는 성인시단을 향한 발언이 아니다. 오늘날 아동문학으로 분류되는 동요시단의 상황을 전제하는 발언인 것이다. 요컨대 성인시단은 정형시를 벗어난 지 10년이 넘었지만, 아동시단은 아직도 정형시의 단계를 벗어나지 못했다는 것이다. 그러니 이제부터라도 정형시에서 자유시로 이행할 시점이 되었다는 뜻이다.

신고송의 주장을 통해서 우리는 1930년 해당 시점까지 정형시가 아동시단을 지배하고 있었음을 확인할 수 있다. 근대 시문학사의 수장과는 반대로 정형시는 사라지지 않고 문학사의 주변에서 번창하고 있었던 것이다. 그것은 비단 아동시단에만 한정되지 않는다. 정형시는 이른바 예술가곡과 대중가요로까지 그 영역을 확장하고 있었다. 1930년이라는 시점에서 보면 동요와 가곡, 그리고 대중가요는 소멸을 앞둔 장르들이 아니었다. 유성기와 음반, 라디오방송으로 이어지는 신종 미디어와 결탁하여 끝 모를 상승세를 앞두고 있었을 시점이다.[3] 1929년 한 해만 해도 4대 동요 작곡자 중에서 정순철, 박태준, 홍난파의 동요작곡집[4]이 동시에 출간되었

---

[3] 특히 1928년 전기 녹음 방식의 도입으로 음반의 대량생산이 가능해지면서 음반 산업은 비약적으로 발전하게 된다. 조은숙, 〈유성기 음반에 담긴 옛이야기〉,《민족문화연구》49, 2008. 12, 204쪽.

[4] 윤극영의 동요곡집《반달》(1926)을 제외하면, 정순철의 동요작곡집《갈잎피리》, 박

을 뿐 아니라 각종 선집 출간이 이어질 정도로 동요의 인기는 식을 줄을 몰랐다. 이렇게 상승하는 아동시단을 정형시가 장악하고 있었다.[5] 사정이 이러하니 정형시에서 자유시로 전향하자는 신고송의 목소리가 커질 수밖에 없다. 그러나 그것조차도 예술가곡과 대중가요에는 먹히지 않는 주장일 뿐이다.

이처럼 동요와 가곡, 그리고 대중가요가 정형시와 긴밀하게 결탁할 수밖에 없었던 이유는 어디에 있는가? 그것은 무엇보다 그것들이 시와 음악 사이에 있다는 사실에서 비롯된다. 그것들은 기본적으로 작사와 작곡의 결합을 통해서만 성립하는 장르들이다. 문학과 음악이 융합되어 분리 불가능한 지점에 그것들은 거주한다. 문학과 음악을 분리하면 그 장르들은 소멸될 수밖에 없다. 문학과 음악은 마치 기표와 기의처럼 밀착해 있는 까닭이다. 기표와 기의가 분리되면 언어가 성립할 수 없는 것처럼 동요와 가곡, 대중가요 등의 운명도 그러하다.

문학과 음악에 동시에 속하는 이 장르들은 그러나 문학과 음악 어디에도 속하지 않는 장르이기도 하다. 그래서 문학사와 음악사를 지배하는 거대서사에 종속되지 않는다. 아무리 근대 시문학

태준의 동요곡집 《중중때때중》, 홍난파의 《조선동요백곡집》(상편)이 모두 1929년에 간행되었다.

5 통계에 의하면, 《어린이》지에 실린 동요의 78퍼센트가 7.5조, 13퍼센트가 4.4조라고 한다. 이정석, 〈《어린이》지에 나타난 아동문학 양상 연구〉, 전남대 석사학위논문, 1992, 24쪽 참조.

사의 대세가 자유시일지라도 동요의 세계까지 그 논리에 휩쓸릴 이유는 없는 것이다. 동요의 세계는 문학사의 치외법권 지역이며 예외상태exception status가 허용되는 영역이다. 그 독자 대상이 성인이 아닌 아동이라서가 아니라, 그것이 문학과 음악 사이에서만 성립하는 장르이기 때문이다. 그리고 예외상태가 그러하듯 동요와 가곡, 그리고 대중가요는 문학의 자율성이라는 경계를 무너뜨린다. 문학을 지배하는 거대서사도 그 지배력을 상실한다. 동요와 가곡, 그리고 대중가요는 근대문학의 초창기부터 존속했던 반半문학[6]의 온상이었던 것이다. 문학과 음악 사이에서의 그것들의 경계적 성격을 이 글은 동요를 통해서 살피고자 한다.

거꾸로 세워진 창가

(창작)동요와 (예술)가곡, (대중)가요 등은 일반적으로 창가에서 분화한 것으로 이해된다.[7] 창가를 그대로 계승했다는 것이 아니다. 실제로는 창가를 부정하고 극복하려는 노력을 보인 경우가 더 많

---

6 반反문학이 아니다. 문학에 속하면서도 문학의 거대서사의 지배를 받지 않는다는 점에서, 그리고 문학과 비문학 사이에 있다는 점에서 '반半문학'이라 규정할 수 있다.

7 이유선, 〈제3장 4절: 창가의 분화—예술가곡, 유행가, 동요〉, 《한국양악백년사》, 음악춘추사, 1985.

았다.[8] 예컨대 동요 등장의 배경에는 창가를 극복하겠다는 의지의 역할이 컸다. 이는 교육 현장이 일본식 창가 일색이었다는 사실에 대한 반감에서 비롯된 것이다. 조선어 동요가 일본어 창가에 맞선다는 민족주의적 이분법[9]은 동요 관련 논문에서 쉽게 확인되는 내용이다. 이렇게 보면 창가와 동요는 마치 적대적 관계인 것처럼 보인다. 동요가 창가를 계승했다고 보기는 어려울 듯싶다.

그러나 문학과 음악의 결합이라는 동요의 기본 형식이 창가를 기반으로 생성된 것임은 부정할 수 없는 사실이다. 문학사의 입장에서는 바로 이 사실이 창가에 대한 민족주의적 비판보다 더 타당한, 창가 극복의 논리를 제공한다. 창가의 형식을 문학과 음악의 '미분리' 상태로 간주하는 것이다. 창가처럼 악보에 의존하는 시작법은 노래에 의존하던 중세의 시작법을 연장한 것이며, 따라서 창가는 전근대적 사고에서 벗어나지 못했다는 것이다. 이외에도 창가의 비문학성에 대한 판단의 근거는 많다. 결과적으로 창가는 문학 '이전'의 단계에 머물러 있다는 것이며, 문학과 음악의 '미분리' 현상은 그러한 판단을 뒷받침하는 결정적 증거에 속한다. 그러나 과연 창가의 비문학적 형식은 전근대적 사고의 연장인가?

---

8 가곡 또한 창가와의 구별을 가곡 성립의 조건으로 생각했다. 이에 대해서는 오문석, 〈한국 근대가곡의 성립과 그 성격〉, 《현대문학의 연구》 46, 2012. 2, 119~200쪽 참조.

9 대표적으로 원종찬, 〈조선어 동요와 일본어 창가의 대결: 1920년대 동요 운동에 얽힌 문제들〉, 《창비어린이》 13(1), 2015. 3.

잘 알다시피, 창가의 내용은 지극히 근대적인 발상에 의존하고 있다. 중세적 사고를 몰아내고 근대적 정신으로 무장할 것을 강조하는 계몽주의의 산물이 창가다. 최남선의 〈경부철도가〉(1908)에서 중세 지향적 흔적을 찾기란 거의 불가능하다. 그럼에도 불구하고 문학의 관점에서 볼 때 창가는 아직 중세의 연장선상에 머물러 있는 것처럼 보인다. 그 문학의 관점이란, 정형시에서 자유시로 이행하면서 근대시가 성립되었다는 시문학사의 거대서사를 가리킨다. 근대 시문학사의 관점에서 창가는 반드시 '자유시 탄생 서사' 안에서만 그 역할을 부여받아야 할 대상에 지나지 않는다. 정형시의 마지막 주자, 이것이 창가에게 부여된 역할이다. 그러므로 자유시의 등장과 더불어 창가는 그 임무를 안수하고 시문학사의 무대에서 퇴장해야 한다. 창가의 퇴장을 끝으로 노래에 의존하던 시작법도 완전히 종말을 고하게 될 것이다. 문학과 음악은 완전히 '분리'될 것이고, '미분리'의 흔적인 정형시는 이미 과거의 것이 되어야 한다. 그런 의미에서 창가는 정형시의 마지막 주자인 것이다. 창가는 근대 시문학사의 바통을 자유시로 넘겨주어야 한다.

이러한 시나리오가 동요의 세계에서도 그대로 관철될 것인가? 결코 그렇지 않다. 물론 동요라고 해서 창가를 무작정 감쌌다는 것은 아니다. 오히려 동요가 태동하던 1923년을 전후한 시점에서 동요 운동가들[10]은 창가를 가장 적대적인 장르로 규정한다. 창가

---

10 동요는 순수문학 활동이 아니라 일종의 소년운동의 형식으로 시작되었다. 특히

에 대한 부정적 진술을 보면 동요의 정체성이 마치 창가에 대한 부정을 통해 성립되는 것처럼 보일 정도이다.[11] 동요는 창가와 다르며, 달라야만 했다. 다만, 문학성 여부가 창가 부정의 근거였던 적은 없다. 자유시 성립의 걸림돌이라는 이유로 창가를 비난했던 적도 없다. 그만큼 그들은 '정형시에서 자유시로' 이행한다는 시문학사의 시나리오에는 아무런 관심도 없었다. 더구나 창가가 정형시에 머물러 있는 과거의 장르라는 사실도 문제 삼지 않았다. 실상은 정반대였기 때문이다. 창가는 과거의 장르이기는커녕 교육 현장을 장악하고 있는, 살아 있는 현재의 장르였다. 문학사의 사각지대에서 창가는 번창하고 있었던 것이다.

이처럼 창가에 대한 적대적 관계에도 불구하고 동요 운동가들은 창가를 문학의 관점에서 바라보지 않았다. 문학 이전이라거나 비문학적이라는 판단을 내리지도 않았다. 오히려 창가를 향해 문학의 잣대를 들이대는 것 자체가 어불성설이다. 창가는 문학과 음악 사이에서 존재 가능성을 발견한 장르이기 때문이다. 동요 운동가들에게는 문학과 음악 '사이'가 문제였다. 창가를 극복한다면 그

4대 동요잡지는 각자의 운동 세력을 배경으로 한다. 《어린이》는 천도교 계열, 《신소년》은 한글학회 계열, 《별나라》는 계급주의 계열, 《아이생활》은 기독교 계열을 배경으로 한다.

11 "종래 재래의 창가의 결점을 보충하려 하는 것이 신흥동요운동의 목적입니다." 김은영, 〈유치원음악과 노래(동요)에 대하여〉, 《아희생활》, 1934. 4. 박영기, 〈일제강점기 동시 및 동요 장르명의 통시적 고찰〉, 《아동청소년문학연구》 4, 2009. 6, 121쪽에서 재인용.

사이를 문제 삼아야 했다. 그래서 '악보에 의존하는 시'라는 창가의 논리를 그들은 거꾸로 세운다. '시에 의존하는 악곡', 이것이 이후부터 창가에서 분화된 동요, 가곡, 가요를 지배하는 기본적인 형식이 된다. 동요, 가곡, 가요는 '거꾸로 세워진 창가'인 것이다.

거꾸로 세워진 창가의 입장에서 기존의 창가는 정형시의 마지막 주자가 아니었다. 오히려 창가는 정형시의 새로운 가능성을 열어 준 첫 번째 장르였다. 정형시는 여전히 노래에 의존하는 중세적 시작법에 불과했지만, 바로 그 사실이 창가를 문학과 음악 '사이'에 거주할 수 있게 해 준 것이다. 동요는 창가가 개척한 그 '사이'를 계승한다. 근대 시문학사의 과도한 평가절하에도 불구하고, 정형시는 억압이 아니라 새로운 자유의 다른 이름이었다. 문학과 음악 '사이'에 거주할 수 있는 자유 말이다. 그 자유를 거꾸로 세워진 창가들이 계승하고 있는 것이다.

동심童心과
창가의 눈

그러나 1930년의 신고송은 그 '사이의 자유'를 억압으로 재해석하고 있다. 이는 전형적인 문학사의 관점을 대변한다. 그는 문학과 음악의 사이에 터 잡기를 포기하고 아이들을 데리고 순수문학의 영토로 이주할 것을 권장하고 있는 것이다. 그러기 위해서는 정형시를 버리고 자유시를 수락해야만 한다. 또한 문학과 음악 사이에 있음을 직접적으로 노출하는 '동요'라는 이름을 '동시'로 개명해야 한다. 이렇게 동시로 개명함으로써 동요는 비로소 '시'의 족보에 이름을 올릴 수 있게 된다. 동시라는 새 이름은 "아동의 자유"가 보장될 것이라는 기대의 표현이다.

그러나 동시를 제창함으로써 신고송은 문학의 영토에 완전히 정착했던가? 그렇다고 보기도 어렵다. 동요에서 동시로의 전향은 애초부터 문학성을 강화하기 위한 결정이 아니었기 때문이다. 설사 동요보다 동시가 문학에 더 충실한 것이라 해도 그것은 전향의 근본적인 이유가 되지 못한다. 문학성보다 더 근본적인 동기가 "아동"에게 있기 때문이다. 아동을 만족시킬 수 있는가? 이것이 정착과 이주를 판가름하는 기준점이다. 동요에서 동시로 이동하자는 것은 일차적으로 아동 때문이지 문학계의 인정을 받기 위함이 아니었다. 아동을 만족시키는 것이 문학성의 충족을 능가한다. 이는 독자 대중을 만족시키는 것보다 문학의 문학다움의 확보를 우선시하는 문학계의 기준과 대립한다. 아동이라는 변수의 도입은 기존 문학계의 우선순위를 교란한다. 아동은 항상 '다른' 문학의 가능성을 품게 만든다.

이 당시에는 문학의 문학다움을 능가하는 아동의 아동다움을 '동심童心'이라 했다. 신고송에 따르면 이것이 정형률의 동요와 자유율의 동시를 연결하는 공통의 지반이다.[12] '동심'에 대한 강조는 초창기 동요의 탄생 시점에서부터 지속된 것으로, 이는 1930년대 동시론에서도 포기할 수 없는 핵심 자질로 평가받고 있다. '동요에서 동시로' 이행할 때조차도 '동요에서 동시까지' 동심은 계승되어야 한다는 것이다. 동심은 동요와 동시의 차이를 뛰어넘는 아동문학 전체의 선험적 기반인 것처럼 보인다. 아동문학의 성립 여부는 문학성이 아니라 동심에서 결정된다고 해도 과언이 아니다. 앞서 말했듯이 1923년 일본의 기타하라 하쿠슈가 동심 개념을 제시한 이후, 조선에서도 《어린이》지를 중심으로 동심을 동요의 중핵으로 삼아 왔다. 이는 방정환의 다음 진술에서도 확인된다. 그는 이렇게 말했다.

동요도 또한 '동요를 짓겠다' 하는 특별한 상태로는 되지 못합니다. 어른이 일부러 '어린이다운 심정'을 가지려고 노력함은 도리어 순생純生을 거듭하게 됩니다. (중략) 동요의 감흥은 의지적 상태를 떠나 무심히 자연만중을 대할 때에 일어나서 어린이다운 심정을 가지게 되는 것입니다. 어린이를 위하여 동요를 지으려는 것보다도 '어린이가 되어서'의 견지에서 동요를 써야 할 줄 압니다.[13]

---

12 신고송은 비록 정형률의 동요에서 자유율의 동시로 전향할 것을 주장하긴 했지만, 동시에서도 동심과 동어, 시적 독창성은 그대로 유지된다고 보았다. 김제곤, 〈1920년대 창작동요의 정착과정 연구〉, 《아동청소년문학연구》, 2008. 12, 81쪽 참조.
13 방정환, 〈동요에 대하여〉, 《동아일보》, 1925. 1. 21.

지금은 당연한 생각이지만, 동요 작법은 어른과 어린이의 구별에서 시작된다. 동요가 성립하려면 이른바 '아동의 발견'이 전제되어야 한다.[14] 그러나 이보다 더 중요한 다음 단계가 있는데, 이는 "'어린이가 되어서'의 견지"에 서는 것이다. 방정환은 이를 "어린이의 심정을 가지게 되는 것"이라고 말한다. 어린이의 마음으로, 어린이의 눈으로 세상을 바라보아야 한다는 것이다. 그러나 방정환은 그것이 "의지적 상태"로 될 수 있는 일이 아니라고 말한다. "일부러" "노력"한다고 해서 즉시 "어린이의 심정을 가지게 되는 것"이 아니라는 것이다. 이 말을 좀 더 곱씹어 볼 필요가 있다.

방정환이 말하는 의지적 노력이란 바로 "어린이를 위하여 동요를 지으려는 것"을 뜻한다. 이는 어린이를 외부에서 바라보며 지어진 작품을 가리킨다. 즉, 어른이 어린이를 대상으로 해서 거리를 두고 창작한 작품을 말한다. 이 경우에는 시의 대상만 어린이일 뿐 그 대상을 바라보는 관점은 어른의 것이다. 방정환은 이렇게 어른의 눈으로 어린이를 바라보며 지어진 것을 동요라고 보지 않는다. 그것은 어린이를 바라보는 '창가의 눈'이기 때문이다. 학교 현장에서 교육용으로 쓰여질 목적으로 지어진 창가는 근본적으로 교육자의 눈으로 어린이를 바라본다. 창가의 눈에 어린이는 교훈을 주

---

14 "아동문학이 성립하기 위해서는 먼저 아동이 단순히 어른의 축소판이 아니라 독자적인 요구와 관심을 가진 존재로서 인정받을 수 있어야 한다." 존 로 타운젠트, 강무홍 옮김, 《어린이책의 역사》, 시공사, 1996, 13쪽; 김화선, 〈아동의 발견과 아동문학의 기원〉, 《문학교육학》 39, 2012. 12, 117쪽에서 재인용.

고 교육해야 할 대상에 불과하다. 아직 완전한 주체가 아닌 것이다.

앞서 말했듯이 창가와 동요는 모두 '어린이의 발견'을 전제한다는 점에서는 차이가 없어 보인다. 그러나 어린이의 발견 이후에 양자는 갈라진다. 창가는 어린이를 바라보는 어른의 눈을 유지한다. 반면에 동요는 어른의 눈을 거부한다. 오히려 어린이의 눈으로 어른을 바라보고자 한다. 더 나아가 동요는 어린이의 눈으로 어른들의 세계를 바라본다. 그래서 동요를 짓고자 한다면 어른은 어른으로 머물러 있어서는 안 된다. 어른은 어린이가 '되어야' 한다. 방정환이 말하는 "'어린이가 되어서'의 견지"의 의미가 바로 이것이다.

어린이의 눈으로, 어린이의 마음으로 어른들의 세계를 보아야 한다. 이는 어른의 눈으로 어린이의 세계를 보고 판단하려는 창가의 관점을 뒤집은 것이다.[15] 후자가 창가의 눈이라면, 전자는 동요의 눈이다. 동요는 창가를 마치 거울처럼 마주 보고 있다. 이때 거울 저쪽에서 창가에게 결여되어 있는 것이 바로 '동심'이다. 창가에는 아동은 있지만 동심이 없다. 창가의 작가에게는 어린이를 '위한' 마음은 있지만 어린이가 '되려는' 마음은 없기 때문이다. 그것이 방정환이 바라보는 최남선의 《소년》의 한계이다.

'창가의 눈'은 초창기 동요에서도 자주 목격되는 현상이다. 심지

---

15 어른이 어린이의 눈을 경유하여 다시 어른의 세계를 보는 회귀적 구조는 전형적인 반성적 구조이다. 어른에 의한 동시에는 반성의 구조가 내재한다. 그러나 창가에는 그러한 반성이 결여되어 있다. 어른의 눈은 어린이의 세계를 거치지만 자기 자신을 보기 위해 다시 되돌아오지 않기 때문이다.

어 《어린이》에 독자로 투고한 작품에서도 '창가의 눈'은 쉽게 발견된다.[16] 초창기 동요가 상실감과 감상성에 사로잡힌 이유가 여기에 있다. 이에 대해 신고송은 이렇게 말한다.

> 어린이는 자연을 송탄하는 자연시인배가 아니며 야반에 잠은 안자고 기러기 소리에 고독을 노래하는 센티멘탈리스트가 아님을 말하고 싶다. 어린이는 정적 물체가 아니고 요동하는 동적 존재이다.[17]

이는 1920년대 동요의 문제점이 '동심의 결여'에 있다는 사실을 증명하는 대표적 사례라고 할 수 있다. 그래서 그는 동심이 결여된 동요 대신에 동심으로 충만한 동시를 제안했던 것이다. 동요에서 동시로 전향하면서 보강되는 것이 문학성이 아니라 동심인 까닭이 여기에 있다. 다시 말하지만, 동요에 대한 신고송의 불만은 문학성의 결여에 있지 않았다. 동심의 결여가 신고송을 동요에서 밀어냈던 것이다. 동심이 결여된 동요는 창가와 구별되지 않는다. 창가에서 동요를 구별하는 데에는 언어 교체만으로 충분한 것이 아니다. 일본어 창가를 조선어 동요로 바꾼다고 해서 창가의 문제가 해결되는 것은 아니다. '창가의 눈'으로 쓰인 조선어 동요는 결국 말로

---

16 홍난파의 곡으로 널리 알려진 이원수의 등단작 〈고향의 봄〉(1926)이 그렇다. 거기에 나타난 고향에 대한 그리움은 분명 어린이의 것이 아니다. 유년기를 대상화하고 있기 때문이다.

17 신고송, 〈동심으로부터 (1)〉, 《조선일보》, 1929. 10. 20.

만 동요일 뿐 사실상 창가와 다르지 않을 것이다.

그러므로 신고송의 구상에서 동시란 동요에 비해 동심이 제대로 구현된 작품을 말한다. 이를 '동요+동심=동시'의 공식으로 요약할 수 있을 것이다. 그런 의미에서 보면, "어른은 동요를 창작하지 말라고 하고 싶다."[18]는 신고송의 급진적 발언이 이해된다. 어른은 '창가의 눈'을 쉽게 벗어나기 어렵기 때문이다.[19] 이렇게 동심에 대한 요구가 더욱 강해지면서, 동시의 향유 연령을 동요보다 더 낮게 잡아야 한다는 문제가 발생한다. 급기야 동시는 10세 이하로 한정되며, 10세 이상을 대상으로 '소년시'라는 새로운 장르를 추가하자는 주장[20]이 제기될 정도이다. 신고송의 동시론은 결국 동요와 동시에 대한 향유 연령의 기준점을 낮추는 결과를 낳았다. 그리고 동시의 창작과 수용에서 어른은 확실하게 배제되었다. '창가의 눈'을 추방한 것이다. 어른은 어린이가 되지 않고서는 동시의 세계로 진입할 수 없게 되었다. 이 바늘구멍을 통과한 낙타만이 동시 작가의 자격을 부여받게 된다. 그래서 윤동주와 정지용, 백석, 박목월 등 몇몇 소수의 시인만이 이 구멍을 겨우 통과할 수 있었다.

---

18 신고송, 〈동심으로부터 (1)〉, 《조선일보》, 1929. 10. 20.

19 그러나 앞에서도 말했듯이 '창가의 눈'은 어린이라고 해서 피해 갈 수 있는 것도 아니다. 그렇다면 1920년대의 동요에서 일찌감치 '창가의 눈'이 제거되었을 것이다.

20 송완순의 주장이다. 송완순은 〈동시말살론〉(《중외일보》, 1930. 4. 26.~5. 3.)과 〈프롤레타리아 동요론〉(《조선일보》, 1930. 7. 5.~22.)을 통해서 10세 이하의 '동시'와 구별하여 10세 이상의 '소년시'를 제창한다.

침묵의 기표와
'구술-문자'의 가능성

이처럼 음악에서 분리된 동시를 향해 문학성을 요구할 것임은 충분히 예견된 수순이다. 그러나 동심만으로는 문학성의 기준을 통과하기가 어렵다. 그나마 동시는 동심을 방패 삼아 문학성의 요구를 막아 낼 수라도 있겠지만, 그조차도 불가능한 10대 이상을 대상으로 하는 '소년시'가 문제다. 결국 1930년대에 소년시에 대한 성인시단의 가혹한 평가 기준[21]은 소년시 실패의 원인이 되었다.

그러나 문학성이란 순수하게 인쇄매체와 문자문화를 기반으로 생성된 근대적 개념이다. 악곡에 의존하는 동요가 문학성에 무심했던 이유가 여기에 있다. 문학성의 기준으로는 악곡을 동반하(고자 하)는 동요를 온전하게 평가할 수 없기 때문이다. 거기에는 악곡과 문자의 '사이'를 측정할 방법론이 부재한 탓이다.

이는 소리와 분리된 문자문화의 운명이다. 문자는 소리를 표기할 방법을 알지 못한다. 따라서 '구술-문자oral literacy'의 개념[22]을

---

21 1930년, 10대 소년시인 발굴을 목적으로 창간된 잡지로 《학생》이 있는데, 여기에 투고된 작품을 선정한 정지용의 소감은 이렇다; "'시'는 고사하고 '작문'급 이하의 것이 대부분이며 도무지 말이 되지 아니하는데야 어찌하리오."(정지용, 〈선후언〉, 《학생》, 1930. 10, 112쪽, 원종찬, 〈일제강점기 '소년시' 연구: 장르 정착의 실패 요인과 시사점을 중심으로〉, 《한국학연구》 60집, 2021. 2, 140쪽에서 재인용) 이는 동심에도 문학성에도 의지할 수 없는 '소년시'의 운명을 예고한다.
22 문자에 남아 있는 구술성의 흔적을 가리킨다.

이해하지 못한다. 그와 최대한 근접한 표현이 소쉬르의 '발성 이미지sound image'[23]에서 발견될 뿐이다. 소쉬르는 발성 이미지와 기표를 같은 것으로 처리하고 있는데, 이는 그의 문자 개념이 구술문화 시대를 배경으로 한다는 것을 말해 준다. 그러나 소쉬르의 경우에도 문자에서는 소리가 나지 않는다. 침묵하는 기표가 문자이다. 근대문학은 소리에 의존하던 구술문화의 '발성 기표'를 몰아내고, 그 자리에 '침묵의 기표'를 세운다. 발성 기관이 제거된 문자가 지배하는 문화, 즉 침묵의 문자문화가 문학의 존립 기반인 것이다. 이처럼 발성 이미지가 제거된 문자에서 소리를 듣지 못하는 것은 당연하다. 근대문학은 소리를 내지도 소리를 듣지도 못하는 침묵의 세계를 구축한 것이다. 이처럼 근대문학의 대두는 구술문화에서 문자문화로의 이행을 배경으로 한다는 것이 근대문학사의 정설이다. 문자를 복제하고 운반하는 인쇄매체의 확산은 근대문학의 필수 조건이다. 근대문학은 신문, 잡지와 같은 침묵의 문자 미디어와 운명을 같이하는 공동체다. 문학과 언론매체는 문자문화의 쌍생아인 것이다. 잘 알다시피, 그 모든 조건이 한꺼번에 갖춰진 결정적 시점이 1920년이다.

그러나 근대문학의 성립 이후에 모든 문자는 발성 이미지와 완

---

23 소쉬르의 기호 모델은 다음과 같다.

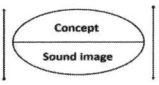 아래는 기표, 위는 기의를 가리킨다.

전히 분리되었는가? 말하자면 침묵의 소리만이 식민지 조선의 문화를 지배하였던가? 그렇지는 않았다. 식민지 시대에는 침묵의 미디어만 활성화된 것이 아니었다. 이미 근대문학이 성립되던 1920년대부터 유성기와 음반, 그리고 라디오방송 등이 소리에 대한 수요를 높여놨기 때문이다.[24] 이는 비단 음악적인 소리에만 한정된 현상이 아니다. 음반과 라디오는 문자도 필요로 했는데, 반드시 발성 이미지와 결부된 발성 문자의 상태를 요구했다. 문학이 의존하는 침묵의 기표는 불행하게도 음반과 라디오의 요구를 충족시킬 수 없는 문자였던 것이다. 결국 문자의 성격을 두고 볼 때, 침묵의 미디어인 신문과 잡지는 음반이나 라디오와 같은 소리 미디어와 경쟁 관계를 유지할 수밖에 없는 것이다.

이때 창가를 비롯한 동요, 가곡, 가요 등은 양쪽 미디어를 동시에 활용 가능한 문자의 상태를 유지한다. 문자문화에 속하는 침묵의 기표가 아니라 구술문화에 가까운 발성 기표를 보존하고 있기 때문이다. 특히 이들 장르들이 선호하는 정형시는 발성 기표의 보존에 유리한 형식임에 틀림없다. 이처럼 소리 미디어의 보급과 확산은 문자에서 발성 이미지를 활성화시킴으로써 구술문화의 전통을 복원한다. 당대 기술문명의 총아가 오래된 구술문화의 지원자

---

[24] 음악의 경우 1925년부터 1930년대 말까지는 주로 음반으로, 1930년대 말부터는 라디오 음악 방송을 통해 음악이 전파되었다. 한준 외, 〈한국 근대적 음악계의 형성과 분화〉, 《문화와사회》 10, 2011 봄/여름, 268쪽.

로 나선 것이다.[25] 소리 미디어의 확산이 문자문화보다 구술문화에 더 유리한 환경을 만들어 준 것이다. 발성 이미지가 살아 있는 기표는 과거의 것이 아니라 문자의 미래가 되었다. 근대문학보다 늦게 출발한 아동문학[26]이, 더구나 음악을 떼어 내지도 못한 동요가 주목받아야 하는 이유가 여기에 있다.

이처럼 동요의 존재는 근대문학이 만들어 놓은 '문자문화 우위'의 신화를 무너뜨린다. 생각해 보면, 영화의 필름 영상에 소리를 입히게 되는 토키 영화의 등장 시점이 1935년이다.[27] 동요는 그 이전부터 문자에 소리를 입히는 작업을 염두에 두었다. 동요에서의 문자는 결코 침묵하는 기표가 아니다. 동시와 달리 동요는 눈으로만 읽는 것을 목표로 삼지 않았다. 이는 비단 동요에만 한정되지 않는다. 동화의 경우에도 구술(구연) 행위는 필수적이다. 이처럼 모든 문자는 항상 발성을 동반한다는 생각이 아동문학에서는 전혀 어색하지 않다. 구술문화와 단절할 이유가 전혀 없는 것이다.

그런 의미에서 아동문학을 "구술성, 문자성, 그리고 기술 매체

---

25 시조와 민요를 포함한 구술문화의 소리들은 음반에 기록되면서 다시 한 번 대중적 인기를 끌게 된다. 문학에서 이처럼 높아진 시조와 민요의 현재적 위상에 관심을 두었지만, 그동안은 국민문학파라는 유령적 단체의 관심사로 축소되어 다루어졌다.

26 창가를 제외한다면, 보통 그 기원을 1923년《어린이》잡지의 출간을 기준으로 삼는다.

27 《춘향전》(1935)을 최초의 유성영화로 본다. 김종원·정중헌,《우리 영화 100년》, 현암사, 2001, 176쪽.

의 지각 방식이 서로 교차하는 장場으로 재해석"하자는 주장[28]에 주목할 필요가 있다. 아동문학의 구술성은 오히려 더 다양한 미디어와 접속할 수 있는 잠재성을 자극한다. 특히 동요는 문학과 음악, 미술, 그리고 무용에 이르기까지 다양한 주변 장르들과 자유롭게 접속하는 데 유리하다. 그래서 1930년대부터 본격화된 그림동요,[29] 그리고 율동을 동반하는 유희창가[30] 등의 실험적 장르 확산이 가능했던 것이다. 그만큼 문자 매체의 제약에서 자유롭기 때문이다. 동요 작가들이 선뜻 동시로 갈아타지 못하는 이유가 여기에 있다. 자유는 문학의 세계에 있는 것이 아니라 그 바깥에서 발견되었다. 그런 의미에서 동요 작가들의 도발적 질문은 이것이다. 자유시는 정말로 자유로운가?

---

28 오현숙, 〈아동문학과 감각의 기술〉, 《한국아동문학연구》 33, 2017. 12, 162쪽.

29 1930년부터 전봉제가 《동아일보》에 그림동요를 연재한 것을 그림동요의 본격적 출발로 본다. 전봉제는 1932년 발간된 《윤석중 동요집》에도 그림을 싣는 등 미술과 동요의 연결점에서 중요한 역할을 담당했다. 정진헌, 〈일제 강점기 한국 그림동요 연구: 전봉제를 중심으로〉, 《한국아동문학연구》 25, 2013. 12, 167쪽.

30 1930년부터 1937년까지 출간된 유희창가집은 모두 5종이다. 모두 이화유치원과 중앙보육학교에서 출간하였다. 허지연, 〈'이화'가 만든 '고급' 창가집: 《유희창가집》을 통해 본 식민지 경성의 단면〉, 《이화음악논집》, 2011. 12, 40쪽.

언어와 문자의
분리

잘 알다시피, 구술문화의 단점은 휘발하는 소리에 있다. 소리를 저장하고 기록할 방법이 없었기 때문이다. 그러나 종이책에 기록된 문자는 결코 휘발하지 않는다. 또한 인쇄된 문자는 복제와 보관, 그리고 운반이 모두 가능하다. 이렇게 편리한 문자문화가 정착된다면 굳이 연기처럼 사라질 구술과 구전口傳 행위를 지속할 이유가 없다. 그 대신에 문자를 배우고 가르치는 교육 현장이 문자문화의 확산에는 필수적이다. 문학은 문자 교육 시스템에 의존적이다.

그러나 문자는 모든 소리를 기록하거나 저장하지 않는다. 반드시 문자적 기표로 번역될 수 있는 것만 기록한다. 반면, 문자가 저장할 수 없는 소리를 기록하기 위한 수단이 악보다. 악보는 청각적 소리를 시각적으로 번역한 음악계의 문자라 할 수 있다. 그렇긴 해도 인쇄문자는 음성으로 실현될 필요가 없지만, 악보는 악기 소리로 연주될 것을 전제한다. 이처럼 문자는 인간의 소리만 기록하고 저장하지만, 악보는 비인간의 소리까지 기록하고 저장한다.

하지만 악보도 악기로 연주 가능한 소리만을 기록한다는 한계가 있다. 무의미한 동물 소리나 주변의 소음은 기록할 수 없다. 그것을 가능하게 만든 것이 유성기와 음반의 출현이다. 유성기와 음반은 인간의 목소리와 악기 소리뿐 아니라 인간이 들을 수 있는 모든 소리를 저장하고 재현할 수 있는 장치다. 의미 있는 소리뿐 아니라 무의미한 소음까지 모두 담아낼 수 있기 때문에 유성기와 음반은 소리의 위계를 무너뜨린다.[31] 유성기와 음반의 등장으로 악보로 기록되지 않았거나 악보로 기록될 수 없었던 명창들의 '소리'까지도 기록과 저장이 가능해졌다. 연기처럼 사라질 수밖에 없었던, 그래서 문자의 기준을 통과하지 못한 소리들도 기록 가능성을 획득한 것이다.

이렇게 문자나 악보에도 담을 수 없는 소리들도 그 저장이 가능해지면서 휘발가능성이라는 구술문화의 단점이 소멸되었다. 소리들은 문자와 악보를 거치지 않고도 얼마든지 복제·보관·운반이 가능해졌다. 구술문화의 유산들이 이 기회를 십분 활용할 것은 충분히 예상할 수 있는 일이다. 실제로 민요와 판소리, 시조나 가곡창 등 구술문화의 핵심에 있는 전통음악들이 식민지 시대 음반 전체의 35퍼센트 이상을 차지하게 된다.[32] 대중음악의 뒤를 이어 전통음악이 음반 시장의 상당 부분을 장악했던 것이다.

이와 관련하여 근대적 창작동요의 기본형을 제시한 잡지 《어린

---

31 문자의 경우 인간에게 의미도 없는 잡음과 소음은 기호로 번역된 것만 통과시킨다는, 문자의 까다로운 기준을 통과하지 못하고 버려진다. 그러나 유성기와 음반은 의미의 유무를 따지지 않고 아무런 편견 없이 소음까지도 담아낸다. 유성기와 음반은 인간의 소리, 동물의 소리, 기계의 소음에 대한 가치평가를 하지 않으며 따라서 소리의 위계는 소멸된다. 문자를 통해 소리의 중심을 차지한 인간이 추방되는 것이다. 이와 관련해서는 유현주·김남시, 《프리드리히 키틀러》, 커뮤니케이션북스, 2019, 21~28쪽 참조.

32 장유정, 〈일제시대 유성기 음반 곡종의 실제와 분류〉, 《한국민요학》 21, 2007, 221쪽 참조.

이》가 민요에 가려진 재래동요 수집에도 주력했음을 기억해야 한다. 민요와 구별되지 않았던 재래동요에 대한 관심[33]은 《어린이》 창간호(1923)에 게재된 전봉준의 〈파랑새〉가 잘 말해 준다. 이는 동학의 전통을 잇고 있는 《어린이》지의 특징을 보여 주는 한편, 이 노래를 "시골 경상도와 전라도 일대의 어린이들이 부르는 노래"로 소개하여 민요 형식의 재래동요 수집의 선례를 보여 준다. 〈파랑새〉는 4·4조의 리듬을 기본으로 한 것으로, 이와 동시에 게재된 버들쇠(유지영)의 〈봄이 오면〉과 더불어 4·4조의 민요조 리듬이 동요의 기본 형식임을 공식화한다.

이후 유지영은 동심童心을 기준으로 하여 "어린이 세상에서는 용납하지 못할 어른들의 꾀와 뜻"이 전면화되어 있는 "옛적 동요"를 비판했지만,[34] 그 또한 4·4조의 리듬을 동요의 기본 형식으로 삼게 된다.[35] 유지영은 자신의 동요 〈봄이 오면〉과 더불어 창간호에 나란히 실려 있는 〈파랑새〉가 "참말 고운 동요"라고 소개하며 민요조 동요에 대한 애정을 드러냈다. 4·4조를 포함한 민요조의 동요 형식은 1920년대 《신소년》에서도 이어진다. 초창기에 동요를 담당

---

[33] 1924년 《신소년》에서도 동요 현상모집 공고를 내면서 "동요도 재래의 것인가 창 작인가"(《신소년》, 1924. 1.) 구별해 줄 것을 요청한 것으로 보아, 동요 운동가들은 구전하는 재래동요의 발굴에도 주력했음을 알 수 있다.

[34] 유지영, 〈동요 지으시려는 분께〉, 《어린이》, 1924. 2.

[35] 예컨대, 유지영은 〈동요 짓는 법〉(《어린이》, 1924. 4.)에서 자유로운 형식으로 투 고된 입선 작품을 필자의 양해도 구하지 않고 4·4조로 강제 첨삭하는 일을 자행한다.

하고 《동요작법》(1925)까지 출간했던 정열모, 그리고 1926년 그의 후속 주자로 나섰던 정지용도 7·5조보다는 4·4조를 비롯한 민요조 형식을 선호하였다.[36]

알다시피 민요의 정형률은 문자 기록에 의존하지 않는 구술문화의 특성이 집약된 것이다. 반복과 대칭의 구조는 악보에 의한 기록을 대신하여 기억에 호소하는 구술문화의 생존전략이라고 할 수 있다. 이는 언어를 침묵하는 기표의 관점에서 바라보지 않아야 가능하다. 구술문화에서 소리가 제거된 언어는 상상하기 어렵다. 하지만 인쇄 미디어는 처음부터 소리가 제거된 침묵의 기표, 즉 순수하게 시각적인 기호에서 출발하는 사유를 지향한다. 그럼에도 불구하고 《어린이》, 《신소년》 등의 어린이 잡지들이 민요조의 '재래동요' 수집과 보존에 큰 비중을 두었다는 사실은 의미심장하다. 이는 문자를 통해서 구술문화를 대체하고자 했던 근대문학과는 다른 경로를 보여 주는 것이다. 동요에서의 문자는 청각 중심의 구술문화와 단절하기보다는 그것을 기록하고 보존하는 역할도 담당했다. 다시 말해서, 문자는 소리가 제거한 침묵의 기표가 아니라 휘발하는 소리를 붙잡아 기록하는 보조 수단이기도 했던 것이다. 이처럼 동요는 그 자체만으로도 구술문화와 문자문화의 경계에서 양자의 공존 가능성을 시험하는 것이다.

---

36 정지용의 동시에서 확인되는 전래동요의 특질에 대해서는 김상욱, 〈일제 강점기 동시문학의 지형도〉, 《한국아동문학연구》 25, 2013. 12, 28쪽 참조.

카프의 신고송이 동요에서 동시로, 즉 정형시에서 자유시로 이행할 것을 권했을 때, 그것은 단순히 시에서 노래를 분리하는 문제를 넘어선다. 악보가 필요 없는 동시의 언어는 이미 침묵하는 기표라는 문자문화를 당연하게 전제한다. 작곡자를 고려할 필요도 없으니 동요처럼 공동창작물을 지향하지 않아도 된다. 구술문화의 잔재는 모두 제거될 것이다. 특히 연기처럼 사라지는 언어의 다양한 속성은 침묵의 문자를 통과하지 못하고 버려질 것이다. 그 결과 동심의 가면을 쓴 '창가의 눈'이 다시 등장하게 된다. 그 실례로 방정환 사후(1931), 그가 주장했던 '어린이 되기'는 폐기되고 다시 '어린이를 위한', '어린이를 가장한' 어른들의 동시가 그 자리를 차지하게 된 것을 들 수 있다.[37] 동시는 문학과 음악의 '사이'를 탐구하는 데 적극적일 수 없다. 그들은 문학이 차지하고 있는 문자문화의 내부에 갇힐 수밖에 없기 때문이다.

반면 구술문화의 흔적들은 문자(나 악보)를 경유하지 않고도 그 자체가 음반에 기록될 가능성을 발견한다. 문자로 번역되는 과정에서 손실되는 소리의 성질을 음반은 그대로 보존할 수 있게 만든다. 이렇게 되면 입말을 포함하는 언어와 글말에 한정된 문자는

---

[37] 방정환 사후 《어린이》지는 신영철 편집 시대(1931. 10.~1932. 9.)와 윤석중 편집 시대(1932. 10.~1934. 6.)를 가진다. 신영철의 《어린이》는 계급주의로 급선회하며 대상 연령층을 끌어올렸고, 윤석중은 당대의 성인문단을 끌어들이는 주력하였다. 이에 대해서는 이정석, 〈방정환 이후 《어린이지》 분석〉, 《한국아동문학연구》 38, 2020. 6. 참조.

서로 구별될 수 있으며, 심지어 대립할 수도 있다. 문자에 의존하지 않는 언어도 가능하기 때문이다. 어차피 언어의 구술성은 문자로 환원되는 것이 아니다. 이렇듯 음반의 등장과 더불어 문자가 담을 수 없는 언어의 성질이 더 이상 과거의 것이 아니게 되었다. 유성기와 음반은 문자가 폐기한 소리까지 담아냄으로써 문자 이전 시대로 하여금 기록될 권리를 회복케 한다. 이제 기록과 저장을 불가능하게 만들었던 구술문화의 휘발성은 결코 문자보다 열등한 자질이 아니다. 구술문화는 문자가 결여된, 열등한 문화가 아닌 것이다.[38] 오히려 그것은 문자를 초과하는 언어의 본래적 위상을 복원해 준다. 그곳이 동요가 거주하는 경계의 지점인 것이다.

동요의 경계적 역할

동요는 문학과 음악 사이에서 문학과 음악 어디에도 속하지 않는 경계적 장르로 등장하였다. 따라서 문학사가 구축한 문자 중심의 거대서사에 종속될 이유가 없었다. 특히 1920년대부터 이미 자유

---

38 월터 옹은 구술문화를 문학으로 귀속시키는 구전문학이라는 표현에 대해서 이렇게 말한다. 그것은 "말[馬]을 바퀴 없는 자동차로 생각하는 것"과 같다고 말이다. 월터 옹, 《구술문화와 문자문화》, 이기우·임병진 옮김, 문예출판사, 1995, 24쪽.

시의 단계로 접어든 근대 시문학사의 시나리오를 따르지 않았던 것이다. 동요는 애초부터 자유시가 아니라 정형시의 형식을 지배적 리듬으로 삼았기 때문이다. 근대 시문학사의 관점에서 보면 동요는 문학사의 예외상태에 속했던 것이다.

따라서 동요는 문학사의 지배적 원칙에 위배되는 일에 연루된다. 일테면 정형시에서 자유시로의 이행은 문학사에서 당연하게 받아들이는 발전의 논리지만, 동요에서 자유시로 이행이 논의된 것은 1930년에서야 가능해졌다. 그마저도 완전한 성공을 거두지는 못하고 여전히 정형시의 리듬에 안주하는 경향이 강했다. 동요가 정형시에 머물 수밖에 없었던 것은 문학과 음악 사이에 서려고 하는 창가의 성격을 계승하고자 했기 때문이다. 근대 시문학사에서 창가는 자유시 이전에 이미 청산된 것으로 간주하지만, 창가는 문학과 음악의 사이에 서려는 동요와 더불어 유효한 형식으로 남았던 것이다. 동요는 창가를 계승하면서도 문학과 음악 사이에서 창가를 거꾸로 세운다. 악보에 의존하는 시가 아니라 시에 의존하는 악곡을 지향했기 때문이다.

물론 창가에 대한 동요의 관점은 이중적이다. 창가에는 아동은 있어도 동심은 없었기 때문에, 그 점에 대해서 동요는 '창가의 눈'을 부정한다. 어른의 눈으로 아동을 바라보는 것이 아니라 아동의 눈으로 어른들의 세계를 바라보는 방식을 선택한 것이다. 아이러니하게도 동시를 제창했던 신고송 또한 동시가 1920년대의 동요보다 동심에 더욱 충실할 수 있다는 주장을 하게 된다. 음악의 관계를 끊고 동심이 충만한 동시의 세계로, 즉 문학의 세계로 전향하자는 주장이었던 것이다. 그러나 문자문화에 안주하는 방식으로는 동요의 본질을 보존할 수 없다는 문제가 있다.

또한 동요는 애초부터 문학과 음악의 사이에 거주함으로써 문자문화 중심의 문학의 관점을 벗어난다. 문자문화에서는 구술문화의 흔적을 열등한 것으로 간주하지만, 동요는 오히려 문자가 담을 수 없는 언어의 편을 들고 있다. 구술문화에서는 문자로 기록할 수 없는 언어의 휘발성이 문제였고, 이것이 문자의 우월성의 근거였다. 그러나 동요는 소리를 담을 수 없는 문자가 침묵의 기표인 점을 부정하고 언어의 발성적 성격을 회복하고자 한다. 침묵의 문자문화로 인해서 소멸될 수밖에 없는 발성 이미지를 최대한 담으려는 시도를 한다는 것이다. 이는 문자에 갇혀 있는 자유시를 문자에서 해방하는 정형시의 역설적 성격을 보여 준다.

이처럼 구술문화의 발성 기표를 보존하려는 동요의 시도는 유성기와 음반의 출현과 더불어 새로운 단계로 접어들게 된다. 유성기와 음반은 소리를 기록할 수 없는 문자의 한계를 극복하고 문자에서 배제되는 소음까지도 기록하게 함으로써 구술문화의 휘발성 문제를 해소하게 만든다. 문자로 번역되는 단계를 거치지 않고 그 소리 그대로 기록될 수 있는 가능성이 열렸기 때문이다. 이때 이미 재래동요의 수집에도 관심을 두었던 어린이 잡지들은 구술문화와 새로운 소리 미디어의 만남을 중재하는 위치에 서게 된다. 문자 이전에 있다는 이유로 열등한 것으로 취급하던 구술문화는 이제 문자의 한계를 넘어서는 미래의 언어로 거듭나게 된 것이다. 그 한 가운데에도 동요의 경계적 역할이 있었다.

9

시와 종교
유치환의 바로크 여행

이 글은 《한국문학이론과 비평》(2019년 6월)에 게재된 〈유치환의 바로크 여행〉을 수정하고 보완하여 재수록한 것이다.

"일체 빛깔도 형태도 묻어 무無로 돌리고 마는 어둠이란 그 얼마나 더욱 신비한가?"[1] '생명파'의 시인 유치환은 1950년대 이후부터 이 "어둠"의 "신비"에 매혹된다. 모든 존재를 "무"로 돌려보내는 이 "어둠"을 그는 "죽음"이라고 부른다. 그는 '죽음의 신비'에 매료된 것이다. 생명의 시인이 죽음의 신비를 노래하다니, 그는 생명의 시인이기를 포기한 것일까? 결론부터 말하자면, 결코 그렇지 않다. 생명에 대한 그의 관심은 더욱 심화되었으니, 심지어 시를 통하지 않고 철학적 산문[2]을 통해 직접적으로 진술하기 시작한 것이다.

어둠이 모든 존재를 무로 돌려보낸다면, 빛은 모든 사물이 그 존재를 마음껏 누리게 허용한다.[3] 서구적인 맥락에서 빛은 언제나 신神의 비유적 표현이었으며, 사물들이 빛의 도움으로 누리고 있는 존재란 곧 그것들의 생명을 의미한다. 적어도 1950년대 이전까

---

1 유치환, 〈단장81〉, 《청마 유치환 전집 2—파도야 어쩌란 말이냐》, 정음사, 1984, 324쪽.

2 자작시 해설집 《구름에 그린다》(1959)와 수필집 《나는 고독하지 않다》(1963)에 실린 철학적 산문들을 가리킨다. 이 글은 주로 이 철학적 산문들에 대한 연구이다. 철학적 산문으로 표현되기 이전(《제9시집》, 1957)에는 '단장短章'이라는 제목하에 단편 형식의 글들이 대거 등장하면서 '잠언'을 쏟아 내었으니, 서두의 〈단장81〉은 그 일부이다.

3 〈단장81〉의 앞부분이 그렇다; "그 속에서 갖은 형태와 빛깔들이 있음을 누릴 수 있는 빛이란 얼마나 신기한가?"

지 유치환의 이미지는 "한 번 뜬 백일이 불사신같이 작열"하는 사막의 한가운데서 "나의 생명"을 확인하고자 했던[4] 의지의 시인이었다. 그의 '빛-생명'의 공식은 '빛-존재'의 서구적 사상의 시적 변주에 해당한다. 생명을 누리기 위해서는 존재를 보존해 주는 빛이 요구된다. 그는 아직 빛이 아닌 어둠 속에서의 생명의 존재 방식에 대해서는 고민하지 않았던 것이다. 적어도 광복光復 이후 발간된 시집 《생명의 서》(1947)까지만 해도 그랬다.

그러나 한국전쟁은 '빛-생명'의 시인에게 너무도 많은 죽음을 경험하게 했다. 수많은 주검 앞에서 그는 "삶이란 실상 / 한때의 실없는 작난"《삶과 죽음》처럼 덧없는 것임을, 그리고 죽음은 또 "이렇게도 쉬운 것"인 줄 비로소 알게 된다. 그리고 마침내 "죽음도 삶의 한 양식!"《단장40》이라는 것을 실감하게 된다. 삶과 죽음은 서로 대립하는 것이 아니라 죽음이 삶의 일부분으로 들어온 것이다. 죽음이 삶의 일부분이 되었을 때, 유치환은 그러한 삶을 '목숨'이라 불렀다. 1950년대를 기점으로 유치환의 '생명' 개념은 '목숨'으로 대체된 것이다. 여전히 그는 생명의 시인이지만, 그 생명에 죽음이 개입하기 시작한 것이다. 그만큼 그의 목숨이란 표현에는 죽음 앞에 선 생명의 모습이 담겨 있다.

생명이 문제였을 때 그는 '빛-존재'의 시인이었다. 하지만 죽음이 생명의 일부로 포함되었을 때 그는 더 이상 '빛-존재'의 시인일

---

4   유치환, 〈생명의 서(1장)〉, 《청마 유치환 전집1—旗빨》, 정음사, 1984, 86쪽.

수 없었다. 죽음은 존재가 어둠 속으로 사라지는 것이기 때문이다. '죽음의 어둠'은 단순히 빛이 사라진 '저녁의 어둠'이 아니다. 그런 어둠 속에서라면 우리는 아직 "귀"를 사용할 수 있고, "신의 음성"도 들을 수 있다. 반면에 유치환은 "죽음의 어둠 속에는 신의 음성도 닿지 않고 신도 있지 않는"《단장80》 것이라고 말한다. 죽어서 마주하는 어둠은 우리가 살아서 경험하는 어둠과 질적으로 다른 차원의 것이다. 죽음의 어둠은 더 이상 아무것도 존재하지 않는 세계, 신조차도 영원히 침묵하는 세계인 것이다. 그의 '목숨'이란 그 죽음의 어둠을 우회해서 이해된 생명이라 할 수 있다.

진실로 우리를 감동케 하는 것은 아무리 가늘지라도 목숨 있는 것의 양상

이유로는 아무리 가늘지라도 목숨이란 끝내 인간 지능의 이를 수 없는 곳에서 오고감에 인함이다[5]

여기에서 '목숨'은 "인간 지능의 이를 수 없는 곳"에서 "오고감"으로 이해된다. 이때 인간의 지능으로는 도저히 도달할 수 없다는 그곳은 이성의 빛이 미칠 수 없다는 점에서 "어둠"의 세계다. 인간이 이해할 수 없다는 것만으로도 "어둠"은 그 자체로 "신비"다. 그

---

5 유치환, 〈단장42〉, 《청마 유치환 전집 3─나는 고독하지 않다》, 정음사, 1984, 313쪽. 이하 이 책의 인용은 《전집 3》으로 적고 쪽수만 밝힌다.

어둠의 신비가 '목숨'의 유래이면서 종점("오고감")이라는 것인데, 그 것이 바로 모든 "목숨 있는 것"이 "우리를 감동케 하는" "이유"를 말해 준다. 이처럼 죽음의 어둠은 목숨이 끊기는 데만 있는 것이 아니라 목숨이 도래하는 데서도 발견된다. 그래서 죽음을 가리켜 우리는 '돌아간다'라는 말을 사용하는 것이다. 목숨이라는 것은 '어둠-죽음'에서 출발하여 '빛-생명'을 경유하여 다시 '어둠-죽음'으로 되돌아오는 순환 운동을 상기한다.

1950년대 이후 유치환의 '목숨' 개념을 이해한다는 것은 그러므로 이 순환 운동에 참여하는 개념들의 관계에 대한 이해를 전제한다. 한편으로 그것은 '신-인간-자연'으로 이어지는 수직적 개념들의 관계를 대상으로 한다. 다른 한편으로 그것은 빛과 어둠, 생명과 죽음의 대립적 개념들의 관계에 대한 이해이기도 하다. 전자는 신학적 접근을, 후자는 철학적 접근을 요구하는 문제들이다. 그는 명백히 시인이라는 점에서 그것은 다시 시와 문학의 존재 방식에 대한 이해와 연결된다. 그러므로 이 글은 유치환의 사유에서 신학, 철학, 문학이 만나는 지점에 대한 탐색이다.

신이 된 인간,
인간이 된 신

'목숨'에 대한 유치환의 접근법을 이해하기 이전에 '빛-존재'로 대표되는 서구의 신학과 그 철학에 대한 그의 비판적 관점을 살펴볼 필요가 있다. 알다시피 1950년대 이후 유치환의 신학적·철학적 접근법은 기독교 신학에 대한 신랄한 비판을 통해서 성립한다. 특히 그의 생명 개념은 기독교적 세계관의 '외부'를 모색하는 과정에서 더욱 발전하게 된다. 기독교는 '빛-생명'의 신학과 그 철학의 원조에 해당하는 동시에 종교에 대한 당대의 통념을 장악하고 있기 때문이다.

기독교는 죽음을 극복하고 부활한 그리스도를 복음의 중심에 놓는다. 죽음은 인간의 유한성의 징표로서 신앙으로 극복해야 할 대상인데, 그 길을 그리스도가 선구적으로 보여 준 것이다. 기독교는 그리스도에 대한 믿음의 고백인 것이다. 기독교인은 그리스도로 인해서 죽음의 한계를 이겨 내고 '영원한 생명'을 부여받을 수 있다고 믿는다. 현세와 내세 사이에 있는 죽음의 장벽이 무너지면 유한한 인간은 무한한 신의 세계로 진입할 수 있게 된다. 기독교적 세계관에서 죽음은 더 이상 존재하지 않는 것처럼 무력해지며, 말 그대로 죽게 된다. 죽음을 죽임으로써 인간은 현세에서 내세까지 이어지는 영원한 생명을 누릴 수 있게 된다. 죽음은 제거되고 사라져 무로 되돌아간 것이다.

생명의 시인 유치환의 비판은 저 '영원한 생명'을 향해 있다. 영원한 생명은 유치환이 추구하는 진정한 생명, 즉 '목숨'이 아니다. 영원한 생명에는 죽음이 제거되어 있기 때문이다. 그러나 대부분의 종교가 바로 이 죽음의 문제를 해결하는 과정에서 발생한다는 것이 유치환의 관점이다. 그래서 기독교 신학에 대한 그의 이해도 죽음의 문제를 중심에 두고 있다.

말하지 않아도 아는 바와 같이 종교란—적어도 철기 시대 이후 인간 사회에 발생 발달한 종교란 그 발단이 죄다가 인간 위에 군림한 저 절대자—신에게 대한 숭경에서보다도 앞서 직접 인간 자신의 필멸의 운명에 대한 허무의 조갈燥渴 의식에 있었기 때문이다.[6]

유치환에 따르면 종교는 "인간 자신의 필멸의 운명에 대한 허무"에서 시작된다. 인간이 죽을 수밖에 없는 존재라는 것은 인간에게 주어진 운명인데, 그 운명은 허무를 동반하게 된다. 그 허무를 해결하기 위해서 인간은 "인간 위에 군림한 저 절대자"를 요청하게 된 것이다. 제도적으로는 "신에 대한 숭경"이 곧 종교의 본질인 것처럼 보이지만, 그는 종교의 근본적 발생 동기가 "필멸의 운명에 대한 허무"를 극복하고자 하는 데에 있다고 본다.[7] 그것은 너무도 분명해서 "말하지 않아도 아는 바", 즉 상식에 속한다는 것이다.

"필멸의 운명에 대한 허무"를 극복하는 방법으로 기독교는 "영

---

6 유치환, 〈신의 존재와 인간의 위치〉, 《전집 3》, 324쪽.

7 다만 인용문에서 그러한 종교의 발생 시점을 "철기 시대 이후"로 잡고 있는 것은 문제적이다. 이는 철기 시대 이전의 '원시종교'에서는 허무를 '극복'하는 것이 종교의 과제가 아니었을 것이라는 생각을 담고 있는 부분이다. 이는 그가 나중에 "새로운 종교"(《전집 3》, 279)를 구상할 때 '원시종교'(자연종교)를 염두에 두고 있었다는 것을 뒷받침한다.

혼"을 주목한다.

　인간 자신의 필멸할 숙명에 대한 허무 절망과 조갈이 영혼 불멸
이라는 가공架空을 구상함으로써 절대신의 존재와 결부시켜 그 허무
감을 다스리는 한편 조갈증을 의료醫療하는 것이라 단언할 수 있지
않겠는가? 대체 영혼이 불멸하는 것이라면 어찌하여 유독 인간에게
만 있는 것이겠는가? 이러한 인간의 영혼이 불멸하는 것이라는 생
각, 즉 인간의 영혼이 신과 동격으로 영생할 수 있다는 생각은, 아무
래도 인간의 오만한 자장지심自長之心의 소치라고밖에 볼 수 없는 것
이다. 목숨을 향수享受함에 있어서는 인간이 다른 생물, 초목금수와
무엇이 다를 바가 있겠는가?[8]

　인간의 육신은 죽을지라도 그 영혼은 죽지 않는다는 생각이
기독교를 포함한 ˙종교 성립의 발판이다. 필멸의 인간 내부에 '불멸
의 영혼'이 내재한다면, 죽음은 더 이상 인간의 숙명이라 할 수가
없다. "인간의 영혼이 불멸하는 것"이라면, 그것은 바로 "인간의 영
혼이 신과 동격"이라는 것이고, 따라서 인간도 영혼을 통해서 "영
생할 수 있다는 생각"을 낳게 된다.[9] 이에 대해서 유치환은 "인간

8　유치환,《전집 3》, 275쪽.
9　이하석 엮음,《영원, 그걸 꿈꿀 권리: 키에르케고르 평전, 사상, 아포리즘》, 청하,
　1989, 113쪽. 키에르케고르는 이것을 '종교성A' 혹은 '내재적 종교성'이라고 하고, 이
　런 관점에서 기독교를 바라보는 것에 대해서 비판적이다. 그 대신에 그는 진정한

의 영혼은 그 육신과 함께 멸하는 것"《전집3》, 274)을 주장하여, "영혼불멸"의 가능성을 차단한다. 더욱이 기독교에서 영혼이라고 주장하는 것이 사실은 인간의 "예지"의 능력을 오인한 것이라고 주장한다.[10] 비록 인간의 예지intellectual 능력이 상상, 추리, 반성, 종교 창안에 이르기까지 "신비로운 인간의 능력"이긴 하지만, 그것은 "뇌세포의 휴지休止 사멸과 더불어 사멸할" 능력에 지나지 않는다. 인간의 내부에는 죽음의 운명을 거역할 수 있는 부분이 존재하지 않는다는 것이다.

그럼에도 불구하고 인간이 영혼을 통해서 불멸을 꿈꾼다면, 그것은 인간이 "신과 동격"이고자 하는 욕망의 표현일 뿐이다. 그 욕망을 가리켜 유치환은 "인간의 오만"이라고 명명한다. 인간은 본래 "초목금수"에 가까운 존재임에도 불구하고 "영혼불멸"을 통해서 자신을 "신과 동격"의 수준까지 끌어올린 것이다. "필멸의 운명에 대

기독교인의 자세로서 '종교성B' 혹은 '초월적 기독교'를 제안하고 있다. 유치환, 〈신의 자세〉,《전집 3》, 253쪽 .유치환은 '종교성A'에 대해서는 비판적이지만, 본인이 제안한 '새로운 종교'는 키에르케고르의 '종교성B'에 근접하고 있다. 유치환은 실제로 키에르케고르의 '단독자의 신앙관을 긍정적으로 평가한 바가 있다. 그런 의미에서 유치환이 기독교적 관점을 완전히 부정한 것으로만 볼 수는 없다. 이에 대해서는 후술할 예정이다.

10 "이 예지로써 인간은 상상할 줄도 알고, 추리할 줄도 알고, 반성할 줄도 알고, 드디어는 자신이 영생할 수 있다는 종교까지도 안출할 수 있는 것이다. 이 같은 신비로운 인간의 능력, 즉 예지는 인간 생리의 뇌세포의 작용으로 현상되었다. 뇌세포의 휴지休止 사멸과 더불어 사멸할 이 능력, 초목금수에게는 부여되지 않은 그것을 불멸할 수 있는 영혼이라 부르는지도 모른다." 유치환, 〈신의 존재와 인간의 위치〉,《전집 3》, 276쪽.

한 허무"를 극복하기 위해서 인간은 자신을 신으로 만든 것이다. 여기에서는 진정한 종교적 자세가 도출될 수 없다는 것이 유치환의 생각이다.

그러나 그러한 종교 가운데 흔히 우리가 납득할 수 없는 점은 인간이 그의 신앙 여하로 저 무시무종無始無終한 신의 세계에 참석할 수 있다는 그것입니다. 어찌하여 가멸可滅한 인간이 신의 세계에 동렬同列할 수 있다는 말이겠습니까? 만약에 가능하다면 그것은 신의 세계가 아닐 것[11]

그는 죽을 수밖에 없는 인간이 "그의 신앙"을 통해서 "신의 세계에 참석할 수 있다"는 생각을 "납득할 수 없"다고 말한다. 인간이 이처럼 "신과 동격"을 이루고, 또한 "신의 세계에 동렬"할 수 있다면, 거기에는 진정한 의미에서의 "신神"도 "신의 세계"도 존재할 수 없을 것이기 때문이다. 이 '오만의 종교'에서 "신에 대한 숭경"(《전집3》, 275)을 기대하기는 어렵다.

역설적이게도 인간이 신의 지위에 오르고자 할 때, 반대로 기독교의 신은 오히려 철저하게 인간화, 인격화되어 나타난다. 다음은 인간화된 신에 대한 그의 원색적인 비난을 보여 준다.

---

11 유치환, 〈고원에서〉, 《전집 3》, 264쪽.

신은 오직 무량광대 절대한 존재이다. 기독교가 사유하는 신처럼 하나를 바치면 하나를 답해 주고 투기심 강한 계집같이 자기의 비위에 거슬리고 안 거슬림으로써 희노애락하여 보복과 보상으로 인간을 골탕먹이는 그러한 신은 결코 아닌 것이다. 실상 이러한 용렬하고도 인색한 신에게 수종들기에 인간은 얼마만치나 비굴하여야 옳단 말이며[12]

신이란 본래 "오직 무량광대 절대한 존재"로 "숭경"의 대상이어야 한다. 하지만 기독교에서 신은 그 감정에서 인간과 전혀 다르지 않다. "희노애락"은 물론 "투기심", "보복", "용렬", "인색" 등의 감정을 통해서 인간을 지배한다. 그에 맞춰서 인간 또한 그런 신의 "비위"를 거슬리지 않기 위해서 "비굴"한 모습으로 "수종들기"를 그치지 않는다. 인간이 신과 동격이 되면서, 신은 이처럼 "용렬하고도 인색한 신"으로 변질된 것이다. 그 대가로 인간은 이제 "마침내 신의 종복이 되든지 그렇잖으면 반역아로 낙인받아야 하는 운명"(《전집 3》, 254)에 놓이게 된다. 이와 같은 결과는 죽음을 피하고자 하는 인간이 "인간적인 욕망만을 추구하는 나머지, 마침내 인간이 감당할 수 없는 선까지를 범하여 버리므로 다시 돌이킬 수 없는 구렁으로 자신을 떨어뜨림에 이르"(같은 쪽)렀다는 것을 말해 준다. 인간은 영원한 생명을 얻는 대신에 신을 잃어버린 것이다.

---

12   유치환, 〈신의 자세〉, 《전집 3》, 251쪽.

신을 믿는
무신론자

서양에서조차도 신과 인간의 관계에 대한 반성이 없었던 것은 아니다. 유치환이 관심을 가졌던 파스칼, 키에르케고르, 니체 등의 사상은 하나같이 기독교적, 신학적 세계관에 대한 반성에 근거하고 있다. 그들은 기독교적 신에서 다른 신의 모습을 보고자 했던 것이다. 수학자로도 유명한 17세기의 철학자 파스칼Pascal이 발견한 '침묵하는 신'은 유치환이 참조한 첫 번째 모델이다. 그의 대표작 《팡세》는 일종의 '단상' 모음집으로서, 니체의 '잠언'과 더불어 유치환의 〈단장短章〉 형식에 영향을 주기도 했다.[13] 다만, 파스칼의 철학적 단편 중에서 유치환이 인용하고 있는 것은 206번("이러한 무한한 공간들의 영원한 침묵이 나를 두렵게 한다.")[14] 단 한 줄에 불과하다.[15]

---

13 유치환의 '단장' 형식은 시와 산문의 구별이 없는 철학적 단편에 대한 실험적 모색으로 볼 수 있다. 다른 시의 형식에 비해서 관념의 비중이 높을 뿐 아니라 사상의 집약적 표현이 가능하다고 보았기 때문이다.

14 '브룅슈빅 판본'에서 번역한 텍스트의 번호이다. 블레즈 파스칼, 《팡세》, 서원모 옮김, 크리스찬다이제스트, 1992, 94쪽.

15 하지만 유치환의 다른 글에서도 파스칼을 연상시키는 표현들이 발견된다. 예컨대 그의 〈단장45〉("우주의 무량대를 무엇으로 긍정할 수 있는가? / 오직 인간의 인식만이 그것을 인식할 뿐 / 그러므로 우주처럼 광대할 수 있는 인간의 인식")는 파스칼의 유명한 "인간은 생각하는 갈대"(단편 347번)를 연상시킨다. 즉, 우주가 인간을 죽이는 데는 "물방울 하나"면 충분하지만, 인간은 "자신이 죽는다는

그런데 언제나 내가 역설하는 바와 같이, 만유를 그의 의사로서 있게 하고 있는 그대로서 지탱하기만 마련인 냉혹하리만큼 비정非情한 신에게 어찌 수시 응분가감應分加減하는 은총이 있겠습니까? 오직 이 은총이란 일찍이 '파스칼'이 이 무한한 공간의 영원한 침묵이 나를 몸서리치게 한다고 절규한 그 두려움에 본질을 두고 있는 그것을 말한 것입니다. 영원한 신의 침묵에 두려움을 깨닫지 못하는 인간은 오직 하나인 인간의 값인 그 은총에는 영원히 참례할 수도 없고 말 것입니다.[16]

잘 알다시피 "무한한 공간의 영원한 침묵"은 17세기 기계론적 합리주의의 발달로 우주에서 신이 개입할 공간이 사라진 것을 인정하는 진술이다. 우주 공간은 수학적으로 계산이 가능한 단순한 대상이 되면서 교환 가능한 동질적인 공간으로 변했다. 골드만L. Goldman에 따르면, 자연과학의 발달은 "스콜라 철학자들이 자연에 채워 넣었던 모든 동물적 영혼, 힘, 원리들을 없애 버렸다." "그리하여 인간적 삶이 중요한 문제에 직면하게 되었을 때 그들은 벙어리

것과 우주가 자신보다 우세하다는 것을 알고 있기 때문"에 우주보다 더 존귀하다는 역설적 표현이 그러하다. 이와 같이 인간과 신의 세계에 대한 역설적·모순적·양가적·변증법적 인식은 파스칼 사고의 특징인데, 유치환의 "영원한 있음이란 영원한 없음과 무엇이 다르랴!"(〈단장70〉)와 같은 표현에서도 그 흔적이 발견된다. 그 외에도 인간을 신과 만물의 '중간자'로 파악하는 것도 파스칼을 따른 것이다.

16   유치환, 〈고원에서〉, 《전집 3》, 265쪽.

가 되고 말았다." 더구나 기계론적 합리주의자들은 "외부로부터 어떠한 도움이나 안내를 필요로 하지 않았"으므로, "신은 인간에게 더 이상 말을 할 수 없어 이 세상을 떠나 버렸다"[17]는 것이다. 파스칼의 단편 206번은 신이 세상을 떠났다는 것을 수용하면서 동시에 거부하는 특유의 모순적 태도를 잘 보여 준다. 신은 이제 인간에게 "직접적인 방법"[18]으로 말하지 않고 "숨은 신"이 되었지만, 그렇다고 해서 완전히 사라진 것은 아니다. 숨은 신은 "현존하면서 동시에 부재하는 신"[19]이다. 파스칼은 신의 현존으로 인해 세계를 전적으로 수용할 수도 없고, 신의 부재로 인해 세계를 완전히 거부할 수도 없는 역설적 상황에 처한다. '수용이냐 거절이냐'가 아니라 '수용하면서 거절한다'는 제3의 태도는 그의 비극적 인식의 본질에 속한다. 그는 "무한한 공간의 영원한 침묵"을 인정하더라도 그 침묵에 대한 "두려움"을 숨기지 못한다.

유치환도 신의 현존과 부재를 동시에 주장한다는 점에서 파스칼을 닮았다. 그것은 그가 신의 현존에 대한 절대적 믿음에 근거하는 종교적 유신론자와, 이성에 의지하여 신의 부재를 확신하는 합리주의적 무신론자 사이에 있다는 뜻이기도 하다. 이러한 입장

---

17 루시앙 골드만, 《숨은 신》, 송기영·정과리 옮김, 연구사, 1986, 42쪽.

18 루시앙 골드만, 같은 책, 48쪽.

19 루시앙 골드만, 같은 책, 69쪽.

을 '신을 믿는 무신론자'[20]라고 할 수 있다. 17세기에는 이처럼 신의 현존과 부재를 동시에 긍정하는 무신론자, 즉 '신을 믿는 무신론자'들이 대거 출현했는데, 그들을 이신론자理神論者라고 한다. 영국에서 출발하여 유럽으로 확산된 이신론자들은 "신이 존재하며 신이 세상을 창조했다는 점을 인정"하면서도, 고대 그리스의 "에피쿠로스주의자들처럼 영혼불멸을 부정하며, 섭리가 인간사에 작용함을 부정한다."[21] 데카르트, 스피노자, 볼테르 등 17세기에 '신을 믿는 무신론자'들이 많았던 것은 어쩌면 "당시에는 신이 존재하지 않는다고 생각하는 것은 불가능"[22]했기 때문이기도 하다. 유치환은 영혼불멸[=신이 된 인간]과 섭리[=인간이 된 신]를 모두 부정하면서도 신의 존재는 믿는다는 점에서 17세기 이신론의 계보를 잇고 있

---

20 로널드 드워킨, 《신이 사라진 세상》, 김성훈 옮김, 블루엘리펀트, 2014, 40쪽. 유명한 자유주의 법철학자 로널드 드워킨은 그와 유사한 개념으로 "종교적 무신론자"를 제안한 바 있다. 이는 "종교적 유신론자"와 순수한 무신론자(=도킨스로 대표되는 자연주의자) 사이에 있는 경향으로서, 그들은 인격신에 대한 신앙 대신에 비인격적 신에 대한 믿음과 '자연=신'의 범신론을 거쳐서 지금까지 이어지고 있다. 그들은 "'무신론자임에도 불구하고' 가치와 신비 그리고 삶의 목적을", 즉 이른바 '종교적 가치'를 의식하고 있는 사람들이다. 드워킨은 "종교적 무신론"이 종교적 분쟁을 해결하는 단초가 될 수 있다고 믿는다.

21 김응종, 〈이신론과 관용〉, 《인문학연구》, 2012, 212쪽.

22 김응종, 같은 글, 213쪽.

다.[23] 엄밀하게 말해서, 그는 '다른 신'을 믿고 있는 것이다.[24]

다만, 파스칼은 "신이 단순한 관람자로서 인간의 운명 위에 머물 뿐 이에 관여하지 않는 상황"을 통해서 "인간과 신 사이에 가로놓인 뛰어넘을 수 없는 균열"[25]을 발견하고 있다. 그것은 신의 현존과 부재가 동시에 공존하는 '불연속적 세계관[26]의 출현을 예고한다. 유치환의 경우에도 신은 "무한한 공간"에서 철수하여 "비정非情한 신"으로 물러난다. 신은 자신이 창조한 우주를 "있는 그대로서 지탱하기만" 할 뿐 그 최초의 창조 질서에 더 이상 개입하지 않는다. 그래서 유치환은 자연이 "시종여일 한 가지 현상을 반복 지속하고 있는 것"은 "이것이 창설될 때부터 완전무결한 때문"(《전집3》, 276)이라고 말한다. 신이 창조한 최초의 자연은 그 자체로 완전무결

---

23 손종호, 〈청마 문학의 종교성 연구〉, 《한국언어문학》, 2002. 12, 302쪽; 김윤정, 〈유치환의 문학에 나타난 '인간주의적 형이상학' 고찰〉, 《한민족어문학》 69, 2015, 484쪽. 유치환의 신관이 범신론이나 이신론에 연결된다는 인식은 이미 알려져 있다.

24 유치환은 신의 존재를 믿고 있다는 의미에서 자신을 "이교도"(《전집 3》, 254)로 칭하고 있다. 그러나 기독교의 입장에서 '다른 신'을 믿는 이교도는 사실상 무신론자와 다르지 않다.

25 이환, 〈문학의 사회학—뤼시앙 골드만의 〈숨은 신〉을 중심으로〉, 《인문논총》 3, 1978, 71쪽.

26 T. S. 엘리엇도 《팡세》에 대한 해제에서 "자연의 질서, 마음의 질서, 사랑의 질서" 사이의 "불연속" 이론을 구축하고 이것이 T. E. 흄의 불연속성 이론에서도 발견된다고 지적한다. T. S. 엘리어트, 〈해제〉, 블레즈 파스칼, 《팡세》, 19쪽. 모더니즘의 불연속적 세계관은 낭만주의의 유기체적 연속적 세계관에 대립하면서, 의미의 단절과 비약적 표현을 허용하게 된다.

하기 때문에 신은 더 이상 자연에 개입할 이유가 없다.

이렇게 해서 자연의 질서와 신의 세계가 분리된다. 마찬가지로 신은 자연의 일부인 인간 세계에 개입할 이유도 사라진다. 인간의 관점에서 이제 신은 "비정한 신"이 된 것이다. 유치환은 "비정한 신"에서 더 나아가 '무용無用한 신'을 주장하고 있다.

이미 신에게는 신(자신自身)이 무용無用한 것으로 되고 만 것이다. 벌써 그는 어디에 가서 할 일없이 낮잠이나 자고 있든지, 그렇잖으면 묘연히 행방을 감춰 버리고 말았을 것에 틀림없다. 왜냐하면 이미 그의 직분을 완수한 그는 구태여 그가 있어야 되고 자신을 내세워야 되는 그럴 필요나 이유조차도 없어지고 만 때문이다. 만약에 그렇잖고 신이 언제나 그가 있어서 일단 그가 있게 명령한 만유를 감시하고 더욱 용념用念하여야만 한다면, 그것은 그가 창조한 것들이 결국 미완성품이라는 그의 능력의 미급未及을 자인하는 증좌밖에 아닌 때문이다. 한편으로 초목금수와 그밖의 모든 미물에 이르기까지 신의 존재에는 아주 무관할 따름인 것이다.[27]

파스칼 외에도 17세기의 이신론자 피에르 뱔Pierre Bayle은 "게으른 신"이라는 표현을 사용했는데, 그것은 신이 "자신이 만든 법칙을 어길 수 있지만 어기지 않"는다는 것, 즉 기적이나 섭리를 통해

---

27 유치환, 〈인간의 우울과 희망〉, 《전집 3》, 245쪽.

인간 사회에 개입하지 않는다는 것[28]을 의미한다. 마찬가지로 유치환의 신은 세상을 창조한 이후 세상에 무관심하다. 자신이 만든 자연의 질서와 법칙이 충분히 "완전무결"하기 때문에 그 법칙을 위반하는 기적을 통해 개입할 이유가 없다. 만일 신이 개입하고자 한다면 그것은 "그가 창조한 것들이 결국 미완성품이라는" 것을 자백하는 것과 같고, 그것은 결국 "그의 능력의 미급未及"을 인정하는 것이 될 것이다. 따라서 창조의 "직분을 완수한" 이후로 신은 더 이상 "할일 없이 낮잠이나 자"는 "무용無用"한 신, '게으른 신', 그리고 '숨은 신'이 된 것이다.

그러나 17세기의 이신론자들에게 신이 완전히 부재한 것은 아니다. 다만 자연의 질서와 법칙을 위반하면서까지 인간사에 개입하는 신이 아닐 뿐, 오히려 자연의 질서를 보존하고 그 법칙을 보증하는 쪽으로 신의 역할이 필요하기 때문이다. 신이 인간의 역사에 관여하지 않는 이유는 "인간사에 관심이 없기 때문에, 아니면 '자연의 법칙'이라는 것을 대신 만들어 놓았기 때문"이지만, 관여하지 않는다고 해서 신이 사라진 것은 아니다.[29] 다만, 이제는 신의 존재를 기적을 통해 알 수 있는 것이 아니라 자연의 질서와 법

28　김웅종, 〈근대 무신론의 철학적 기원: 베네딕투스 데 스피노자와 피에르 벨을 중심으로〉, 《프랑스사연구》 20, 2009, 57쪽. 그 외에도 홉스의 '숨은 신', 디드로의 '무관심한 신', 올바크의 '등돌린 신' 등이 이신론자들의 신관으로 거론된다.

29　김웅종, 같은 글, 46쪽.

칙으로부터 알 수 있을 뿐이다.[30] 유치환도 "무궁한 질서와 오묘한 관련 속에 광대한 천체를 궤도에 올려 운행케 함에서부터 한 떨기 풀꽃을 제 철에 피우게 함에 이르기까지 그의 의사가 이같이 엄연히 나타나 있어 그의 실재를 우리가 느끼지 않을 수 없"[31]다고 말한다. 우주의 운행 질서와 해마다 반복적으로 피고 지는 풀꽃에서 '자연의 냉혹한 질서'를 보고, 거기에서 신의 존재를 느끼고 있는 것이다.

자연의 질서와 그 법칙에 신이 개입하지 않는다는 생각은 '신=자연'의 범신론이 등장하는 배경이 된다. 이렇게 자연이나 자연법칙을 신과 동격으로 이해하게 되면, 자연의 한계를 극복하고 신이 되고자 하는 기독교적 욕망은 자동적으로 사라진다. 기독교적 세계관에서는 인간이 신처럼 되고자 했을 때, 신은 반대로 인간적 감정을 가진 인격신으로 변질되었다. 이렇게 되면 인간과 신 사이의 유기적 연속성은 강화되지만, 자연으로부터 인간은 분리된다. 그러나 신이 자연이나 자연법칙과 분리되지 않을 때, 그 범신론의 신은 인간적 감정을 가지고 있지도 않고 인간을 사랑하지도 않게 된다. 그 신은 다만 "필연적으로 존재하며 필연적으로 행할 뿐"[32] 냉정하고 무심하다. 스피노자로 대표되는 범신론은 자연에서 신을 배제

---

30 김웅종, 같은 글, 51쪽.
31 유치환, 〈구원에의 모색〉, 《청마 유치환 전집 V—수필집》, 국학자료원, 2008, 367 쪽. 이하 이 책의 인용은 《전집 V》라고 적고 쪽수만 밝힌다.
32 김웅종, 같은 글, 53쪽.

하게 되는 완전한 무신론의 등장을 예고하고 있다. 하지만 유치환은 이신론에서 범신론으로 이어지는 '신을 믿는 무신론자'의 단계에서 멈추고 있다. 어째서 그는 완전한 무신론의 세계로 들어서지 않는 것일까? 17세기처럼 신을 부정하는 것에 용기가 필요한 시대가 아님에도 불구하고 그는 어째서 여전히 '신을 믿는 무신론자'로 남고자 한 것인가?

종교 없는
신

그것은 유치환이 참조한 또 다른 무신론자, 니체Nietzsche를 통해서 확인해 볼 수 있다. 파스칼의 경우와 마찬가지로 니체에 대한 유치환의 언급은 단 두 차례에 불과하다. 그것도 잘 알려진 니체의 '신의 죽음' 선언에 한정된다. 니체의 선언에서 기독교적 인격신은 다시 한 번 비판의 도마 위에 올라서게 된다.

　일찍이 서구의 한 뛰어난 지성이 현대의 입구에 서서 "신은 죽었다!"고 절규 선언하였다. 그러나 우주와 함께 존재하고 우주와 함께 영원한 신이 결단코 사멸할 리 없으므로, 이 선언이야말로 실상은 그들이 굴종하고 절대 숭봉하던 그들의 신을 그들 자신의 손아귀로서 마침내 교살絞殺하였음을 의미한 데 불외한 것이다. (중략) 그 편협한 신은 어쩌면 불복종적으로 달려갈 인간의 이 위험한 총명을 그대로 방치할 수 없었으며, 인간 또한 그의 가혹한 감시와 질곡에서 못내 견디지 못하였으므로 마침내 인간은 그의 주인을 시역弑逆하고 뛰쳐나올 수밖에 도리 없었던 것이다.[33]

유치환의 관점에서 "서구의 한 뛰어난 지성" 니체는 기독교의 인격신에 대한 가장 강력한 비판자다. "신은 죽었다"는 니체의 선언은 무엇보다 인간에 대한 신의 "가혹한 감시와 질곡", 그리고 끊임없이 인간에게 복종을 강요하는 "편협한 신"에만 해당한다. 니체의 선언은 신의 감시와 인간의 복종이라는 주종 관계의 종식을 확인하고 있다. 인용문에서 그것은 기독교의 신에 대한 서구인의 '반란'으로 묘사된다. 그들은 신의 지배로부터 해방되기 위해서 신을 "교살"하고 "시역"하였던 것이다.

하지만 앞서 보았듯이 17세기 이후로 계몽적 지식인들 사이에서 신의 죽음은 이미 확인된 사실이 아니던가? 그 뒤로는 영혼불멸이나 기적 혹은 섭리 등을 통해서 인간과 신이 소통하던 시대는 지나간 것처럼 보인다. 심지어 범신론 이후에는 자연법칙이 이미 신의 자리를 대신하고 있다는 생각이 자연과학자들 사이에 만연해 있다. 그렇다면 17세기도 아니고 19세기의 한가운데서 "신은 죽었다"는 니체의 선언은 때늦은 감이 있다. 그는 너무 일찍 온 것이 아니라 너무 늦게 온 것인지도 모른다. 그 선언은, 니체 자신의 표

---

33 유치환, 〈나는 고독하지 않다?〉, 《전집 3》, 269쪽.

현대로 하자면, 차라투스트라의 "복음福音"은 복음치고는 신선감이 떨어진다.

그럼에도 불구하고 니체의 선언에 의미가 있다면, 신은 죽었을지 몰라도 '신의 자리'는 여전히 살아 있다는 것을 확인한다는 데에 있다. 과거의 신이 그랬던 것처럼 자신의 삶에 의미를 부여하는 절대적 가치들을 인간은 아직도 필요로 하고 있기 때문이다. 신은 죽었으나 "과학이나 자유, 진보, 최대다수의 행복 등 많은 것들이 고차적 가치의 자리를 차지하려고 경쟁한다."[34] 그 고차적 가치의 자리는 본래 신의 자리였다. 이미 기독교의 신을 통해서 "그러한 최고의 가치들이 인간의 상상에 의한 허구에 불과할 뿐이라는 사실을 깨달았으나 아울러 삶과 세계가 지향해야 할 가치와 의미가 이제 더 이상 존재하지 않는다는 허무감"[35]을 견딜 수 없었던 것이다. "전통 형이상학과 기독교의 신은 죽었으나 신의 그림자는 여전히 우리를 지배하고" 있는 것이며, 그것을 가리켜서 니체는 "지금까지의 가치를 전환하지 않고 니힐리즘으로 도피하려는" "불완전한 니힐리즘"이라고 말했다.[36] 그것은 신의 부재에 대한 두려움의 표현이다.

---

34 고병권, 《니체의 위험한 책, 차라투스트라는 이렇게 말했다》, 그린비, 2003, 245쪽.

35 박찬국, 《해체와 창조의 철학자, 니체》, 동녘, 2001, 31쪽.

36 박찬국, 같은 책, 34~35쪽. 이때의 니힐리즘은 '저 세상'의 관점에서 '이 세상'을 비난하고 부정하는 것, 들뢰즈의 용어로 "부정적 허무주의"의 단계에서 시작된다. 고병권, 《니체의 위험한 책, 차라투스트라는 이렇게 말했다》, 244~246쪽 참조.

전통 형이상학이나 기독교의 신을 대신해서 이제는 다양한 '이념들'이 사람들의 삶을 직접적으로 지배하고 있다. 인간은 여전히 새로운 신과 유기체적으로 연결된 삶을 살아가고 있는 것이다. 그래서 니체의 "절규 선언"은 사실상 '신의 죽음'에도 불구하고 사람들 사이에서는 여전히 신이 죽지 않았으며, 혹은 앞으로도 죽지 않을 수도 있다는 비관적 전망을 배경으로 한다. 아직도 "신과 인간 사이의 절대적 단절"[37]은 성취해야 할 과제로 남아 있는 것이다.

다만, 어떤 신의 죽음인지에 대해서 니체와 유치환의 관점이 서로 갈린다. 니체는 기독교의 인격신을 포함한 모든 신의 죽음을 의도했지만, 유치환은 그 대상을 기독교의 인격신에만 한정하고 있다. 신의 죽음은 "그들의 신", "그 편협한 신"에 한정된 죽음인 것이다. 신의 죽음을 기독교의 신으로만 한정함으로써 '신을 믿는 무신론자' 유치환은 '신을 믿지 않는' 니체의 무신론을 자기주장의 근거로 끌어안는다. 유치환의 사유 안에서 유신론자 파스칼은 무신론자 니체를 품을 수 있게 된 것이다. 이것은 18세기의 프랑스 계몽주의자 볼테르가 꿈꾸었던 '관용'의 장면이기도 하다.[38]

---

37 이하석 엮음, 같은 책, 113쪽. 키에르케고르는 여기(종교성B)에서 진정한 종교적 태도를 발견한다.

38 볼테르의 《관용론》은 종교적 박해의 불관용에 대한 비판서이기도 하다. 그러나 이신론자인 볼테르가 '무신론'에 대해서도 관용을 베풀었는지에 대해서는 여전히 논쟁적이다. 이신론자 피에르 벨과 더불어 볼테르의 이신론이 무신론에 대해서 관용적이라는 주장에 대해서는 송태현, 〈볼테르의 관용 사상과 '보편적 관용'의 문제〉(《인문사회21》, 2016.)를 참조할 수 있다.

신의 능력은 무량광대하고 영원무궁한 우주 만유에 미만하여 있다. 그리고 그의 무량대한 의사意思는 그가 이미 지으신 바를 무한한 질서와 조화 속에 있게 하고, 그들의 있음을 영원히 지속하여 있게 하는 따름이다. 가령 화산이 터지고 홍수가 창일한다더라도 그것은 결코 신이 그 무엇을 벌하렴에서나 어떤 의도에서 그리 행하는 것이 아니요, 그 화산, 그 홍수 자체들의 절로 있음의 한갓 자세요 현상 밖에 아닌 것이다. (중략) 신은 오직 있게 하였을 뿐 그 이외의 책임도 관여도 갖지 않는다. 그 결과의 책임은 그 자신들이 끝까지 지게 마련인 것이다.[39]

유치환의 신은 자연을 창조하고 그것들을 "질서와 조화 속에 있게 하고", 그러한 "질서와 조화"를 "영원히 지속하여 있게 하는" "무량대한 의사意思"이다. 신은 자연을 창조하고 그 자연의 질서와 법칙을 보존하고 지속하는 것 외에는 인간과 그 자연(혹은 자연법칙)에 대해서 "책임도 관여도" 하지 않는다. "화산"과 "홍수"와 같은 자연재해는 "절로 있음" 곧 자연自然의 "현상"일 뿐, 신이 인간을 "벌"하려는 "어떤 의도"를 가지고 "그리 행하는 것이 아니"다. 그는 자연재해에서 신의 의도가 드러나는 '계시'를 배제한다.

이처럼 신의 '계시'를 비롯하여 '교리', '의례' 등 눈에 보이는 종교적 제도를 부인하면 그것은 '자연종교'에 가까워진다. 다른 종교

---

[39] 유치환, 〈나는 고독하지 않다?〉, 《전집 3》, 271쪽.

와 차별되는 교리와 독자적 의식을 중시하는 교회 중심의 '계시종교'와는 반대로, '자연종교'는 인간이라면 누구나 경험 가능한 공통의 종교적 감수성을 배경으로 모든 사람에게 접근 가능한 "관용적이고 열린 종교"를 말한다.[40] 이러한 자연종교를 합리적인 종교로, 계시종교를 비합리적인 종교로 구분한 것은 18세기 유럽의 계몽주의자들이다. 그들은 17세기 전반기 유럽 인구의 35퍼센트를 감소시킨 종교전쟁이 "종교적 불관용"에서 비롯되었다고 보았다. 그것은 이성적으로 납득되지 않는 기적과 예언에 근거한 독선적인 기성종교의 문제점이기도 했다. 그래서 계몽주의자들은 기적과 예언에 근거한 "불합리한 종교"를 부정하고, 최소한의 종교적 믿음과 실천만을 요구하는 '자연종교'를 그 대안으로 제시하였다.[41] 이신론理神論은 그 연장선상에 있는 것이다. 그들은 "신에 대한 무지인 무신론보다는 신에 대한 사이비 지식에 정초한 미신과 광신의 경우가 그 해악이 더 심각"[42]하다고 보았다. 특히 독선적 계시종교는 무신론뿐만 아니라 '다른 신'에 대한 종교적 경험에 대해서도 "불관용"의 원칙을 내세우고 있다. 그로 인해서 "피비린내 나는 종교적 반목과 분쟁"을 경험한 유럽의 계몽주의자들은 "인류를 평화와 번영이 아니라 반목과 분쟁으로 이끄는" "미신과 광신의 오염에서" 종교를

---

40 월터 캡스, 《현대 종교학 담론》, 김종서 외 옮김, 까치, 1999, 32~33쪽.

41 이태하, 〈신, 종교, 그리고 구원─자연종교에서 계시종교로〉, 《철학논집》 47, 2016. 11, 15쪽.

42 이태하, 〈17~8세기 영국의 이신론과 자연종교〉, 《철학연구》 63, 2003. 12, 91쪽.

구해내고자 했고, 그것이 이신론과 자연종교의 이념으로 나타난 것이다.[43]

계몽주의자들은 종교의 기준으로 '계시'가 아니라 '이성'을 내세웠으며, 자연법칙을 존중하고 보존하는 신, "인간의 이성으로 이해할 수 있는 신"을 '자연종교'에서 찾았다. 그리고 이것을 "계시종교에 의해서 변색되지 않는 원래의 종교"라고 주장하였다.[44] 신은 창조시에 모든 인간이 자신을 알아볼 수 있는 방도를 마련해 놓았는데, 신이 인간에게 허락한 최초의 종교가 자연종교라는 것이다.[45] 자연종교는 '강요에 의한 신앙'이 아니라 '이해에 의한 신앙'이므로, 그것은 정부가 특정한 종교적 신념을 강요하는 것을 부정하고 모든 종교에 대해 '관용'을 베풀 것을 요구하는 '종교의 자유' 주장의 근거로 활용된다.[46] 이때 '종교의 자유'라는 것은 신이 자연법칙을 존중하고 '기적'과 '계시'를 중단하였을 때만 가능하다. 그래서 기독교적 인격신이 아니라 '종교 없는 신'이 필요한 것이다. 유치환의 냉혹하고 "비정한 신", "무용無用"하고 "침묵"하는 신, 그 '게으른 신'은 자연스럽게 자연종교에 근접하게 된다.

---

43   이태하, 같은 글, 91쪽,

44   김응종, 〈이신론과 관용〉, 213쪽.

45   이태하, 같은 글, 100쪽.

46   이태하, 같은 글, 98~99쪽.

허무를 대하는 두 가지 태도,
오만과 겸허

유치환은 전쟁 이후 계시종교에 의해 오염되지 않은 자연종교에 대한 관심을 이어 갔다. 그리고 그 차이가 죽음을 대하는 방식에 있다는 것을 확인한다. 앞질러 말하자면, 계시종교는 삶에서 죽음을 배제하고자 하지만, 자연종교에서 죽음은 삶의 일부로 포용된다. 이는 그의 '목숨' 개념을 이해하는 데에 도움을 준다.

> 인간의 절대신에 대한 숭념으로서 생긴 종교(?)는 오직 고대의 원시적인 미신에 형태되었을 뿐, 적어도 기호(문자) 사용 이후 더욱이 현대에 이를수록 인간은 인간 자신의 능력에 대한 과신이 오히려 절대신의 부정까지 감행 육박하면서도, 한편 종교가 번영함은 인간 자신의 필멸할 숙명에 대한 허무 절망과 조갈渴滿이 영혼 불멸이라는 가공을 구상함으로써 절대신의 존재와 결부시켜 그 허무감을 다스리는 한편 조갈증을 의료하는 것이라 단언할 수 있지 않겠는가?[47]

이 글은 자연종교가 "기호(문자) 사용 이후"에 소멸되고, 기독교로 대표되는 계시종교가 정착하는 과정을 보여 준다. 자연종교의 소멸 이후, 한편으로는 "현대에 이를수록 인간은 인간 자신의 능

---

[47] 유치환, 〈신의 존재와 인간의 위치〉, 《전집 3》, 275쪽.

력에 대한 과신"에 근거하여 "절대신의 부정"을 감행하고 '무신론'에 도달하게 된다. 다른 한편으로는 "영혼불멸이라는 가공을 구상"하고 "허무감을 다스리는" 계시종교가 발전하게 된다. 자연종교의 소멸 이후 무신론과 유신론이라는 양극단이 서로 대립하게 된 것이다. 무신론과 유신론은 각각 "인간 자신의 필멸할 숙명에 대한 허무 절망"에 직면하였을 때 이를 해결하는 방법에서 차이를 보인다.[48] 죽음에 대한 양자의 대응 방식의 차이는 "허무"에 직면했을 때 유치환이 보여 준 해결법을 통해 간접적으로 알아볼 수 있다.

근년에 와서 곧잘 내가 신이니 영혼불멸이니 하는 말을 입 밖에 내서 중언부언함을 듣는 이들은 무슨 부질없는 꿈 같은 소리만 뇌까리느냐고 괴이하게 생각할지 모르지만 그것은 (중략) 죽음의 허무를 장악하고 있는 자와 그에게 굴복하여야 할 나와의 관계와 의미를 나는 나대로의 어떠한 해명을 어떻든 간에 가지지 않으면 아니 될 갈증에서 헤매는 어쩔 수 없는 나의 몸부림이던 것입니다. 그러면 그 얻은 해석이란 무엇인가 하면 결과적으로 말해서 그것은 허무에 철저하는 길이었습니다. 더욱 솔직히 말하면 허무 앞에 깨끗이 굴복하는 일이었습니다. 즉 비정하리만큼 엄숙한 절대자의 세계와 가멸한 목숨

---

48 무신론은 '신의 부재'를, 유신론은 '신의 현존'만을 인정한다는 점에서, 양자는 대립하는 것처럼 보인다. 하지만 양자 모두 휴머니즘에 입각해 있다는 점에서 공통점이 발견된다. 신의 현존과 부재를 동시에 긍정하고자 하는 유치환의 입장이 안티휴머니즘에 연결되는 것은 이와 관련된다.

의 세계를 엄격히 구별하여 각각 승인하는 동시 그와 나와의 관계는 마침내 내가 그에게 매몰되고 말 것임을 깨닫는 길이었습니다.[49]

"죽음의 허무"에 직면하였을 때, 유치환의 해결법은 "허무에 철저하는 길"이다. 다시 말해서, "허무 앞에 깨끗이 굴복하는 일"이다. 물론 유치환도 처음부터 "깨끗이 굴복"한 것은 아니었다. 당연하게도 그는 "나의 '니힐리즘'에서 탈출하려고 발버둥질"하였으니, 그것은 "'니힐리즘'의 원물주인 저 비정非情의 절대자에게 항거하여 항상 맞서기만 하려는 거만스럼과 어리석음을 버리지 못한 때문"(《전집V》, 352)이라고 했다. 이때 그의 "발버둥질"이란, "영혼불멸이라는 가상"에 의지해 죽음의 허무를 극복하고 영원한 생명을 획득하는 길을 암시한다. 그러나 앞에서도 보았듯이 "인간의 영혼이 불멸하는 것이라는 생각"(《전집3》, 275)은 "인간의 영혼이 신과 동격으로 영생할 수 있다는 생각"을 전제하는데, 그는 그런 생각을 "인간의 오만한 자장지심自長之心의 소치"(같은 쪽)라고 평가한다. 그리고 인간이 영혼을 통해 신의 세계에 참여하고자 했을 때, 그다음으로는 신이 자연의 질서를 위반하고 기적과 계시를 내려주기를 소망하게 된다. 그것이 계시종교의 길인데, 그는 그것을 "우매하고도 거만한 인간 본위의 우주관"(《전집3》, 279)에 불과하다고 보았다. 인간의 욕망으로 신의 세계가 변질되고, 가치와 법칙의 세계가 뒤섞여 비합리

---

49   유치환, 〈구원에의 모색〉, 《전집 V》, 369쪽.

적 무질서를 초래하기 때문이다.

인간의 오만으로 변질된 계시종교 대신에 그는 "비정하리만큼 엄숙한 절대자의 세계와 가멸한 목숨의 세계를 엄격히 구별"할 것을 요구한다. 다시 신의 영역과 인간의 영역 사이에 극복할 수 없는 단절이 필요하다는 것이다. 이 단절은 오만한 인간을 "겸허"하게 만든다. 죽음은 더 이상 피할 수 없는 운명이 될 것이고, 그것이 신의 영역과 절대적으로 구별되는 인간의 영역을 한정한다. 불멸의 세계와 필멸의 세계는 완전히 단절되어 그 연결을 위해서는 모험적 비약이 필요해진다. 이때 죽음이 포함된 인간의 생명이 곧 '목숨'인데, 이러한 '목숨'의 존재가 신을 대하는 올바른 자세에 대해서 그는 키에르케고르Kierkegaard를 참조하고 있다.

'키에르케골'이 신앙은 공포와 전율 속에서도 절망하지 않고 단독자로서 신의 앞에 서게 한다고 한 이 신앙인즉, 결코 영생불멸한다는 천국에의 허욕스런 추구가 아니라, 우주 만유를 냉혹하게도 거느려 지켜 있는 무량광대한 의사 — 그 절대한 신의 자세와 또한 그와 인간과의 거리를 한 조각 사심의 가리움도 냉정히 물리쳐 깨달음으로써 인간 자신의 운명을 체득하여 마침내 낙엽처럼 입명立命할 줄을 아는 인간의 겸허한 예지를 가리킴에 불외한 것이다.[50]

---

50   유치환, 〈신의 자세〉, 《전집 3》, 253쪽.

철학자 헤겔Hegel의 맞수였던 키에르케고르는 《정신현상학》의 헤겔처럼 "자기자신 속에 영원과 연결된 영혼이 있다"면서 "인간 속에 내재하는 불멸하는 영혼과 영원한 신 사이의 필연적 관계를 주장하는" 태도를 "종교성A"라고 하고, 이에 대해 부정적 평가를 내린 바 있다. 이와는 반대로 "인간 속에 있는 어떤 영원한 것도 인정하지 않고 신과 인간 사이의 절대적 단절을 주장하는" 태도를 "종교성B"로 구별하여 이를 옹호하였다.[51] 키에르케고르는 '종교성B'를 통해 신과 인간의 참된 관계를 제시하고자 한 것이다. 이처럼 키에르케고르의 종교성A와 종교성B는 신과 인간의 관계에 대한 서로 다른 관점으로서, 전자는 '신이 되는 인간'의 관점을, 후자는 '인간이 되는 신'(즉 그리스도를 통한 계시)의 문제를 중시한다.

주목할 것은 종교성A와 종교성B의 구별이 신과 인간의 관계에 대한 유치환의 이해와 연결된다는 점이다. 우선, 종교성A는 자기 안에 있는 신적인 무한성을 상기함으로써 신과 동일시되려는 인간의 욕망에 해당한다. 그것은 "영혼불멸"의 관념에 기대어 "내세"에 참여하는 데에만 관심을 두는 종교적 태도로서, 거기에서 유치환은 인간의 '오만'을 보았다. 반면에 종교성B는 근본적으로 신의 절대적 타자성을 인정하고 그 앞에서 인간의 유한성을 받아들이는 종교적 태도라는 점에서, 신과 인간의 관계의 단절을 주장하는 유치환의 관점과 유사하다. 그러나 키에르케고르의 관점을 유치환이

---

51 이하석 엮음, 같은 책, 113쪽.

변경하고 있다는 사실도 중요하다. 즉, 키에르케고르가 비판하고 있는 종교성A는 기독교가 아니라 소크라테스와 헤겔로 대표되는 합리적 이성 중심의 종교관을 향해 있다. 하지만 유치환은 그것을 기존의 기독교적 종교성에서 발견하고 있다. 신과 인간의 동일성을 전제하고, 인간의 무한성에 대한 신뢰에 기반한다는 점이 그러하다. 그와는 반대로 "절대한 신의 자세와 또한 그와 인간과의 거리"로 요약되는 종교성B의 관점을 유치환은 적극적으로 수용하고 있다. 다만, 키에르케고르는 본래 종교성B에서 진정한 기독교 신앙인의 자세를 제시하고자 한 것인데, 유치환은 그것을 기존의 기독교 계시종교와는 구별되는, 인간의 원초적 종교성, 즉 '자연종교'에 근접한 태도로 받아들이고 있다는 점이 다르다.

유치환은 종교성A에서 신에 대한 인간의 오만을, 종교성B에서는 신에 대한 인간의 겸허를 읽어 내고 있다. 종교성A에서는 인간이 자신에게 내재하는 영혼의 무한성을 통해서 감히 신과 대등해지고자 한다는 데에서, 종교성B에서는 인간이 신과 절대적으로 단절되어 유한성에 머물러 있다는 점에서 각각 오만과 겸허의 자세가 확인된다. 또한 전자는 신과 인간의 동일성을 전제하고, 세계에 대한 유기체적 연속성의 관점을 견지한다. 후자는 신과 인간의 절대적 비동일성을 인정하고, 가치의 세계와 법칙의 세계 사이에서 불연속성을 발견한다. 신의 세계와 인간의 세계가 단절되었음은 물론, 양자 사이에는 "침묵하는 우주"가 무한하게 펼쳐져 있는 것이다.

그러므로 종교성A와 종교성B에서 자연을 대하는 인간의 태도는 완전히 달라진다. 종교성A에서 무한성의 징표인 "영혼"은 오로지 인간에게만 허용된 특권에 해당한다. 인간과 자연은 질적으로 다른 차원에 살고 있는 것이다. 이는 인간에 의한 자연 지배가 허용되는 이유가 된다. 그러나 종교성B에서 유치환은 이렇게 묻는다. "창해일속만도 아닌 인간만이 불멸하는 영생을 누릴 수 있는 은총을 베풀어 받았으리라고 생각할 수 있겠는가?"(《전집3》, 277) 그리고 "목숨을 향수함에 있어서는 인간이 다른 생물, 초목금수와 무엇이 다를 바가 있겠는가?"(《전집3》, 275)라고 반문한다. "오히려 우리를 만유와 더불어 무에서 유로 좌정시켜준 데 대하여 경건히 머리 숙여야 옳을 것이며, 주어진 이 존재를 마음껏 힘껏 누려 받아야 할 책무가 있는 것"(《전집3》, 278)을 그는 상기하고 있다. 종교성A의 관점에서는 "영혼"을 통해서 인간이 자연과 구별되어 신이 될 수 있었다면, 종교성B의 관점에서 인간은 "목숨"을 통해서 자연과 동등한 수준으로 낮아진 것이다. 인간을 '목숨'을 통해서 이해한다는 것은, 그러므로 종교성B에서처럼 신과 인간의 절대적 구별을 수용한다는 것, 다시 말해서 죽을 수밖에 없는 유한성의 운명에 "굴복"하고 다른 자연과 대등한 수준에서 "겸허"를 실천한다는 뜻이기도 하다.

허무의 신
앞에서

앞서도 말했듯이,[52] 파스칼의 《팡세》 해제를 작성하면서 엘리엇T. S. Eliot은 파스칼의 '불연속적 세계관'을 지적한 바가 있다. 그리고 그것이 흄T. E. Hulme의 '불연속성' 이론에서 다시 반복된다는 사실을 상기하고 있다.[53] 각각의 세계에 대한 명칭과 규정은 다르지만, 불연속의 관념은 근본적으로 정신적 (가치와 윤리의) 세계와 물리적 (자연법칙의) 세계 사이의 단절을 인정하는 데서 출발한다. 엘리엇은 17세기 바로크 시대에 출현한 불연속적 사고의 흔적을 파스칼의 신학과 존 던John Donne의 형이상학적 시에서 발견한다. 흄은 그것을 "휴머니즘의 종언"[54]이라고 명명하였는데, 그것은 인간주의적 유기체적 세계관에 대한 반성을 포함한다. 그 대신에 그는 "종교적 태도"[55]의 대두를 거론하고 있다. 르네상스 이후의 "휴머니즘"이 종언을 고하고 다시 "종교적 태도"가 부상하고 있다는 것인데, 그것은 바로 인간의 무한성에 대한 신뢰 대신에 인간이 신 앞에서 유한성을 인정하는 태도를 가리킨다. 이것이 신의 세계와 인

---

52 각주 26 참조.

53 김준오, 〈청마시이 반인간주의〉, 《코기토》 19, 1980, 42쪽. 유치환의 신관을 흄의 불연속 원리에 연관지은 것은 김준오이다.

54 T. E. 흄, 《휴머니즘과 예술철학에 관한 성찰》, 박상규 옮김, 현대미학사, 1993, 59쪽.

55 T. E. 흄, 같은 책, 66쪽.

간의 세계 사이의 절대적 단절을 받아들이고, 그 단절 지점에서 발견되는 모순과 비약을 새로운 미학적 원리로 재구성하는 모더니즘의 단초가 된다. 이들 외에도 벤야민W. Benjamin과 푸코M. Foucault, 그리고 들뢰즈G. Deleuze 등의 철학자도 17세기 바로크의 '종교적' 관점의 전환기에 몰두한 적이 있다.[56]

그런 의미에서 유치환이 파스칼을 따라 17세기 바로크를 방문한 것은 결코 단순하지 않다. 거기에서 유치환은 어떤 '전환'을 발견하고, 그것을 새로운 세계관으로 재구성하려는 노력을 경주하였다. 그것은 겉으로 보기에는 신학적·철학적 논의에 불과한 것처럼 보이지만, 거기에는 이미 세계에 대한 미학적 재해석이 포함되어 있다. 인간과 신의 동일성에서 절대적 비동일성으로, 세계의 연속성에서 세계들의 불연속성으로, 휴머니즘에서 안티휴머니즘으로 이행하는 과정에 대한 인식은 이미 그 자체만으로도 세계에 대한 미학적 태도의 변경이기 때문이다. 그것은 시의 중심이 '생명'에서 '목숨'으로 이동하는 것과도 관련이 있다. 생명에 대한 의지에는 인간적 욕망이 지배적이지만, 목숨이라는 표현에는 죽음을 받아들이는 유한한 인간의 비애가 담겨 있다. 그 비애는 무한을 향한 인간의 욕망과 유한에 머물 수밖에 없는 인간의 운명을 동시에 긍정하는 데서 비롯된다. 그는 모순적 지향을 긍정하면서도 그 봉합

---

56 벤야민의 《독일 비애극의 원천》, 푸코의 《말과 사물》, 그리고 《주름, 라이프니츠와 바로크》를 포함한 들뢰즈의 일련의 스피노자 연구서 등을 열거할 수 있다.

(혹은 종합)의 불가능성도 잘 알고 있다.

신과 인간 사이의 절대적 단절은 그 거리를 극복하기 위해서 비약과 모험적 도약만을 허용한다. 그러므로 신의 자리에 대신 들어선 보편적 이념이 개별적 인간의 삶을 직접적으로 지배하는 유기적 세계는 부정된다.

여하간 나는 당신에게서 무량한 만유의 질서 속에 내가 존재하여 있는 이 목숨밖에 받은 것이 없습니다. 이것으로서 나는 당신에게 무한한 감사를 드립니다. 이 위에 더 당신에게 바랄 수 있고 바라서 되는 당신은 아닌 것입니다. 이 이상 더 내가 행복하려면 그것은 오직 나의 어진 분별과 노력으로써 이루어지는 것일 따름입니다.[57]

신은 목숨의 처음과 끝에만 개입할 뿐[58] 인간이 살아가는 동안 더 이상 신의 은총을 기대해서는 안 된다. 신은 존재를 창조하고 그것을 보존하고 지속하는 데에만 최소한으로 관여하고 있기 때문이다. 인간이 살아 있는 동안 신은 마치 존재하지 않는 것처럼 숨어 있다. 인간 앞에 모습을 드러내지 않는 신을 그는 "허공＝무"(《전집V》, 367) 혹은 "비정하고도 절대한 허무"(《전집V》, 362)라고 규정한다. 그것은 "덧없는 나의 목숨에는 아랑곳없이 내 앞에 떠남 없

---

57 유치환, 〈계절의 단상―신에게〉, 《전집 3》, 241쪽.

58 유치환, 〈인간의 우울과 희망〉, 《전집 3》, 247쪽. "신이 인간에게 미치는 능력이란

이 다가서서 나를 협박하는 허무"(같은 면), 즉 "죽음"과 차이가 없다. 이처럼 인간에 대해 특별한 관심을 보이지 않는 허무의 신 앞에서는 "한 망울 동백꽃"도 "한 가지 목숨인 이상에야 그 구실은 어디까지나 동등하여 하등의 차이가 없"(《전집V》, 336)다. 신 앞에서 인간과 자연은 동등한 '목숨'인 것이다.

인간과 자연에게 목숨을 부여하고 다시 그 목숨을 회수하는 신의 이름은 '존재'가 아니라 '허무'다. 허무의 신은 목숨의 처음과 끝에 존재하면서 "어떠한 신념도 열의도 그에게는 가치도 의미도 서지 않"(《전집V》, 351)는다는 것을 보여 준다. 허무의 신은 인간의 이념을 모두 무로 되돌려보낼 수 있는 존재이지, 인간의 이념에 무한성을 보증해 주는 존재가 아닌 것이다. 그런 의미에서 유치환의 아나키즘 성향[59]은 자연스럽다. 그것은 영원한 생명의 무한한 지배가 아니라 죽음이 포함된 생명, 즉 목숨의 유한성에 근거한 생성의 사고이기 때문이다. 그것이 바로 그가 영원한 생명을 약속하는 존재의 신이 아니라 목숨의 유한성을 상기하는 허무의 신을 선택한 이유다.

인간을 있게 한 그것과 마침내 목숨을 거두어 간다는 것 외에 무엇이 있는가?"

59 아나키스트 유치환에 대한 실증적 연구는 어느 정도 축적되어 있다. 가장 최근의 연구로는 조동범, 〈아나키즘 시문학에 나타난 자연 인식 연구―유치환 시의 자연 인식과 아나키즘의 관계를 중심으로〉(《우리문학연구》 53, 2017)를 들 수 있다.

10

시와 여성
에코페미니즘의 회상

이 글은 《시인수첩》(2022년 봄)에 게재된 〈서정시가 생태학을 만났을 때: 1990년대를 회상하며〉를 수정하고 보완하여 재수록한 것이다.

생태학은
휴머니즘이 아니다

'생태eco'라는 개념은 이제 낯설지 않다. 그것은 1990년대 초반, 사회주의 국가의 몰락 이후 엄청난 지각 변동의 충격에서 헤어나지 못했던 한국 문단이 겨우 붙잡았던 동아줄의 하나였다. 당시 그것은 박래품이었다. '자연'이라는 묵은 개념을 대체하는 외래종 개념이었던 것이다. 더구나 생태학ecology은 생물학의 분과학문으로 파생된 과학이었다고 하니, 그 출생부터가 문과생에게는 낯선 개념이었다. 과학에서 파생된 생태라는 낯선 개념을 문학 쪽에서 수용하여 만들어 낸 잡종이 '생태문학'이다. 주로 1970년대 미국을 중심으로 문학생태학, 생태비평 등이 등장하면서, 1980년대에는 유럽 지역에 생태문학(생태소설, 생태시) 개념이 정착되었고, 1990년대에는 전 세계적으로 학회(문학과환경학회) 설립 붐으로 이어진다. 한국 문단이 생태라는 외래종 개념을 도입할 때 서양의 분위기가 그러했다.

사실 생태학 자체는 서구적 근대의 자기반성의 결과라고 할 수 있다. 따라서 그것은 1960년대부터 본격화되었던 탈근대 담론의 연장선상에서 이해되어야 한다. 무엇보다 그것은 자연에 대한 이성적 지배의 역사(즉, 근대사)와 단절해야 한다는 절박한 위기의식을 배경으로 한다. 이미 1960년대부터 심각해진 지구환경 파괴의 현장을 목격하면서, 사람들은 자연에 대한 관점에 대전환이 필요하다고 느낀 것이다. 자연을 지배와 착취의 도구로만 간주하는 기계론적 과학적 자연관이 문제였다. 그 관점은 자연과 인간 사이에 불평등 서열 관계를 당연시한다. 이 점에서는 다윈과 모세의 의견이 일치한다. 인간은 진화의 정점이고, 신은 인간에게 자연 지배의 권리를 부여했기 때문이다.

생태학은 이러한 인간중심주의에서 자연을 구해 내는 담론이다. 이후 인간중심주의는 자연 다음으로 AI 등 기계의 도전에도 직면하게 되는데, 생태학은 일련의 포스트휴머니즘 노선의 출발을 예고한 것이다. 이제 인간은 자연 초월의 능력을 박탈당하고 생태계 내부에서 그 위치를 재발견하게 된다. 무엇보다 인간 중심의 '피상적' 환경운동에 맞선다는 의미에서 이를 '심층생태학'이라고 한다.

그 후 휴머니즘의 반격이 있었다. 인간 내부의 사회적 지배만 문제 삼았던 마르크스주의, 아나키즘, 페미니즘 등이 생태학에 비판적으로 개입하게 된 것이다. 이는 자연에 대한 지배 문제의 해결은 인간에 대한 지배 문제의 해결과 분리될 수 없다는 생각에 근거한다. 이렇게 해서 기존의 휴머니즘 담론이 이른바 포스트휴머니즘 담론과 결합하는 기현상이 발생한다. 이러한 이종융합의 과정에서 정치생태학, 사회생태학, 에코페미니즘 등이 파생되고, 생태학 분야는 바야흐로 빅뱅의 분위기에 휩싸이게 된다. 사회생물학자 에드워드 윌슨이 제안했던 이른바 '통섭'의 체험장이 된 것이다.

생태는
자연이 아니다

이렇게 다양하게 분화하고 성장한 생태학 담론이 도입되면서, 1990년대에 한국 문단의 지각 변동을 경험한 시인들에게는 몇 가지 가능성이 열리게 된다. 먼저, 심층생태학을 수용하되, 기존의 휴머니즘 담론을 고수하면서 박래품 생태 개념을 기존의 자연 개념으로 대체할 수 있다는 생각이다. 물론 이때 자연은 지배의 대상이 아니라 숭배와 예찬의 대상으로 간주된다.

하지만 생각해 보면, 문학은, 특히 서정시는 전통적으로 자연의 피난처가 아니었던가. 자연에 대한 인간의 지배가 암묵적 지식으로 유통될 때조차도, 적어도 서정시에서만큼은 자연이 지배와 착취의 대상은 아니었다. 오히려 자연에 대한 동경과 연민, 그리고 감정이입의 자세가 더 익숙하다. 더욱이 동양에서는 예나 지금이나 자연과 인간의 조화, 물아일체의 경지 등이 서정시의 근본정신으로 통한다. 만약 인간에 의한 자연 지배가 문제라면 그것은 과학적 일상적 사고에서나 발견될 뿐, 지배를 알지 못하는 서정시는 예외인 것처럼 보인다. 그렇다면 생태를 자연으로 대체한다 한들 문제가 될 것은 없어 보인다.

결국 휴머니즘에 근거한 생태시라는 모순적이면서도 퇴행적인 현상이 발생하게 된다. 휴머니즘의 범위 안에서 허용 가능한 수준의 포스트휴머니즘이라고나 할까. 생태라고 쓰고 자연이라고 읽으면 그만인 작품들이 생태의 이름으로 생산될 수 있게 된 것이다. 생태시의 급진성, 특히 기존 자연시의 인간중심주의에 대한 전면적이고도 근본적인 비판과 도전의 정신은 발견되지 않는다. 그 대신에 생태시의 이름으로 기존 자연시의 위상을 재승인하고 재평가하는 작업이 뒤따르게 된다. 이는 미국에서 《월든》의 작가 소로와 초월주의 철학자 에머슨이 재조명되는 현상과도 상통한다.

이는 심층생태학의 이름으로 유교, 불교, 도교 등 동양사상의 친자연적 세계관이 소환되는 현상과도 관련이 있다. 인간중심에서 자연중심으로 그 중심이 이동했다고 하지만, 이상하게도 서정시의 중심, 그 깊이에 더 근접해 가는 인상을 지울 수 없다. 예컨대 서정시에서 자연을 조망하고 서술하는 서정적 자아의 위치는 더욱 강화된다. 서정적 자아는 자연에 감정을 이입하고, 물아일체에 도달하는 기준점이기 때문이다. 서정시에 등장하는 자연에 대해서 서정적 자아의 지배가 용인된 것이다. 아담의 시야를 벗어난 곳은 더 이상 에덴이 아닌 것처럼 말이다. 이때 자연은 인간의 원죄가 무화되고 정화되고 치유되는 에덴동산이 된다. 순수자연의 유토피아가 실현된 것이다. 동양적 전통과 거기에 근거한 친자연적 서정시의 전성시대, 즉 전통 서정시 르네상스의 시대가 도래한 것이다. 역설적이게도 (심층)생태학의 도움으로 휴머니즘이 강화된 것이다. 이는 심층생태학의 안티휴머니즘 에너지가 전통 서정시에 의해 무력화되는 장면이다.

생태문학은
진보의 편이 아니다

생태시의 도입을 환영한 사람은 친자연적 서정시인만이 아니었다. 사회주의 국가의 몰락으로 방향감각을 상실한 진보적 참여시인들에게도 생태시는 일종의 돌파구가 될 수 있었다. 특히 종래의 휴머니즘 담론에서 생태학을 수용한 사례는 시의 사회적 책임 의식에 힘을 실어 주었다. 인간에 의한 자연지배 문제의 원인은 무엇보다 먼저 인간에 의한 인간지배에서부터 발견될 수 있기 때문이다. 또한 환경오염과 생태계 교란의 원인 제공자가 자본주의 시스템이라는 사실에도 변함은 없었다. 오염물과 폐수 등 공해 물질을 토해내는 도시의 공장지대에 대한 비판은 자연을 우회하여 사회문제를 부각하는 방편이 될 수 있었다. 오염되고 훼손된 자연은 지배계급 비판의 새로운 방식이었던 것이다. 생태시는 기존 참여시의 대안으로도 적합했다.

그러나 앞서 말했듯이, 생태학은 근본적으로 안티휴머니즘의 경향을 포함하고 있다. 환경오염이나 생태계 파괴 등의 문제를 사회계급의 문제로 환원하면, 계급 문제의 해결이 선결 조건이 된다. 폐수를 막으려면 공장 경영에서부터 그 해법을 찾아야 하는 것이다. 공장을 작동시키는 개발 중심의 정부 정책과 자본주의 세계관에서도 문제가 발견될 것이다. 그 문제의 끝에서는 어쩌면 벤야민이 비판했던 '진보의 폭풍'이 감지될 것이다. 그러나 미래를 향한

맹목적 전진만을 강요하는 '진보의 폭풍'은 사실 공장 경영자와 진보적 시인의 공모를 통해서 가동된다. 새로운 상품을 끊임없이 생산해내야 하는 공장의 논리에서 진보의 원형이 발견되기 때문이다. 이때 생태학은 진보의 편에 서기보다는 그것을 중단하는 편에 가깝다. 따라서 진보적 참여시인이 삼킨 생태시의 에너지는 결국 진보적 참여시의 자기 해체를 초래하게 될 것이다. 그렇게 되면 생태시는 진보적 참여시의 대안이 아니라 독약임이 판명될 것이다.

사실 머레이 북친으로 대표되는 사회생태학은 심층생태학이 도달한 그 '깊이'에 도달하기를 주저한다. 인간에 대한 모든 지배를 거부한다고 할지라도 산업화와 도시화 자체를 중지시키고 원시적 자연 숭배의 시대, 신화가 살아 있던 시대로 되돌릴 수는 없는 탓이다. 다만, 사회생태학은 사람들의 관심을 심층생태학으로 안내하는 역할을 수행할 수 있다. 사람들이 얄팍하게도 인간의 편에서만 환경을 바라보지 않고, 생태계의 그 '깊이'에까지 내려가서 심연에서부터 다시 한 번 사고할 필요가 있음을 환기할 수는 있다. 인간이 건립한 휴머니즘의 사원을 무너뜨리고 폐허에서부터 인간과 자연의 관계를 근본적으로 다시 숙고하게 하는 것이다. 그래서 진보적 참여시가 잠시나마 심층생태학에 근접한 전통 서정시로 통하는 관문이 될 수 있었던 것이다. 물론 그 문도 심연으로 향하는 길이 막혀 있긴 하지만 말이다.

페미니즘이 생태학을
만났을 때

마지막으로 페미니즘이 생태학을 만났을 때가 있다. 사실 여성을 자연에 비유하는 관습은 페미니즘이 비판해야 할 오래된 악습을 대표한다. 따라서 여성과 자연의 결합에 의미를 두려면 양자에 대한 남성man의 지배를 전제해야 한다. 남성/인간의 지배에 저항한다는 의미에서 양자는 비로소 공감대를 형성할 수 있게 된다. 만약 자연이 인간과 더불어 공생하고자 한다면 그때 인간은 여성화되어야 한다. 남성성의 관점에서 자연은 오로지 지배와 파괴의 대상으로 간주될 뿐이기 때문이다. 하지만 1990년대 당시만 해도 분제의 여장남자는 아직 수용되기 어려웠다.

에코페미니즘의 등장으로 남성/인간의 폭력적 지배에 의한 여성/자연의 상처가 전면화되었을 때 비로소 변화가 일어났다. 자연은 이제 인간이 위로를 받아야 할 유토피아가 아니라 인간에 의해서 상처받기 쉬운 존재임이 밝혀지게 된 것이다. 인간이 숭배하고 예찬해야 할 거대한 자연은 더 이상 존재하지 않는다. 이렇게 상처받기 쉬운 자연의 속성에 접속함으로써 에코페미니즘의 서정시는 전통 서정시와 결별한다. 아니, 결별할 수 있는 조건을 갖추었다. 생태학을 만나면서 여성시는 가장 급진적인 모습으로 거듭나게 된 것이다. 내면성을 강조하는 남성적 서정시에 비해, 여성시는 때로 신체적·성적 표지들을 자학적으로 노출하기도 한다. 드디어 서정시에서 몸에 대한 탐색이 시작된 것이다.

상처받을 수 있는 타자로서 여성/자연은 소통의 방식에서도 남성/인간의 언어와 구별된다. 신체적 감응에 의한 정서적 소통은 개념 어 중심의 남성적 소통을 대체할 수 있게 된 것이다. 블랑쇼에 따르면 개념적 언어는 사물의 개별성을 담을 수 없으며, 따라서 개념적 언어는 죽은 사물만 포획할 뿐이다. 시적 언어만이 생명을 담을 수 있는데, 그것은 언어의 여성성, 즉 여성적 글쓰기를 지향한다. 이처럼 이성의 반대편에 있었던 신체적 언어들, 즉 감각, 감정, 정서, 정동 등의 활동상이 여성성을 배경으로 분출하게 된다. 이는 언어의 이성적·논리적 측면, 즉 계산적 산문정신을 무력화시키는 데에 기여한다. 이렇게 생태학과 결합함으로써 여성시는 비로소 포스트휴머니즘 담론의 선봉에 서게 된 것이다.

포스트휴머니즘과
포스트서정시

생태시는 이렇듯 휴머니즘 중심의 한국적 서정시, 그 깊은 곳에 안티휴머니즘의 가능성을 지펴 주는 역할을 수행하게 된다. 그에 부수하여, 오래된 친자연적 전통을 환기하여 전통 서정시 르네상스의 시대가 펼쳐지는가 하면, 방향을 상실한 진보적 참여시에 희망의 싹을 틔워 주기도 했다. 그러나 양자는 아직 생태시가 요구하는 심층에 도달하는 데는 한계가 있었으니, 휴머니즘의 정신이 심연으로 떨어지지 않도록 단단하게 받쳐 주고 있었기 때문이다.

유독 여성시만이 생태학이 개방해 놓은, 그 심연에 도달할 가능성을 보여 주고 있을 뿐이다. 자연에 대한 가부장적 자본주의의 폭력이 휴머니즘의 이름으로 자행되었음을 그/그녀들이 기억하고 있기 때문이다. 여성시는 이미 휴머니즘의 이면을 들여다보았던 것이다. 그리고 자연과 더불어 스스로 상처받기 쉬운 타자의 위치에 서려고 했다. 이렇게 여성시가 개방해 놓은 휴머니즘의 균열된 틈을 열고 마침내 여장남자가 태어나게 된다. 그런 의미에서 1990년대 여성시야말로 21세기 포스트-서정시의 선구자로 평가받을 자격이 충분하다. 포스트휴머니즘과 접속하지 않고서는 포스트-서정시도 존재할 수 없기 때문이다. 그런 의미에서 포스트-서정시야말로 박래품 생태eco의 메아리echo라 할 수 있다.

11

시와 생태

이하석의 생태시

이 글은 《신생》(2024년 여름)에 게재된 〈시는 본질적으로 생태적이다: 이하석의 시〉를 수
정하고 보완하여 재수록한 것이다.

해체의 기술,
부패의 기술

생태적 사고는 인간이 자연 생태계의 일부라는 사실의 인정을 기반으로 한다. 그것은 인간에 의한 자연 지배의 시대를 끝내고 인간과 자연의 수평적 사고를 유도하는 것을 특징으로 한다. 그러나 생각해 보면 생태적 사고의 등장 이전부터 서정시는 이미 충분히 자연친화적이었다. 서정시의 영역에서 자연이 차지하는 비중과 그 위상을 생각한다면, 서정시는 자연친화를 넘어 자연숭배의 경지까지 도달한 경험이 있다. 그것은 특히 산업사회 이전의 중세적 시가에서 흔히 발견되는 현상이다. 그래서 생태시는 겉보기에 중세적 사고로의 회귀처럼 보인다. 생태적 사고의 동양적 기원을 추적하는 경우가 그러하다.

그러나 아도르노에 따르면, 인간에 의한 자연 지배의 욕망은 신화시대로까지 이어진다. 야만의 시대에도 자연에 대한 사고는 충분히 인간중심적이었다. 자연숭배의 시대에도 인간은 살기 위해서 자연을 인간 위에 두었던 것이다. 예술에 재현된 자연의 형상은 대부분 휴머니즘의 산물이었다. 중세의 자연친화적 서정시에서도 우리는 그 시대의 이념에 의해 가공된 자연을 목격하게 된다. 무릉도원조차도 순수 자연은 아니다. 물아일체의 자연은 항상 인간 사회의 욕망의 투사물이었으며, 충분히 인간화된 자연이었을 뿐이다.

이때 인간화된 자연은 역설적이게도 인간 사회의 내/외부에 있는 이상적 대상으로 나타나는 경향이 있다. 인간과 자연은 마치 속됨과 성스러움의 관계처럼 외면적으로 대립하는 것처럼 보인다. 자연은 인간으로 구성된 사막의 한가운데에 마치 오아시스처럼 모셔지게 된다. 따라서 서정시에서 자연숭배의 종교적 경구를 발견하기란 그리 어렵지 않은 일이다. 이처럼 숭배의 대상으로서의 자연은 비록 인간 사회의 내부에 있더라도 이미 초월적 세계를 구성한다. 자연을 지배의 대상으로 삼는 태도를 비판하면서 자연을 인간 사회 외부로 밀어내기 때문이다. 이는 자연에 대한 수직적 지배를 거꾸로 세운 것과도 같다. 결국 자연과 인간의 이분법적 사고가 여전히 지배하게 된다. 이는 양자 사이의 외면적 차이에만 집착한 결과이다. 알다시피 문제는 '인간이냐, 자연이냐'가 아니다. 양자의 관계를 어떻게 재설정할 것인가가 문제인 것이다. 적어도 지배와 초월과 같은 수직적 외면적 관계는 아니어야 한다는 것이다.

이하석의 첫시집(《투명한 속》, 1980)이 서정시의 역사에서 의미 있는 사건인 까닭이 여기에 있다. 그의 시에는 자연지배와 자연숭배의 양자택일의 관점이 존재하지 않는다. 오히려 그는 인간과 자연의 관계를 어떻게 예술적으로 재설정할 것인가를 고민한다. 이는 기본적으로 인간과 자연의 기술적 관계에 대한 반성을 배경으로 한다. 일반적으로 인간은 자연을 기술적으로 변형하면서 생활을 영유한다. 그에 맞서서 자연은 인간에게 예술적 변형의 기술을 제공한다는 것이 이하석의 관점이다. 이것은 인간에 의해 버려진 것들에 대해서만 적용되는 기술이다. 그것은 해체의 기술이면서, 동시에 부패의 기술이다. 쉽게 말해서, 주검을 처리하는 기술이다. 이하석은 거기에서 예술적 변형의 기술을 발견하고, 이를 시적 상상력의 근본으로 삼으려 한다. 궁극적으로 그것은 생태학적 세계관에서 시적 비전을 발견하는 것이기도 하다.

사물의 죽음에
동행하는 시

그의 거대 자연은 흙과 뿌리의 이미지로 대표된다. 그의 시에서 흙은 모든 버려진 것, 죽은 것을 끌어당기고, 뿌리는 그것들을 감싸고 거기에서 생명을 길어올린다. 흙에는 죽음과 삶을 관장하는 태곳적 이미지가 여전히 보존되어 있다는 것이다. 그러나 그의 흙은 전통적으로 인간이 딛고 설 수 있는 단단한 지반의 모습이 아니다. 흙은 인간이 버린 폐기물들을 끌어당겨 재생의 사이클을 작동시키는 역동적 존재이다. 그 모습을 탐사하기 위해서 그의 시선은 나무를 타고 땅속 깊숙이 침투한다.

가래잎나무, 물푸레나무, 엄나무들의
뿌리 사이 섬은 흙늘 부드럽다. 물기에 젖어
돌을 녹이고, 깡통들을 녹여 흙은 스스로를
한없이 넓혀 놓는다.   **—〈또 다시 가야산에서〉 부분**

309

그의 상상력은 뿌리 근처에서 머문다. 그 깊고 어두운 곳에서 "부드럽다"는 흙은 역설적이게도 단단한 "돌을 녹이고", 마찬가지로 단단함의 대표적 표상인 고철 "깡통들을 녹"인다. 흙은 모든 단단한 것들을 녹여 부드러운 것들로 만든다. 그 결과 부드러운 흙의 영토가 넓어지게 된다. 이렇게 인간이 버린 폐기물들을 녹여서 "흙은 스스로를 한없이 넓혀 놓는다." 우리는 여기에서 마치 돌과 깡통을 거뜬히 소화시키는 자연이라는 거대한 위장을 만나게 된다. 이때 폐기물을 녹여 부드럽게 만드는 일은 주로 뿌리가 담당한다. 마치 위액을 방사하여 단단한 것들을 소화시키듯이 뿌리는 "물기에 젖어" 단단한 돌과 깡통을 녹인다. 이렇게 자연은 주로 인간이 버린 폐기물을 먹어 치우는 모습으로 등장한다.

여기에서 그는 자연 자체보다 인간에 의해 버려진 폐기물에 주목할 필요가 있다고 본다. 거기에서 인간과 자연을 잇는 새로운 고리를 발견했기 때문이다. 폐기물은 자연에 대해서 인간이 기술적 관계를 맺을 때 거의 마지막 단계에서 등장하는 사물의 모습이다. 본래 자연에 대한 인간의 기술적 관계는 자연에서 인간 사회로 이행하는 과정을 지배한다. 그러나 폐기물은 자연에 대한 기술적 관계가 더 이상 유효하지 않는 지점을 형성한다. 그런 폐기물을 넘겨받은 주체가 자연이다. 사물에 대한 인간의 기술적 관계가 무력해지는 그 지점에서, 자연은 인간이 버린 폐기물에 대한 새로운 관계를 시도한다. 그 관계가 사물에 대한 인간의 기술적 관계를 폐기한다. 그가 유독 그 지점에 주목하는 까닭은 거기에서 사물에 대한 예술적 관계의 가능성을 보았기 때문이다.

무엇보다도 거기에서는 사물에 대한 인간의 기술적 관심이 무력화된다. 인간의 관점에서 그런 사물은 죽은 것과 마찬가지다. 그는 그곳에서 죽어야 산다는 말의 의미를 곱씹는다. 사물은 인간에 의해 버려질 때 구제된다는 것이다. 그 대표적인 장소가 바로 "쓰레기 하치장"《연탄재들》이다. 쓰레기 하치장이야말로 인간과 자연의 새로운 관계가 모색되는 장소이며, 사물이 새로 태어나는 장소인 것이다. 어째서 그러한가?

반짝이는 유리 조각들 얼었다가 흐려지는
하늘, 치약 껍질이 긋는 허공 가득히
빈 속 잠재우는 눈도 내리고, 이윽고 오는
봄, 풀씨 하나 떠돌다가, 철조망 안
쓰레기 하치장에 떨어져 싹을 틔운다,
허물어진 연탄재 구멍 속으로 하늘 치어다보며.
그 싹 풀들로 자라나 쇠와 유리 조각과
빈 깡통 덮어, 사월이면 풀의 상공에
꽃도 피워낸다. 스스로 이룬 풀씨
다시 사방에 날리며.

—〈풀씨 하나 떠돌다가〉 부분

쓰레기 하치장에는 "연탄재", "빈 깡통", "치약 껍질" 등 인간에 의해서 버려진 폐기물들이 가득하다. 그의 시에서 인간은 주로 기술적 가공의 산물들을 버리거나 방치한다. 인간이 버리고 떠난 자리에서 흙은 어김없이 풀뿌리를 생성한다. 이렇게 풀만 무성한 곳에는 보통 인간이 거주하지 않는다. 인간이 버리고 떠난 곳에서만 잡풀이 우거지고 꽃이 핀다. 인간이 버리고 떠난 장소에서 흙은 풀뿌리를 내리게 하고 풀을 밀어올려 인간의 흔적을 지운다. 흙이 밀어올린 풀은 "쇠와 유리 조각과 / 빈 깡통"을 "덮어" 버린다. 한겨울의 눈이 그러하듯, 봄의 풀들도 인간의 폐기물에 남아 있는 인간의 흔적을 지워 버린다.

> 모든 사람들 딴 길로 가고
> 잊혀진 철길. 녹슬은 쇠들 흙 속에
> 몸을 묻히며, 풀들의 뿌리에 얽힌다.
> 　　처음에는 완강히 거부하다가
> 　　마침내는 흙을 끌어당기며.
>
> 　　　　　　　　　　　　　　─〈폐선로〉 부분

　　인간에 의해 버려지고 방치된 "철길"은 정체성을 잃고 한낱 "녹슬은 쇠"가 되어 간다. 철길에서 "녹슬은 쇠들"로 변형되는 과정에 대해 철길은 처음에는 "완강히 거부"하지만, "마침내는 흙을 끌어당기며" 자신의 운명을 받아들이는 모습을 보인다. "풀들의 뿌리에 얽"히고 "흙 속에 몸을 묻히"는 순간, 철길은 더 이상 철길일 수가 없다. 자연으로 되돌아가는 그 순간은 철길의 정체성이 소멸되는 순간, 즉 주검이 되는 순간이기도 하다. 인간에 의해서 버려졌지만, 그렇게 버려진 철길을 풀뿌리가 엉겨붙고 흙이 끌어당긴다.

이처럼 이하석은 사물이 인간의 세계에서 자연의 세계로 이행하는 과정에 주목한다. 그는 철길이 어떻게 만들어지고 어떻게 사용되었는지에 대해서는 말하지 않는다. 다만 철길이 더 이상 철길이 아니게 되는 순간, 인간에 의해서 버려지는 순간에 초점을 맞춘다. 거기가 사물이 자연으로 진입하는 통로이기 때문이다. 거기가 사물이 처음으로 자연에 의해서 변형을 경험하는 입구인 까닭이다. 그 입구는 인간으로 치면, 삶과 죽음의 경계 지점이라고 할 수 있다. 이렇게 인간의 것도 아니고 그렇다고 해서 완전히 자연의 것도 아닌 경계 지점에서 망설이는 사물들이 그의 첫 시집을 가득 채우고 있다. 그래서 시집의 목차는 그러한 사물들을 호명하는 명부처럼 되어 있다. 그것은 사물의 죽음을 애도하기 위해서가 아니라 그 죽음의 순간에 일일이 동행하기 위해서 작성된 명부다.

기능 상실의 지점에서 열리는
탈기능의 기능

그러나 죽음의 순간에 동행하는 사람치고 그의 시는 비교적 냉담하다. 마치 죽어 가는 사물을 관찰하고 기록하는 냉혈한처럼 보인다. 좀처럼 시인의 주관적 가치 평가를 드러내지 않으려 애쓴 흔적이 역력하다. 그 틈을 비집고 가끔은 말실수처럼 진술되는 부분이 있기는 하다. 돌연 "풀이여 깡통이여, 너희들이 향하는 인간의 세계는 늘 고통으로 너희들 곁에 있다."(《어떤 버려진 골짝이라도》)라고 외칠 때가 있다. 그러나 그런 부분은 흔치 않다. 대개는 냉정한 묘사적 태도로 일관하고자 한다.

그 대신 그는 종종 자신의 시에서 죽어 가는 사물들에게 말할 기회를 제공한다. 그의 시에 직접적으로 속내를 드러내는 존재는 폐기물이 유일하다. 운명의 순간에도 폐기물은 순수하게 객관적 묘사의 대상인 경우가 많지만, 내면을 드러내는 시간을 부여받기도 한다. 그 내면이란 대개 사물이 직면한 정체성 혼동의 경험에 가깝다. 더 이상 인간의 것이 아닌 존재이지만, 그렇다고 해서 인간의 세계와 완전히 결별하지도 못한 경계 지점에 서 있는 까닭이다.

> 흙속에서 연탄재 더미 속에서
> 전화기가 울린다. 맑은 하늘 속으로
> 햇빛을 흩으며, 휴지 위엔 전화 번호만 햇빛에 바래고
> 구석진 곳 쥐새끼들의 귀는 선다.
> 한기 속 전화 소리는 소리끼리 서로 몸을 섞고
> 몸을 푼다. 알 수 없는 곳으로
> 소리의 문은 열리고.
> 소리들은 흩어지면서 지상의 모든 전깃줄을 끊고

토막난 소리들만 허공에 가득하다.

—〈전화기〉 부분

흙에 파묻힌 "망가진 전화기"는 자신이 버려진 전화기임을 알지 못한다. 그래서 전화벨이 울리고 누군가의 통화 내용을 기억하는 환각을 경험한다. 흙은 전화기를 분해하고 해체하여 그 기능의 흔적을 삭제할 것이지만, 버려진 전화기는 아직도 인간에 의한 사용의 흔적을 그대로 간직하고 있다. 전화기로서의 기능을 여전히 기억하고 있는 것이다. 인간에 의해 버려졌지만 아직 인간에 의해 부여된 기능은 포기하지 못한 것이다. 다만 전화기가 기억하는 인간의 소리는 "토막난 소리"이며, 맥락이 제거된 소리일 뿐이다. 그것은 의미가 통하는 인간의 말소리는 아니지만, 그렇다고 해서 완전히 인간의 소리가 아닌 것도 아니다. 그 소리는 의미와 무의미 사이에서 망설인다. 이는 "망가진 전화기"가 정상적 기능과 기능 상실 사이에 서 있는 것과 동일하다. 전화기는 인간과 자연의 경계 지점을 통과하고 있다. 전화기로서의 삶을 마감하고 죽음으로 통하는 길목에 서 있는 것이다.

그러나 기능 상실은 전화기에 의외로 특별한 능력을 부여한다. 고장난 전화기는 자신에게 갇혀 있던 수많은 소리들을 풀어 놓게 된 것이다. 이는 전화기의 정상적 기능이 살아 있을 때는 불가능한 현상이다. "소리끼리 서로 몸을 섞고", "알 수 없는 곳으로 / 소리의 문은 열리"는 일이 가능해졌다. 그동안 전화기에 갇혀 있던 소리들이 전화기를 벗어나 자유롭게 이동하고, 그렇게 풀려난 소리들이 다른 소리들과 자유롭게 결합한다. 이렇게 전화기에서 소리가 해방되는 장면은 전화기가 소리를 가두고 그 통로로 이동시키는 정상적인 기능을 더 이상 수행할 수 없을 때 일어난다. 전화기는 이제 소리의 흐름을 통제하는 것이 아니라 모든 소리를 자유롭게 풀어놓고 그 소리들이 이질적인 소리들과 결합하게 하는 새로운 가능성을 얻는다. 전화기의 현실적인 기능이 박탈되자, 거기에서 기존에는 불가능했던 새로운 잠재적 가능성의 문이 열린 것이다.

이처럼 사물에 잠재하는 새로운 가능성의 세계는 기능과 탈기능의 사이에서 열린다. 다음 작품에서 "빈 병"은 독백을 통해 이를 말해 준다.

우리가누구냐고요?내용이없으니아무것도아니지요뚜껑이필요없는빈병일뿐그냥엎드린채더낮고개숙이고더깊숙한곳으로몸이나파묻을뿐속은비었지만허전하지않아요우린아무것도아니라니까요

청정한 세계를 담기 위하여 빈 병은 엎질러진다.
엎질러진 다음 냉정해지는 유리. 스스로 버려지면서
병은 더 이상 담을 수 없는 것들만의 세계 쪽으로
주둥이가 빠진다. 고요하다. 남은 빈 병들은 엎질러지며
그들이 둘러싼 세계가 거꾸로 그 자신들을 껴안는 것을
느낀다.   —〈병·2〉 부분

내용물이 제거된 "빈 병"은 "아무것도아니"다. 즉, 그 병은 "쥬스, 코카콜라, 사이다" 등의 특정한 이름으로 불리지 않는다. 그것은 차라리 "유리" 그 자체에 가깝다. 본래는 자신이 담을 수 있는 내용물에 따라 명명되었지만, "엎질러진 다음" 빈 병들은 이름을 잊었다. 문제는 그다음에 일어난다. 오히려 빈 병들은 "더 이상 담을 수 없는 것들만의 세계"가 "자신들을 껴안는 것을 느낀다." 항상 자신이 담을 수 있는 것들만 둘러싸고 있었던 병들이, 이제는 "담을 수 없는 것들"에 안길 수 있는 자유가 생긴 것이다. 빈 병은 자신의 고유한 이름을 잃어버렸지만, 그 대신에 담을 수 있는 것에 얽매이지 않는 자유를 얻게 되었다. 담을 수 있는 것은 한정되어 있지만, 담을 수 없는 것들은 얼마나 많은가. "빈 병"은 드디어 무한한 잠재성의 세계에 직면하게 된 것이다. 즉, "아무것도" 아닌 존재. 그 정체가 고정되지 않는 존재의 세계로 진입한 것이다.

이는 비정상적인 방식으로 밀착된 문장으로도 나타난다. 띄어쓰기가 무시된 진술 부분은 정상성을 강요하는 인간의 언어가 아니라, 거기에서 해방된 "빈 병"의 언어를 나타낸다. 이 사물의 언어는 인간의 언어와 달리 정상성의 규범을 벗어나 있다. 이 부분은 마치 빈 병에서 방금 쏟아진 내용물처럼 흐른다. 이하석의 시에서 띄어쓰기가 무시된 진술은 대개 사물의 언어를 대변한다. 사물의 언어는 인간의 언어와 유사하면서도 달라야 하기 때문이다. 그 언어조차도 기능과 탈기능 사이에서 망설이고 있는 것이다.

이처럼 버려지고 방치된 사물은 기능과 탈기능 사이에서 방황

하는 모습을 보인다. 이는 기능을 잃었다 해도 여전히 본래의 기능을 유지하고자 하는 욕망에서 비롯된다. 그러나 정상성에서 이탈한 이상, 본래의 기능을 유지하려 할수록 그 기능은 엉뚱한 방향으로 변질되고 만다. 다음의 '못'이 그러하다.

> 그들은 녹슨 몸 속에도 여전히 쇠꼬챙이를 가지고 있다.
> 그들이 깃든 어느 곳에서든 부스럭거리며
> 그들은 긁고 찌른다. 흙속, 헐어 버린 건물 안,
> 이전해 버린 공장의 빈 터, 폐쇄해 버린 술집의
> 판자 틈, 버려진 구석 어디에서나
> 그들은 내팽개쳐진 채, 나무든 흙이든 풀이든
> 바람이든 강철이든 지나가는 쥐의 발목이든 찌른다.
>
> — 〈못·2〉 **부분**

그들(=못)은 녹슬어 가면서도 "쇠꼬챙이"의 공격성을 가지고 있다. "어느 곳에서든" 공격할 태세를 유지하고 있는 것이다. 그러한 공격성은 그들이 버려졌다는 사실과 전혀 무관한 것은 아니다. 건물은 헐렸고, 공장은 이전해서 텅 비었으며, 술집은 폐쇄되어 판자로 막혀 있다. 그들이 못으로 박혀서 지탱해야 할 건물들이 더 이상 존재하지 않는 것이다. 어딘가에 완전히 박혀 있어야 할 못은 아무렇게나 튀어나와 있다. "버려진" 못은 본래의 기능을 잃고 다만 "긁고 찌"르는 공격성으로 변질된다. 긁고 찌르는 것은 못의 본

래적 기능이 아니지만, 무언가를 고정시켜야 할 못의 기능을 잃어
버린 지금, 낡고 찌르는 공격성만 남았다. 못이 박혀야 하는 대상
들이 정해져 있을 때는 드러나지 않은 기능이다. 그러나 지금 건
물은 헐렸고 못은 버려졌다. 못이 박혀야 할 자리도 잃어버렸다.
못은 버려졌을 뿐 아니라 방치된 건물 안에 있는 것이다.

　못은 이중으로 버려졌다. 그래서 이제 못은 다만 "낡고 찌"르는
하나의 "쇠꼬챙이"에 불과하다. 그래서 주변에 있는 모든 대상들을
향해서 못은 탈기능적 기능을 수행한다. 정해진 대상이 사라지고 없
으므로 자신을 고정시켜 줄 대상을 찾아서 "못"은 모든 대상을 향
해 다만 찌르기를 시도하는 것이다. 이렇게 버려진 못은 정체성을
읽고 방황한다. 자연으로 돌아가기 전에, 그 기능 상실의 목전에서
모든 사물은 이렇게 탈기능의 상태에 저항하는 모습을 보인다.

죽어도 죽지 않는 전쟁의 쇠

사물들의 저항에도 불구하고 인간을 경유하여 자연으로 되돌아
가는 사물들은 결국은 기능을 상실하고 원재료의 모습을 회복한
다. 그러나 끝내 원재료로 환원되기를 거부하고 자연에 대해서 공
격성을 유지하는 것들이 있다. 특히 쇠의 성분을 가진 것들, 그 중
에서도 전쟁의 목적으로 생산된 것들이 그러하다. 전쟁의 흔적을

지니고 있는 경우, 인간에 의해 길들여진 쇠는 비록 자연에서 왔지만 자연 자체를 공격하는 모습을 보인다. 이는 자연에 대한 인간의 폭력적 지배를 닮아 있다. 자연으로 돌아가는 것에 저항하는 단계를 넘어 자연에 대한 폭력적 태도를 드러낸다면, 그것은 사실상 자연이 자연을 공격하는 자해 행위에 가깝다. 자연에 대한 쇠의 저항과 공격성은 자연에서 유래한 쇠 자체가 자연에 대해 자해적 물질이 되었음을 의미한다.

> 찬비 내려 눈 녹는 오월, 묻혀 있던 쇠들 솟아나
> 골짜기마다 죽인다 죽인다는 말들만 짙어진다.
> 병사들이 심심풀이로 잡다 놓친 노루, 쇠들에 걸려
> 넘어지고, 골짜기 음지에 수줍게 남은 잔설이
> 노루가 밟은 지뢰에 놀라 흩어진다.
> 산 아래는 죽인다는 말로만 덮어 오는 신록,
> 바람도 산등성이를 넘자 살기등등해진다.
>
> ―〈원통리·1〉 부분

이하석의 시에서 인간에 의해서 버려진 폐기물들은 보통 흙 속에 깊이 파묻힌다. 흙으로 되돌아가서 원재료로 해체되기를 기다리는 것이다. 그러나 흙 속에 파묻혔으면서도 소멸의 운명을 받아들이지 않는 사물들이 있다. 대표적으로 지뢰가 그러하다. 지뢰는 처음부터 흙 속에 파묻혀 있어야만 제 기능을 수행한다. 지뢰는 비록 흙 속에 있긴 하지만 원재료인 "쇠"로 되돌아가지 못한다. 그것은 흙 속에서도 "살기등등"한 상태를 유지한다. 결코 부드러워지지 않는다는 것이다. 흙 속에 묻혀서도 지뢰는 "죽인다는 말"로 골짜기 전체를 울린다. 그래서 "노루가 밟은 지뢰"라고 해서 달라질 것은 없다. 지뢰는 모든 살아 있는 것을 죽이고자 한다. 그러나 지뢰가 터지면 노루만 죽는 것이 아니다. 지뢰도 해체된다. 그런 의미에서 지뢰의 폭발은 대표적인 자해 행위라 할 수 있다.

지뢰는 그 존재 자체가 자연에 대한 적대적 기능의 담지자이다. 흙 속에 묻혔지만 결코 흙으로 돌아가지 않으며, 자신을 해체하면서 남도 해체시킨다. 지뢰는 자기 자신에 대해서도 적대적인 것이다. 전쟁을 위해서 생산된 것들은 이렇게 버려지고 방치된 상태에서도 자연으로 돌아가지 않고 특유의 공격적 기능을 유지하는 모습을 보인다. 인간에 의한 기술적 생산물이 죽음을 향하고 있다면 그것은 주로 전쟁에서 기인한다. 이는 인간에 의해서 버려진 사물들이 죽음을 앞두고 자신의 정체성 소멸의 운명 앞에서 망설이는 것과 다르다. 전쟁을 목적으로 생산된 사물들은 자연에 의한 해체를 거부하면서 인위적인 죽음을 앞당기고자 한다. 죽음을 앞두고 있는 사물 중에서 죽음으로 죽음을 거부하는 유일한 사물이라 할 수 있다. 이것이 전쟁이 생태 질서와 정면으로 충돌하는 이유이기도 하다.

또한, 이처럼 흙 속에 뿌리를 내리면서도 적대감을 유지하는 것으로 철조망을 들 수 있다.

방독면 부서져 활주로변 풀덤불 속에

누워 있다. 쥐들 그 속 들락거리고

개스처럼 이따금 먼지 덮인다. 완강한 철조망에 싸여

부서진 총기와 방독면은 부패되어 간다.

풀뿌리가 그것들 더듬고 흙 속으로 당기며,

타임지와 팔팔 담배갑과 은종이들은 바래어

바람에 날아가기도 하고, 철조망에 걸려

찢어지기도 한다, 구름처럼

우울한 얼굴을 한 채.

—〈부서진 활주로〉 부분

주변이 "풀덤불"로 가득 찼다는 것은 그 지역이 버려졌다는 뜻
이다. 버려진 "활주로"에는 마찬가지로 "부서진 총기와 방독면", "타
임지와 팔팔 담배갑" 등도 버려져 있다. 버려졌기 때문에 이것들은
본래적 기능을 상실한 상태로 방치된다. 쥐들이 "들락거리고" "먼
지"로 덮혀서 "부패"가 진행된다. 여기에서도 흙은 버려진 것들을
풀로 뒤덮고 자연으로 회수하고 있다. 풀뿌리는 어김없이 해체의
절차를 가동한다.

그런데 여기에서도 유독 "철조망"만은 "완강"하다. 제 기능을
포기하지 않고 철조망으로서의 정체성을 유지하려 한다. 그래서
바람에 날리는 "은종이들"조차도 철조망을 넘지 못하고 "찢어"진다.
철새들도 "철조망에 푸른 그림자 걸려 퍼덕"〈비무장지대〉인다. 철조망

은 방치되었어도 제 기능을 상실하지 않는다. 흙 속에 박힌 상태이지만, 제 기능을 유지하려 노력한다. 땅에 깊이 박힌 사물들은 자연으로 돌아가려 하지만, 철조망은 여전히 자신을 넘어서려는 것들을 "찢어" 놓는다. 사물들은 철조망을 중심으로 양분된다. 철조망을 기준으로 양쪽으로 찢어진 존재들은 "우울한 얼굴"을 하고 있다. 전쟁과 갈등의 흔적이 내면화된 까닭이다. 이렇게 이분법의 논리를 지탱하는 철조망의 기둥은 부패를 모른다. 흙에 깊숙이 박혔지만 흙으로 돌아가지 않는다. 양쪽으로 찢어 놓는 기능을 유지하며 완고하게 버티고 서 있다. 이렇게 전쟁과 갈등을 위해서 만든 것들은 자연에 뿌리를 내려서도 자연으로 돌아가지 않는다. 전쟁의 흔적은 자연조차도 쉽게 지울 수 없는 것이다. 죽음을 가지고 죽음으로 통하는 통로를 막고 서 있는 것이다.

생명을 기르는 무덤

이처럼 이하석의 첫시집은 대부분 인간에 의해서 버려진 물건과 장소에 대한 탐색의 결과다. 물건만이 버려지는 것이 아니라 장소도 버려지고 방치된다. 인간이 버리고 떠나간 장소에서 흙과 뿌리로 대표되는 자연은 인간의 폐기물을 녹이고 해체한다. 부패가 진행된다는 것이다. 과학기술의 집약체들이 폐기된 현장에서 흙과 뿌리들은 그것들을 부패시킨다. 여기에서 부패란, 인간이 필요에 의해서 결합해 놓은 것들을 원래대로 되돌리기 위해서 자연이 그것들을 해체하는 것을 가리킨다. 해체는 본래 죽음을 연상시키지만, 이하석의 시에서 해체는 새로운 생명으로 태어나기 위해 통과해야 할 자연의 절차에 해당한다. 그 절차의 입구에 폐기물들이 놓여 있다.

인간은 정상적으로 기능하지 못하는 것들을 폐기한다. 인간의 관점에서 기능 상실의 물건은 곧 죽은 물건이다. 이렇게 버려진 사물뿐 아니라 모든 죽은 것들은 결국에는 흙으로 향할 수밖에 없다. 흙은 인간에 의해서 죽었다고 판정된 것들, 기능을 상실한 것들, 그래서 폐기된 것들을 받아들이는 장소다. 흙은 죽은 것들을 가장 깊은 곳으로 끌어들이고 해체하여 원래의 자연물로 되돌려 놓는다. 인간에 대해서는 죽었지만, 흙은 그것을 회수하여 다시 생명의 원천으로 돌려 놓는다는 것이다.

이 일련의 과정이 집약된 작품이 그의 대표작 〈폐차장〉이다.

폐차장의 여기저기 풀죽은 쇠들
녹슬어 있고, 마른 풀들 그것들 묻을 듯이
덮여 있다.
(중략)
나사들은 차체에서 빠져나와 이러저리
떠돌다가 땅속으로 기어든다, 희고
섬세한 나무 뿌리에도 깃들며. 나무들은

잔뿌리가 감싸는 나사들을 썩히며

부들부들 떤다.

—〈폐차장〉 부분

인간에 의해서 버려진 차들이 한 장소에 집결해 있다. 차들을 덮은 풀들은 "그것들 묻을 듯이" 감싸고 있다. 이는 마치 주검이 매장된 무덤을 연상케 한다. 이 상태에서 이미 차는 "녹슬어" 부패가 진행되었음을 알린다. 차체에서 떨어져 나온 "나사들"은 "땅속으로 기어든다." 땅속 깊숙한 곳에서 나사들을 끌어안고 "썩히"는 것은 "나무들"의 "잔뿌리"들이다. 뿌리들에 의해서 나사는 부패된다. 부패된 나사는 다시 흙으로 돌아갈 것이다. 그 흙은 다시 나무의 뿌리를 타고 오르며 나무의 생명 활동을 돕는다. 그런 의미에서 부패는 죽은 것을 해체하여 다시 생명의 근원으로 되돌리는 작업이기도 하다. 그 일은 땅속 깊은 곳에서 일어난다.

이하석의 시에서는 이렇게 대지를 기준선으로 인간의 세상과 자연의 세상이 마주 보고 있다. 인간은 대지 위에서 물질들을 결합하여 사용 가능한 물건들을 만든다. 이는 자연에 대한 기술적 생산이라 할 수 있다. 그러한 과학기술의 산물로 인간은 생활을 영유하기도 하지만 그것을 전쟁에 활용하기도 한다. 누군가를 죽이기 위해 만들어진 물건들, 그리고 그 사용가치가 종료된 물건들은 모두 죽음을 향하고 있다. 인간이 대지 위에서 생산한 물건들은 죽음을 향해 존재하는 것처럼 보인다. 그의 시에서는 인간의 죽음보다 인간에 의해서 만들어지고 버려진 물건들의 죽음이 전면에 부각된다. 그러나 결국 그것들은 죽음을 생산하고 소비하는 인간 세상에 대한 간접적 표현이다. 인간과 인간이 버린 물건들은 모두 죽음을 향한 존재들이다.

그리고 대지의 기준선 아래 깊은 곳에서 흙과 나무뿌리는 죽은 것들을 부패시키고 해체하여 다시 흙으로 되돌려 놓는다. 인간에 대해서 죽은 것이 생명의 동력으로 되돌려지는 과정, 이것이 이하석의 시에서 강조되는 부패의 의미다. 인간에게 부패는 부정적이지만, 자연에서 부패는 긍정적인 활동으로 전환된다. 부패는 인간에게 있어서 물건을 폐기해야 할 이유가 되지만, 자연은 부패를 통해 생명력을 회복한다.

이렇게 인간의 관점과 자연의 관점은 서로 다르다. 대지의 기준으로 위와 아래에서 서로 다른 세계가 존재하는 것이다. 인간의 폐기물과 그 장소는 그 접경지대의 성격을 보여 준다. 그 접경지대에서 인간과 자연은 서로 다르지만 만남의 가능성을 모색한다. 그 가능성을 보여 주는 것이 자연의 사이클이다. 자연은 인간의 폐기물을 끌어당겨 죽은 것에 생명을 부여하고, 다시 인간 세상으로 되돌려 보낸다. 이처럼 죽은 것을 살리고, 버려진 것을 사용 가능한 것으로 재생하는 능력이 대지의 기준선 아래에서 발견되는 자연의 힘인 것이다.

반면, 인간은 사물에게 정해진 기능을 부여하고 그 기능이 작동하지 않으면 그 사물을 폐기한다. 그러나 그렇게 폐기된 사물이 부패하는 과정에서 오히려 새로운 기능들, 이른바 탈기능적 기능이 발견될 수 있다. 그것은 인간이 기능 중심으로 사물을 바라볼 때는 발견되지 않는다. 그러나 인간이 사망을 선고하는 순간 그 사물에서는 기능전환의 가능성이 비로소 작동한다. 그런 의미에서 부패의 과정은 정상적 기능에서 탈기능으로의 전환 과정이기도 하다.

이하석의 시가 주목하는 부분이 이 지점이다. 이는 우리가 사물을 그 기능의 극한에서 상상할 때만 발견되는 현상이다. 그때 우리는 비로소 기능과 탈기능의 접점에서 사물을 바라볼 수 있게 된다. 그 극한 지점에서 사물은 드디어 살아 움직이는 존재가 된다. 그래서 인간과 자연의 접경 지역에서 사물을 바라볼 필요가 있는 것이다. 더 나아가, 할 수만 있다면 사물을 땅속 깊은 곳으로 돌려 놓고 생각할 필요가 있다. 사물은 제 기능을 잃고 해체되며, 견고한 것은 부드럽게 녹아든다. 그곳에서 죽은 사물은 다른 생명으로 태어날 가능성을 발견하게 될 것이다.

그러므로 시인들이 그 접경지대를 방문할 이유는 충분하다. 또한 이것이 진정한 의미에서 자연에 대한 미메시스가 아닌가 싶다. 거기에서 인간에 의한 기술적 변형만이 지배하는 시대에, 자연에 의한 예술적 변형의 가능성이 열린다. 다른 것을 수용하여 그것을 생명의 동력으로 전환하는 자연의 능력에서, 죽은 것에서 진정한 생명의 근원을 발견한다는 점에서, 이하석은 거기에서 시적 상상력의 진정한 근원을 발견한다. 그렇다면 인간과 자연의 경계지대에서 이렇게 물을 수 있다. 이하석에게 있어서 시는 본질적으로 생태시가 아닌가, 하고 말이다.

포스트서정시의
징후들

새로운 시는 어디로 오는가?

2025년 12월 31일 초판 1쇄 발행

지은이 | 오문석
펴낸이 | 노경인 · 김주영

펴낸곳 | 도서출판 앨피 출판등록 | 2004년 11월 23일
주소 | (01545) 경기도 고양시 덕양구 향동로 218(향동동, 현대테라타워DMC) B동 942호
전화 | 02-710-5526   팩스 | 0505-115-0525   블로그 | blog.naver.com/lpbook12
전자우편 | lpbook12@naver.com

ISBN 979-11-92647-84-5